Von Mary Stewart
sind als Heyne-Taschenbücher erschienen

*Der Efeubaum* · Band 01/372
*Begegnung in Delphi* · Band 01/447
*Die Bucht der Delphine* · Band 01/629
*Schatten im Nebel* · Band 01/708
*Die Geisterhunde* · Band 01/817
*Delphin über schwarzem Grund* · Band 01/878
*Rubin mit kalten Augen* · Band 01/920
*Flammender Kristall* · Band 01/5035
*Der Erbe* · Band 01/5336
*Rühr nicht die Katze an* · Band 01/5703
*Merlins Abschied* · Band 01/6395
*Die Zauberinsel* · Band 01/6466
*Frau im Zauberfeuer* · Band 01/6521
*Das Jahr auf Valmy* · Band 01/6635
*Tage des Unheils* · Band 01/6969

MARY STEWART

# REISE
# IN DIE GEFAHR

*Roman*

WILHELM HEYNE VERLAG
MÜNCHEN

HEYNE ALLGEMEINE REIHE
Nr. 01/957

Die englische Originalausgabe erschien unter dem Titel:
MADAM, WILL YOU TALK?
Deutsche Übersetzung: Ingeborg Frauke Meier

17. Auflage


Printed in Germany 1990
Umschlagfoto: Media, New York
Umschlaggestaltung: Atelier Heinrichs, München
Gesamtherstellung: Presse-Druck Augsburg

ISBN 3-453-00278-4

# I

Eigentlich fing alles ganz harmlos an. Als ich in jenem Sommer meiner Freundin Louise schrieb und sie fragte, ob sie Lust habe, mich auf einer Autoreise durch die Provence zu begleiten, ahnte ich nicht, daß ich sie zu einer Reise in die Gefahr aufforderte. Und als wir eines Nachmittags, nach einer zwar heißen, aber genußreichen Fahrt in die reizende, mauerbewehrte Stadt Avignon einfuhren, empfanden wir beide jene wohlige Müdigkeit, gemischt mit feuriger Erwartung, die so typisch ist für einen normalen Ferienbeginn.
Kein Wölkchen war am Himmel, kein drohender Schatten auf der Ringmauer, und als wir durch die Porte de la République fuhren und weiter zum sonnengesprenkelten Cours Jean-Jaurès, traf uns auch nicht der forschende Blick irgendeines rätselhaften Fremden. Und es befiel uns auch nicht der geringste ahnungsvolle Schauer, als wir endlich vor dem Hôtel Tistet-Védène vorfuhren, wo wir Zimmer bestellt hatten.
Ich sang sogar vor mich hin, während ich den Wagen wegbrachte, und als sich dann noch herausstellte, daß der Balkon meines Zimmers auf den schattigen Garten ging, war ich restlos zufrieden.
Selbst als dann, etwas später, die Katze auf meinen Balkon hinaufsprang, war das für mich immer noch kein Hinweis, daß nunmehr diese seltsame, unheimliche Geschichte mit all ihren Verwicklungen ihren Anfang genommen hatte. Das heißt, angefangen hatte sie ja schon früher, aber nun kam ich an die Reihe, jetzt war mein Stichwort gefallen. Und obwohl die Rolle, die mir in dieser Tragödie zugeteilt

war, mein Leben vollständig durcheinanderbringen und es von Grund auf verändern sollte, war es doch nur eine winzige Rolle, kaum mehr als ein stummer Auftritt im letzten Akt. Denn das Stück näherte sich nun seinem Ende. Liebe, Leidenschaft und Furcht, Rache, Haß und Mord – all die blutrünstigen Elemente der echten Tragödie – hatten einander abgewechselt, und jetzt wartete der Mörder mit blutbesudelten Händen auf seinen letzten Auftritt, um noch einmal zuzuschlagen, ehe sich der Schlußvorhang senkte.

Wie konnte ich an jenem himmlischen, ruhigen Sommernachmittag ahnen, daß die meisten Akteure des Spieles zu dieser Zeit in unserem netten kleinen Hotel versammelt waren? Alle bis auf einen, genau gesagt, und auch dieser war nicht weit entfernt, wartete ganz in der Nähe, von Dämonen besessen, im unentrinnbaren Dunkel seiner ganz persönlichen Hölle unter der sengenden Sonne des Südens. Eine kurze Spanne Zeit noch, und das Dunkel hatte sich auch über das Hôtel Tistet-Védène in Avignon gelegt.

Von alldem aber hatte ich keine Ahnung, sondern packte langsam und sorgfältig meine Sachen aus, während Louise rauchend auf meinem Bett lag und über die Mücken sprach.

»Und jetzt – ganze vierzehn Tage«, sagte sie träumerisch. »Vierzehn Tage lang nur in der Sonne sitzen und trinken.«

»Und nichts essen? Machst du gerade eine Abmagerungskur?« Ich öffnete einen der Fensterläden und ließ die Abendsonne herein.

»Ach so – ich habe schon ganz vergessen, was das ist. Läßt du nicht vielleicht Mücken herein, wenn du diesen Laden aufmachst?«

»Dafür ist es jetzt noch zu früh, und ich kann so nicht genug sehen. Würdest du bitte deine Zigarette entweder ausdrücken oder rauchen? Sie stinkt.«

»Entschuldige!« Sie nahm sie wieder aus dem Aschenbecher auf. »Ich bin sogar zu faul zum Rauchen. Ich warne dich übrigens, ich werde kein Sight-seeing mitmachen. Es ist mir völlig egal, was Julius Cäsar hier alles angestellt hat. Wenn du diese römischen Überbleibsel alle bestaunen willst, mußt du wohl oder übel allein gehen. Ich werde mich solange unter einen Baum setzen und lesen, so nahe beim Hotel, wie nur irgend möglich.«

»Natürlich. Ich erwarte auch gar nicht, daß du mitkommst. Du kannst machen, was du willst. Obschon – ich glaube, der Pont du Gard ...«

»Mein Schatz, ich kenne den Holborn-Viadukt. Mehr kann mir das Leben nicht mehr bieten.«

Louise drückte sorgfältig ihre Zigarette aus und verschränkte die Hände hinter ihrem Kopf. Sie ist groß und blond, etwas üppig, hat sehr lange Beine, eine warme, dunkle Stimme und wunderschöne Hände. Sie ist Malerin, ohne nennenswertes Temperament und von einer ganz unbeschreiblichen, unheilbaren Faulheit. Wenn man ihr dies vorwirft, so erwidert sie nur, sie betrachte nun einmal das Leben abgeklärt und von einer höheren Warte aus, und dazu brauche man eben seine Zeit. Man kann Louise weder aus der Fassung bringen noch in Staunen versetzen, und auf gar keinen Fall kann man sich mit ihr streiten. Wenn es irgendwo Ärger gibt, ist Louise einfach nicht mehr vorhanden. Sie ist auf einmal verschwunden, wie durch Zauberei, und kehrt erst dann wieder heiter und gelassen zurück, wenn alles vorbei ist. Sie hat die Unabhängigkeit einer Katze, jedoch nicht deren Neugier. Und obwohl sie, groß, blond und faul, aussieht, als wäre sie unordentlich – von jener Sorte, die ihre Zigaretten in der Gesichtscreme ausdrückt und sich nie den Mantelkragen abbürstet –, ist sie im Gegenteil immer fabelhaft gepflegt, und ihre trägen Bewegungen sind sicher und harmonisch, genau wie die einer Katze. Ich komme mit Katzen großartig aus.

»Wie dem auch sei«, sagte Louise, »ich habe genug von Ruinen jeglicher Art. Schließlich lebe ich beständig unter ihnen.«

Ich verstand sie durchaus. Bis zu meiner Heirat mit Johnny Selborne hatte auch ich an der Privatschule für Mädchen von Alice Drupe unterrichtet. Ich werde nichts weiter über diese Schule sagen, als daß sie in den West Midlands liegt, denn es ist unmöglich, mehr über sie zu sagen, ohne daß man einen Verleumdungsprozeß riskiert. Louise war noch immer Zeichenlehrerin dort und verdankte ihre körperliche und geistige Gesundheit einzig und allein ihren eben geschilderten Fähigkeiten, rechtzeitig aus der Gefahrenzone zu verschwinden. Selbst im Zusammenleben mit ihren Kolleginnen gelang es ihr noch, das Leben von einer höheren Warte aus zu betrachten und sich durch nichts aus dem Gleichgewicht bringen zu lassen.
»Ach, es sind doch alles arme, bedauernswerte Geschöpfe«, seufzte ich und meinte das wirklich ernst.
»Du hast gut reden. Du hast das ja alles hinter dir, du Glückspilz!«
Ich gab ihr keine Antwort, sondern legte liebevoll Johnnys Bild, das ich gerade in der Hand hatte, in den Koffer zurück und nahm statt dessen ein Kleid heraus. Ich glaube nicht, daß mich mein Ausdruck verriet, aber Louise kennt mich eben sehr genau.
Sie drückte nervös ihre Zigarette aus und sagte betroffen: »O Gott, Charity, es tut mir leid. Was bin ich doch für ein Trottel! Ich habe einfach nicht daran gedacht – verzeih bitte!«
»Schon gut«, sagte ich leichthin. »Ich denke ja selber kaum noch daran.«
»Wirklich?«
»Ja. Es ist alles so lange her, es wäre doch einfach dumm und ganz sinnlos. Und du hast völlig recht, ich bin wirklich ein Glückspilz.« Ich lächelte ihr triumphierend zu. »Schließlich und endlich bin ich ja eine reiche Witwe ... sieh dir nur das an!«
»Oh, Charity! Was für ein traumhaftes Dessous!«
Und sofort drehte sich unsere Unterhaltung glücklicherweise wieder um oberflächlichere Dinge.

Nachdem Louise in ihr eigenes Zimmer gegangen war, wusch ich mich, zog ein weißes Kleid mit einem breiten, blauen Gürtel an und beschäftigte mich ausführlich mit meiner Frisur und meinem Make-up. Die Strahlen der Abendsonne drangen durch die Fensterläden und warfen den Schatten eines Baumes an die Wand. Es war an und für sich ein ganz trauriger Baum, verstaubt und dürr, der aus einem der Töpfe unten im Garten mühsam nach Luft und Licht strebte. Aber sein Schatten wirkte wie eine chinesische Seidenmalerei, so kostbar und ungewöhnlich.
Der Garten war leer; wahrscheinlich ruhten die Hotelgäste noch oder zogen sich um oder, wenn es sich um verrückte Engländer handelte, gingen in der Sonne spazieren. Eine weißgestrichene Gitterwand schloß den Garten gegen die Straße ab. Draußen zwängten sich Menschen, Maultiere, Autos, ja sogar Busse durch die enge Durchfahrt, aber innerhalb der weinbewachsenen Wand war alles still und friedlich. Der Kies zwischen den vergnügten kleinen Stühlen war sauber geharkt, die Tische waren schon fürs Abendessen gedeckt, und Silber und Gläser funkelten einladend. Das einzige Lebewesen war eine magere senffarbene Katze, die sich am Fuß meines traurigen Baumes zusammengeringelt hatte, wie – wer war es noch? – Nidhöggr unter der Wurzel der Weltesche Yggdrasil.
Ich setzte mich ans Fenster und überlegte, was ich mir zuerst ansehen sollte.
Zuallererst den Pont d'Avignon, wo man tanzte, und als nächstes natürlich Avignon selbst und dann auf jeden Fall den Pont du Gard – obwohl auch ich den Holborn-Viadukt kannte. Schließlich nahm ich mir vor, am nächsten Tag noch nichts zu überstürzen, mir erst einmal die Ringmauer anzusehen und vielleicht noch den Papstpalast, und dann am übernächsten Tag ...
Da griff das Schicksal in Nidhöggrs Gestalt ein. Mein Stichwort war gefallen, ich mußte auf die Bühne.
Das erste Zeichen war ein heftiges Schwanken der chinesi-

schen Malerei auf meiner Wand. Sie begann zu flattern, zerfiel und erstand von neuem, aber jetzt als Hexenbesen. Der Baum Yggdrasil schien sich gegen eine Last zur Wehr zu setzen, die zu tragen er nie bestimmt gewesen war. In diesem Augenblick sprang die senffarbene Katze auf meine Balkonmauer, drehte sich einmal um sich selbst, warf einen letzten, vernichtenden Blick auf ihren Angreifer hinunter und ließ sich dann nieder, um sich in aller Gemütsruhe zu putzen. Ein wildes Bellen und Scharren tönte aus dem Garten herauf.

Als nächstes hörte ich ein dumpfes Gepolter und unmittelbar darauf rasche Schritte.

Die Katze gähnte, strich sich noch einmal den Schnurrbart glatt, kletterte unendlich gelangweilt das Abflußrohr hinauf und verschwand auf dem Dach. Ich stand auf und blickte hinunter.

Der Garten, eben noch so still und friedlich, schien mir mit einem Male ungeheuer belebt durch die Anwesenheit eines ungefähr dreizehnjährigen Jungen und eines großen, nicht klassifizierbaren Hundes. Der Hund hielt seinen Blick unentwegt immer noch auf meinen Balkon gerichtet und sprang kläffend in die Höhe, während der Junge versuchte, ihn mit der einen Hand festzuhalten und mit der anderen den Tisch wieder aufzustellen, den der Hund umgestoßen hatte.

Der Tisch – Gott sei Dank einer, der nicht gedeckt war – war aus schwerem Eisen und bereitete ihm offensichtlich Schwierigkeiten. Inzwischen hatte der Hund, der mir etwas langsam von Begriff, aber außerordentlich hartnäckig zu sein schien, endlich gemerkt, daß ihm seine Beute entwischt war. Außer sich vor Wut, tobte er in alle Himmelsrichtungen zugleich und rannte dabei den Jungen um, worauf der Tisch erneut umstürzte.

»O Rommel!« stöhnte der Junge verzweifelt.

Ich war etwas erstaunt, doch noch ehe ich entscheiden konnte, welche Sprache er sprechen mochte, sah er auf und

entdeckte mich auf dem Balkon. Er strich sich die Haare zurück und grinste etwas verlegen.
»*J'espère*«, sagte er langsam, »*que ce n'était pas votre chat, Mademoiselle?*«
Über seine Nationalität konnte nun kein Zweifel mehr bestehen, aber wenn ich eines bin, so bin ich taktvoll. Ich schüttelte den Kopf.
»Mein Französisch ist leider nicht sehr gut, Monsieur«, sagte ich entschuldigend. »Sprechen Sie vielleicht zufällig Englisch?«
Er sah geradezu selig aus.
»Natürlich. Ich bin nämlich Engländer«, eröffnete er mir. »Hör auf, Rommel!« Er hielt den Hund fest. »Er hat doch der Katze nichts getan, nicht wahr? Ich sah sie gerade noch auf den Balkon klettern.«
»Sie sah nicht so aus.«
»Dann ist es ja gut. Ich schaffe es einfach nicht, ihm beizubringen, wie man sich als Ausländer zu benehmen hat. Es ist komisch, Ausländer zu sein, finden Sie nicht auch?«
Ich fand es auch.
»Sind Sie gerade erst angekommen?«
»So um vier herum, ja.«
»Dann haben Sie sicher noch nicht viel von Avignon gesehen. Komische kleine Stadt, nicht? Glauben Sie, daß es Ihnen hier gefallen wird?«
»Was ich bis jetzt gesehen habe, gefällt mir sehr gut. Und du – bist du gerne hier?«
Es war wirklich eine ganz banale Unterhaltung, die wir miteinander führten. Um so mehr überraschte mich die plötzliche Veränderung, die nach dieser Frage mit ihm vorging. Auf einmal sah er gar nicht mehr wie ein englischer Durchschnittsjunge aus, der das große Glück hat, seine Ferien in Südfrankreich zu verbringen – ganz abgesehen davon, daß ihn außer den befleckten Shorts, seinem zerknitterten Hemd und dem Köter nichts als englischen Durchschnittsjungen auswies. Sein Gesicht, das während

unseres Geplauders so vergnügt und intelligent ausgesehen hatte, schien auf einmal eine Maske zu tragen, die ihn um vieles älter machte. Er machte auf mich jetzt den Eindruck, als ruhe eine schwere Last auf seinen Schultern, und zugleich glaubte ich eine Kraft in ihm zu spüren, die ihn befähigte, das Schicksal eines Erwachsenen zu tragen und sogar zu meistern. Er hatte die Last, was immer sie sein mochte, bewußt auf sich genommen. Irgend etwas, das er vor nicht sehr langer Zeit erlebt haben mußte, hatte ihn hart gemacht. Irgend etwas und ganz bestimmt nichts Angenehmes, dachte ich, plötzlich wütend, als ich das verschlossene Gesicht sah, das sich über den lächerlichen Hund beugte.

So plötzlich er in düstere Gedanken versunken war, so rasch schüttelte er sie auch wieder ab, so daß ich glaubte, ich hätte mir alles nur eingeredet.

»Doch, ich bin sehr gerne hier. Rommel nicht, ihm ist es zu heiß. Mögen Sie Hitze?« Wir waren wieder bei harmloser Konversation angelangt. »Es hieß, daß heute zwei Engländerinnen kommen – das werden Sie wohl sein –, Mrs. Selborne und Miß Crabbe.«

»Cray. Ich bin Mrs. Selborne.«

»Ach ja, stimmt.« Er grinste nun wieder wie ein typischer kleiner Junge. »Ich kann mir schlecht Namen merken, und manchmal sage ich etwas ganz furchtbar Falsches. Aber Ihren Namen konnte ich mir gut merken, wegen Gilbert White.«

Welcher Dreizehnjährige, so fragte ich mich, war so selbstverständlich vertraut mit Gilbert Whites Briefen, die unter dem Titel *»The Natural History of Selborne«* erschienen sind? Ich selbst kannte das Buch nur, weil mein Familienname darin vorkommt und weil Johnny ...

»Ich heiße David«, sagte der Junge. »David Shelley.«

Ich lachte.

»Das ist aber auch nicht schwer zu behalten, man muß nur an die Dichter der Romantik denken, dann vergißt man es

nicht. Du darfst nur nicht böse sein, wenn ich dich einmal aus Versehen als David Byron anrede oder . . .«
Ich verstummte. Mit dem Jungen, der mich eben noch so höflich angelächelt hatte, war schon wieder eine Veränderung vorgegangen – diesmal gab es keinen Zweifel. Eine dunkle Röte ergoß sich über Gesicht und Hals und wurde gleich darauf von einer beängstigenden Blässe verdrängt. Er schluckte ein paarmal und fingerte sinnlos am Halsband seines Hundes herum. Endlich gelang ihm, was ihn sichtlich einige Mühe kostete, ein leeres Höflichkeitslächeln in meiner Richtung, und dann fischte er aus seiner Hosentasche ein Stück Schnur und beugte sich wieder zu seinem Hund herab, um ihn anzubinden.
Ich hatte anscheinend etwas Falsches gesagt. Aber ich hatte sicherlich recht, wenn ich annahm, daß hier irgend etwas nicht stimmte. An und für sich bin ich kein Mensch, der sich gerne in die Angelegenheiten anderer Leute einmischt. Hier aber verspürte ich zum ersten Mal heftig und dringend den Wunsch, eben das zu tun, nämlich mich einzumischen.
Ich hätte gar nicht darüber nachzudenken brauchen, denn mir sollte schließlich gar nichts anderes übrigbleiben.

Doch noch war es nicht soweit. Ehe ich weiterreden konnte, wurden wir durch das Erscheinen einer Frau unterbrochen, die von der Straße her in den Garten trat. Sie war ungefähr fünfunddreißig, groß, blond und eine der schönsten Frauen, die ich je gesehen habe. Ihr schlichtes beiges Kleid mußte ein Lieblingstraum von Dior und der Preis dafür ein Alptraum für ihren Mann gewesen sein. Den riesigen Saphir an ihrer linken Hand bemerkte ich – typisch weiblich! – beinahe ehe ich sie selbst sah.
Sie hingegen sah mich überhaupt nicht, was völlig verständlich war. Bei Davids Anblick blieb sie einen Moment stehen, und dann kam sie näher, mit einem Gang, der so unnachahmlich war, daß sich selbst an einem regnerischen

Montagmorgen in Manchester wahrscheinlich jeder Mann nach ihr umgedreht hätte. Ich wagte gar nicht, mir auszumalen, was so viel Grazie in der Provence anzurichten vermochte, wo es geradezu ein Hobby der Männer ist, sich nach Frauen umzudrehen. Vor meinem inneren Auge tauchte so etwas wie eine Vision all der Cafés an der Rue de la République auf, wie sie sich bei ihrem Vorüberschweben einfach entleerten, genauso, wie die Häuser in Hameln sich geleert hatten, als der Rattenfänger vorüberzog.
Sie blieb bei dem umgestürzten Tisch stehen und sagte sanft: »David ...«
Keine Antwort.
»*Mon fils* ...«
Ihr Sohn? Er sah noch immer nicht auf.
In fließendem Englisch, wenn auch mit unverkennbar französischem Akzent, fuhr sie fort: »Weißt du eigentlich, wie spät es ist? Und was hat das mit dem Tisch zu bedeuten?«
»Rommel hat ihn umgeschmissen.«
Es erstaunte mich, David so mürrisch, ja geradezu ungezogen antworten zu hören. Sie nahm jedoch gar keine Notiz davon, sondern klopfte ihm leicht auf die Schulter und sagte nur: »Dann stell ihn schön wieder auf, sei ein braver Junge. Und dann gehst du dich schnell umziehen, es ist gleich Essenszeit. Wo warst du denn heute?«
»Am Fluß.«
»Wie kann man nur –!« Die Art, wie sie lachend die Schultern hochzog, war so durch und durch französisch. Sie nahm eine Zigarette aus ihrer Handtasche und wiederholte: »Stell jetzt den Tisch auf, mein Junge.«
David zerrte statt dessen den widerstrebenden Rommel zum nächsten Baum, band ihn fest und sagte kurz: »Ich kann nicht, er ist zu schwer.«
Eine neue Stimme fiel ein, gewandt und liebenswürdig.
»Erlauben Sie, Madame?«
Ein dunkelhaariger, ungewöhnlich gut aussehender Mann

war lautlos aus dem Hotel in den Garten getreten. Sein Anzug, seine Stimme, sein ganzes Auftreten überhaupt waren unverkennbar französisch. Es ging unglaublich viel Vitalität und Kraft von ihm aus, zugleich aber eine gewisse gleichgültige, überlegene Gelassenheit – kurz, er besaß genau jenen unwiderstehlichen, zwingenden Charme, der so verheerende Wirkungen haben kann. Um so mehr erstaunte es mich, daß die Französin ihn nur eines kurzen Dankesblickes würdigte und sich dann, ohne ihn auch nur ein zweites Mal anzusehen, ruhig ihre Zigarette anzündete. Ich wäre jede Wette eingegangen, daß gerade sie zu den Frauen gehörte, die einen solchen Mann normalerweise nicht übersehen.
Er lächelte David freundschaftlich zu, richtete den schweren Tisch ohne sichtliche Anstrengung auf und wischte sich dann die Hände an seinem Taschentuch ab.
»Danke sehr«, sagte David und begann Rommel wieder vom Baum loszubinden.
*»De rien«,* erwiderte der Franzose. »Madame!« Er verneigte sich leicht in ihrer Richtung, worauf sie ihm ein flüchtiges Dankeslächeln schenkte, dann ging er zu seinem Tisch am äußersten Ende des Gartens und setzte sich.
»Wenn du dich beeilst«, sagte Davids Mutter, »kannst du vor mir ins Badezimmer.«
Ohne ein Wort verschwand der Junge im Hotel, den total erschöpften Hund hinter sich herziehend. Seine Mutter blickte ihm einen Moment lang sinnend nach, dann zuckte sie lächelnd die Schultern und folgte ihm.
Sie hatte mich ebensowenig bemerkt wie der Franzose, der sich nun über ein brennendes Streichholz beugte, um sich eine Zigarette anzuzünden.
Ich ging leise in mein Zimmer zurück, wo ich einen Augenblick stehenblieb und mir die kleine Szene noch einmal vergegenwärtigte. Irgend etwas daran war sonderbar gewesen. Diese berückend schöne Frau, dazu der komische Hund ... Christian Dior und Gilbert White ... und sie war

Französin, und der Junge sprach ein so absolut erstklassiges Englisch ... und er benahm sich ihr gegenüber ungezogen und war so bezaubernd höflich zu Fremden.
Nun, es ging mich ja wahrhaftig nicht das geringste an.
Ich nahm meine Tasche und ging nach unten, um einen Aperitif zu trinken.

## II

Der kleine Garten hatte sich inzwischen ziemlich belebt. Da Louise noch nicht zu sehen war, ließ ich mich schon allein an einem schattigen Tisch nieder und bestellte einen Cinzano.
Unauffällig blickte ich mich etwas um, schon im voraus darauf gefaßt, daß alle übrigen Gäste ebenfalls Engländer waren, und stellte um so erfreuter fest, daß es eine buntgemischte Gesellschaft war. Ich vertrieb mir die Zeit zunächst mit Berufe-Raten, das heißt in diesem Fall auch mit Nationalitäten-Raten.
Die beiden Männer am Nebentisch waren unverkennbar Deutsche. Der eine war sehr schlank und wirkte intelligent, der andere war der oft karikierte Typ des specknackigen Deutschen. Dann folgte ein junges Paar, offensichtlich auf der Hochzeitsreise und ebenso offensichtlich Amerikaner. Als nächster kam der gutaussehende Franzose, der allein in seiner Ecke saß und einen Pernod trank, und dann kam ein weiterer, allein sitzender Mann, der lesend an der Wand saß und mißtrauisch und bedächtig ein giftgrünes Getränk schlürfte. Über ihn dachte ich längere Zeit nach; er hätte alles sein können – bis ich den Titel seines Buches entzifferte: *Four Quartets* von T. S. Eliot. Damit war auch dieses Rätsel gelöst. Es folgten noch zwei weitere Gruppen, die alles mögliche sein konnten.
In diesem Augenblick erschien Louise.

»Die *patronne* hat mich von meinem Aperitif abgehalten«, beschwerte sie sich. »Sie muß aus irgendeinem Grunde der völlig irrigen Meinung gewesen sein, ich könnte es nicht erwarten, Zivilstand, Beruf und überhaupt das gesamte Vorleben jedes einzelnen Hotelgastes zu erfahren. Bei dieser Gelegenheit hat sie natürlich auch versucht, mich über uns beide auszuquetschen.«

Ihr wurde ein Vermouth gebracht, und mit einem Seufzer der Erleichterung erhob sie ihr Glas.

*»L'heure de l'apéritif!* Was für eine vernünftige Einrichtung. Ah – das muß Monsieur Paul Véry sein!« Sie hatte den Franzosen in seiner Ecke entdeckt. »Madame sagte, er sähe so unwahrscheinlich gut aus, daß man seinetwegen glatt Selbstmord begehen könnte – und das trifft hier auf sonst niemanden zu. Er ist aus Paris und hat irgend etwas mit Antiquitäten zu tun.«

»Ja? Wie interessant.«

»Der andere einsame Herr dort drüben ist Engländer und Lehrer. Er heißt John Marsden, und ich bin sicher, daß er nicht nur Pfadfinder, sondern auch Abstinenzler ist.«

»Wieso denn das, um Himmels willen?« fragte ich entsetzt.

»Weil«, so sagte Louise trocken, »alle alleinstehenden Männer, die mir in den letzten Jahren über den Weg gelaufen sind, das waren. Und nicht nur das, sie hatten außerdem noch einen heiligen Schrecken vor dem weiblichen Geschlecht. Jedenfalls für den dort drüben würde man schwerlich Selbstmord begehen. Ich kann mir nicht vorstellen, warum er so entsetzlich ernst aussieht. Glaubst du, er liest ›*Whiter England*‹ oder so was?«

»T. S. Eliot«, sagte ich. *»Four Quartets.«*

»Drum«, sagte Louise, die Gedichte für überflüssig hält. Damit war Mr. Marsden für sie abgetan.

»Ich glaube, die dort drüben sind Amerikaner, nicht?« fragte ich.

»Ja. Sie heißen Cornell oder kommen aus Cornell oder so ähnlich. An diesem Punkt hat mein Französisch nämlich versagt. Und Mama und Papa dort unter der Palme kommen frisch aus Newcastle, Schottland, so behauptet wenigstens Madame. Die Tochter gefällt mir, dir auch? Jugend von heute.«

Ich drehte mich unauffällig um. Das Paar unter der Palme hätte man jederzeit als Illustration für den Begriff *Englische Kleinstädter unterwegs* nehmen können. Nur Engländer bringen es fertig, sich in subtropischem Klima genauso anzuziehen wie bei einem Aufenthalt an der Nordostküste Englands. Sie schlürften bedächtig ihren Aperitif, und ihre Augen ruhten dabei auf ihrer etwa siebzehnjährigen Tochter, mit einem Ausdruck, wie ihn gewöhnliche Haushühner haben müssen, wenn sie eines Tages entdekken, daß sie einen Flamingo ausgebrütet haben. Sie war aber auch aufsehenerregend – das unbestritten. Sie wäre auf eine typisch englische Weise sehr hübsch gewesen, hätte sie es nicht vorgezogen, sich zu maskieren und ihr Haar wie einen dichten Vorhang bis in die Hälfte ihres Gesichtes zu ziehen. Das eine Auge, das man gerade noch sehen konnte, war so blau schattiert, daß es wirklich einen ganz beachtlichen Grad von Verworfenheit erreichte. Blutrote Nägel, nadeldünne Absätze, ein bunter Sommerrock – und ein Baumwollpullover, der auf eine ganz unmögliche Weise wirklich unmögliche Formen preisgab. Hollywood hatte auf dem Umweg über die Scotswood Road in Newcastle Einzug in Avignon gehalten. Und es war ganz klar ersichtlich, daß alle diese nicht unbeträchtlichen Reize sehr bewußt eingesetzt wurden, um jemand ganz Bestimmtes zu erobern.

»Den Mann in der Ecke ...«, murmelte Louise.

Ich schaute verstohlen zu Monsieur Paul Véry hinüber, der nicht die geringste Notiz von all den Anstrengungen zu nehmen schien, die seinetwegen unternommen wurden. Mit gerunzelter Stirn zog er mit dem Fuß seines Glases irgendwelche Linien auf das Tischtuch, als ob ihn nichts sonst auf der Welt interessierte.

»Ich habe das Gefühl, daß sie ihre Zeit vergeudet«, erwiderte ich. Als ob er mich gehört hätte – was ganz ausgeschlossen war –, sah der Franzose auf und mir direkt in die Augen. Einen Moment lang hielt er meinen Blick ganz bewußt fest, blickte mich kühl und, wie mir schien, prüfend an und hob dann, ebenso bewußt, sein Glas und trank mir zu, immer noch keinen Blick von mir wendend. Ich sah rasch zur Seite, als hätte ich etwas auf dem Tisch der Deutschen entdeckt, und hoffte inbrünstig, daß ich nicht rot geworden war.

»Das kann man wohl sagen«, meinte Louise amüsiert und hob spöttisch die Augenbrauen. »Ihn interessiert etwas ganz, ganz anderes.«

»Ach, sei doch nicht albern«, sagte ich etwas zu schroff. »Laß dich um Himmels willen nur nicht so von deiner Phantasie mitreißen! Vergiß nicht, daß wir in der Provence sind. Wenn hier eine Frau so dumm ist, einen Mann anzustarren, hat sie nichts anderes zu erwarten. Das Ganze nennt man *œillade*, französischer Ausdruck für Gaffen.«

»Also gut«, sagte Louise friedfertig. »Sonst hat mir Madame auch nichts erzählt. Die anderen sind, glaube ich, alles Schweizer – niemand außer Amerikanern kann sich einen so ordinären Prachtwagen leisten –, und nur *en passant*. Bleibt also nur noch Mrs. Bristol übrig, die entweder verwitwet ist oder geschieden. *Et voilà*. Trinken wir noch einen?«

Gerade da erschien die blonde Französin, schlängelte sich zwischen den Tischen hindurch und nahm in der Nähe der Gitterwand, zwei Tische weiter als Mr. Marsden, Platz. Sie schlug ihre tadellosen Beine übereinander, nahm eine Zigarette und lächelte dem Kellner zu. Ein kurzer, etwas wirrer Wettlauf – und dann hatte der dicke Deutsche den Kellner und Mr. Marsden um eine Kopflänge geschlagen und durfte ihr die Zigarette anzünden. Aber Mr. Marsden gewann dennoch nach Punkten, denn im entscheidenden Augenblick versagte das deutsche Feuerzeug, und er hatte

Streichhölzer. Ein strahlendes Lächeln belohnte den Deutschen, ein weiteres den Kellner, und Mr. Marsden durfte über das brennende Streichholz hinweg einen Blick entgegennehmen, der das Flämmchen plötzlich bedenklich trüb erscheinen ließ. Er hielt jedenfalls hinterher sein Buch längere Zeit verkehrt herum. Wie recht hatte ich doch mit dem Rattenfänger gehabt!

»Es stimmt doch nicht ganz«, bemerkte Louise, »das mit dem *heiligen Schrecken*. Das wird wohl Mrs. Bristol sein.«

Ich wollte sie gerade verbessern, als im selben Augenblick der Kellner wie ein Olympiasieger herbeigestürzt kam.

»Der Aperitif für Madame Bristol.« Er stellte das Glas mit einer Verbeugung vor die Blondine und entschwand wieder.

Sie lehnte sich zurück und sah sich ein wenig um. Obwohl sie etwas nervös und gespannt wirkte, sah sie aus der Nähe genauso hinreißend aus wie vorher, und das will eine Menge heißen. Ihre großen Augen waren von einem ganz eigentümlich leuchtenden hellen Blau, ihre Haut hatte den matten Schimmer von Seide, ihr schweres Parfüm schien nur ihr allein zu gehören – ihre ganze Schönheit hatte etwas so Fremdartiges und Aufregendes wie eine exotische Blume. Ich weiß, der Vergleich ist abgedroschen, aber er beschreibt sie besser als jeder andere. Der Ausdruck von Gespanntheit auf ihrem Gesicht vertiefte sich, und in diesem Augenblick sah ich David aus dem Hotel kommen. Er ging hinter dem Kellner an unserem Tisch vorbei und grüßte mich mit einem verlegenen kleinen Lächeln, was die Frau von ihrem Platz aus nicht sehen konnte. Er nahm ihr gegenüber Platz, und sogleich sah er wieder so merkwürdig verstockt aus. Sie schien irgend etwas Anerkennendes über sein weißes Hemd und die sauberen Shorts zu sagen, aber da er keine Antwort gab, schwieg sie gleich wieder und fuhr fort, die Gäste zu mustern.

Endlich waren alle Tische besetzt, und die Kellner reichten die Speisekarten herum.

»Kennst du den Jungen schon?« fragte Louise. »Oder handelt es sich hier auch wieder um jenes bewußte Gaffen?«
Ich murmelte, ich hätte zufällig vorhin im Garten einige Worte mit ihm gewechselt. Aus mir selber unerklärlichen Gründen hatte ich keine Lust, mit ihr darüber zu sprechen, und war dankbar, daß sie das Thema sofort fallenließ.
Wir versenkten uns mit wahrer Begeisterung in das Studium der Speisekarte. Als aber Louise mich fragte, ob ich *Côte d'agneau* nehmen werde oder *Escalope de veau*, antwortete ich: »Shelley«, und zwischen den *Pommes de terre sautées* und der *Tarte Maison* grübelte ich darüber nach, was wohl für ein Zusammenhang bestand zwischen der attraktiven Mrs. Bristol und Gilbert White, zwischen dem unbeschreiblichen Hund und jenem Ausdruck auf dem Gesicht eines Kindes, das offensichtlich etwas zu tragen hatte, das zu schwer war ...
Und damit war nicht der eiserne Tisch gemeint.

Nach dem Essen kündigte Louise an, daß sie bis zum Schlafengehen mit ihrem Buch bei Kaffee und Kognak hier sitzen bleiben werde. So zog ich denn alleine los, Avignon zu erforschen.
Es dämmerte schon, die Straßen waren hell erleuchtet und alle Cafés voll besetzt. Während ich zwischen den Tischen auf dem Trottoir dahinschlenderte, bemächtigte sich meiner jenes Gefühl seliger Beschwingtheit, dem man in jeder südlichen Stadt nach Einbruch der Dunkelheit unweigerlich erliegt. Die Schaufenster glitzerten und gleißten mit allem Luxus, den sich ein Tourist nur erträumen konnte. Neonlichter tanzten über Satin, Schmuck und Parfüms, und da ich in den achtundzwanzig Jahren meines Lebens gelernt hatte, mein Herz vor allzuviel Mitleid zu schützen, gab ich mir alle Mühe, die winselnden Bettler am Straßenrand zu übersehen und in vollen Zügen zu genießen. Ich ging bis zum Ende der Rue de la République, wo sie sich zum Hauptplatz der Stadt ausdehnt und wo sich des Nachts ganz

Avignon zu versammeln scheint, sämtliche Kinder und Hunde Frankreichs eingeschlossen.
Der Platz ist von Cafés umgeben, deren Tische und Sessel über die schmalen Trottoirs hinausfluten, bis weit auf den Platz hinaus. Wie gesagt, hier versammelt sich Avignon bei Nacht, und für den Preis einer Tasse Kaffee kann man sich einen Sessel ergattern und stundenlang Frankreich vorbeidefilieren sehen.
Ich bestellte den Kaffee, saß in der lauen Nachtluft und bewunderte nun das Schauspiel, das sich mir bot, die reizenden Kinder, die unwahrscheinlich vielen Spielarten von Hunderassen, die Schönheit der fast kaffeebraunen jungen Männer und die zurückhaltende Grazie der Mädchen.
»Entschuldigen Sie bitte«, sagte da eine Frauenstimme hinter mir. »Haben wir uns nicht schon im Hotel gesehen?«
Ich wandte mich um. Vom Nebentisch lächelte mich etwas schüchtern Mama aus Newcastle, Schottland, an.
»Ich bin Mrs. Palmer«, sagte sie. »Hoffentlich sind Sie mir nicht böse, weil ich Sie einfach angesprochen habe, aber ich habe Sie beim Abendessen gesehen und ...«
»Aber nein, natürlich nicht! Ich heiße Charity Selborne.« Ich stand auf und nahm meine Kaffeetasse. »Darf ich mich zu Ihnen setzen?«
»Aber gerne!« Sie rückte zur Seite. »Papa und Carrie sind ein bißchen um den Platz gegangen – ›entdecken‹, wie sie es nennen –, da bleiben sie manchmal so lange weg und ...«
»Und es kommt einem doppelt so lange vor, wenn man sich mit niemandem unterhalten kann«, beendete ich ihren Satz.
Sie strahlte, als sei ich besonders geistreich gewesen. »Ganz genauso ist es. Komisch! Und es ist eben alles so anders als zu Hause, und dann sprechen noch alle französisch, nicht?«
Ich gab zu, daß es anders als zu Hause war.
»Ich gehe natürlich zu Hause auch manchmal weg«, sagte

Mrs. Palmer. »Ab und zu trinke ich eine Tasse Tee bei Carrick's oder bei Fenwick's, aber da trifft man fast immer jemanden, den man kennt und mit dem man ein bißchen plaudern kann, ehe der Bus zurückfährt. Das ist hier so komisch, daß man gar keinen kennt und daß es keinen Tee gibt, jedenfalls nicht das, was man unter einem richtigen Tee versteht, meine ich – an dieses komische Zeug mit Zitrone drin kann ich mich einfach nicht gewöhnen, geht es Ihnen auch so?«

Ich gab ihr im großen und ganzen recht und bewunderte ihren Mut, nur für eine Ferienreise diesen weiten Weg gewagt zu haben.

»Ach, wissen Sie«, sagte Mrs. Palmer, »ich war es ja nicht, die diesen Einfall hatte, es war Carrie, ich hätte ja nie an eine so weite Reise gedacht, verstehen Sie? Aber dann sagte ich mir, warum denn nicht? Was soll man denn jedes Jahr nach Scarborough fahren, wo man doch immer so viel über Südfrankreich liest? Wir können es uns doch leisten, habe ich mir gesagt, warum also nicht? Und so sind wir nun hier.«

Ich lächelte ihr zu und sagte: ja, warum denn nicht, es lohne sich bestimmt, und Carrie habe da wirklich einen großartigen Einfall gehabt.

»Sie will natürlich immer, daß wir sie Carole nennen«, sagte Mrs. Palmer etwas unvermittelt. »Wie die im Film, wissen Sie; sie will sich auch immer so anziehen wie die, da kann ich sagen, was ich will.«

Ich sagte, Carole sei wirklich ein hübsches Mädchen, was ja auch stimmte.

»Dieses arme Ding, diese Mrs. Bristol«, fuhr Mrs. Palmer fort, »die sieht ja nun genauso aus wie eine vom Film. So wird Carrie natürlich nie aussehen. Die soll jà auch beim Theater gewesen sein, bevor *das* passiert ist.«

Ich fuhr zusammen.

»Bevor was passiert ist, Mrs. Palmer?«

»Ach, Sie haben es nicht gemerkt? Ich habe sie sofort

erkannt. Ihr Bild war doch damals in allen Zeitungen. Aber was ich vorhin meinte, war ihre Ehe mit diesem schrecklichen Kerl.«

»Was für ein schrecklicher Kerl? Und was ist passiert?«

»Ein Mörder«, wisperte Mrs. Palmer. »Er war doch des Mordes angeklagt, ›des brutalen Mordes an seinem besten Freund‹, hieß es in den Zeitungen. Er hat geglaubt, sein Freund habe sich mit ihr eingelassen – mit seiner Frau –, und deswegen hat er ihn umgebracht. Es hat doch in allen Zeitungen gestanden.«

Ich starrte in ihre dummen, freundlichen Augen, die jetzt aufgeregt funkelten, und plötzlich überkam mich eine leichte Übelkeit.

»Davids Vater, meinen Sie?« fragte ich. »Davids Vater – ein Mörder?«

Sie nickte.

»Ja. Mit einer Gardinenschnur erwürgt. Grauenhaft! ›Von wahnsinniger Eifersucht übermannt‹, hat es geheißen.«

Ich blickte zur Seite und sagte etwas unangebracht: »Der arme, kleine Kerl! Wie lange ist das alles her?«

»Die Gerichtsverhandlung war im April. Sie ist nicht die Mutter des Jungen, müssen Sie wissen, sie war seine zweite Frau. Aber sie nahm natürlich den Jungen zu sich, sie konnte ihn ja nicht ihm überlassen. Nach allem, was geschehen ist...«

»Ich verstehe Sie nicht. Lebt er denn noch?«

»Ja, natürlich.«

»Im Gefängnis?«

Sie schüttelte den Kopf und rückte etwas näher. »Nein. Das ist ja das Schreckliche, Mrs. Selborne. Er ist frei!«

»Aber...«

»Sie mußten ihn freisprechen, ›mangels Beweisen‹, wie es hieß.«

»Aber dann ist er vielleicht wirklich unschuldig. Ich glaube nicht, daß das Gericht...«

»Schuldig«, sagte Mrs. Palmer und tätschelte mir die Hand.

»Schuldig wie der Teufel!« Sie brach ab und errötete etwas. »So drückt sich mein Mann immer aus, wissen Sie, Mrs. Selborne. Aber was ich glaube: er war verrückt, der arme Kerl, total verrückt, sonst hätte er es nicht auch noch auf den Jungen abgesehen – Mord hin, Mord her.«
»Auf den Jungen abgesehen?« wiederholte ich verwirrt.
»Ja, gräßlich, nicht? Sie fanden den Jungen bewußtlos im Badezimmer, das direkt neben dem Schlafzimmer war, wo die Leiche lag. Er hatte einen Schlag auf den Hinterkopf bekommen.«
»Hat er selber gesagt, daß es sein Vater war?«
»Nein, er hat nicht gesehen, wer es war. Aber es muß der Mörder gewesen sein. Er hatte ihn wohl ›auf frischer Tat ertappt‹, wie man sagt. Ach, es war eine scheußliche Geschichte. Mich wundert nur, daß Sie sich nicht daran erinnern, wo es doch in allen Zeitungen gestanden hat.«
»Nein, ich kann mich nicht erinnern.« Meine Worte kamen ausdruckslos, fast mechanisch. Armer David, armer kleiner Kerl. »Ich kann mich nicht erinnern, den Namen jemals zuvor gehört zu haben. Es ist – das ist ja furchtbar!«
Mrs. Palmer stieß einen kleinen Schrei aus und erhob sich. »Ah, da sind ja Vater und Carrie, dort auf der anderen Seite, sie können mich gar nicht sehen. Ich muß jetzt gehen. Es war mir ein Vergnügen, mit Ihnen zu plaudern, Mrs. Selborne, wirklich, ein großes Vergnügen.« Sie strahlte mich an. »Und machen Sie sich jetzt bloß nicht zuviel Gedanken über die arme Mrs. Bristol und den kleinen Jungen. Sie ist von diesem Mann geschieden, müssen Sie wissen, der kann ihr nichts mehr tun. Und Kinder kommen ja schnell über so was hinweg, wie es heißt.«
Über manches schon, das stimmte.
»Ich bin froh, daß Sie es mir erzählt haben«, sagte ich. »Womöglich hätte ich sonst einmal etwas gesagt ... Ich hatte ja keine Ahnung.«
»Natürlich, wo Sie doch die Bilder nicht gesehen haben«, sagte Mrs. Palmer. »Bristol ist übrigens auch nicht ihr rich-

tiger Name, den konnten Sie auch gar nicht gehört haben. Ihr richtiger Name ist Byron. Richard Byron, so hieß er. Jetzt muß ich aber laufen. Gute Nacht, Mrs. Selborne!«
Sie entfernte sich rasch, und ich blieb, wie betäubt, noch lange vor meiner leeren Kaffeetasse sitzen.

## III

Am nächsten Morgen war es schon um zehn Uhr heißer als am heißesten Tag in England, aber die Luft war nicht schwül, sondern frisch und klar.
Louise verzog sich getreu ihrem Versprechen mit Skizzenbuch und Zeitungen in den kleinen Park in der Nähe unseres Hotels.
»Spiel du nur Tourist«, sagte sie. »Ich setze mich lieber unter einen Baum und trinke eisgekühlten Traubensaft.«
Es klang zwar recht verlockend, aber da ich wußte, daß es am nächsten Tag genauso heiß sein würde und mir die Hitze nichts ausmachte, brach ich zu einer gemächlichen Erforschung Avignons auf.
Ich ging durch das Stadttor hindurch und draußen an den dicken Mauern entlang, bis ich zu dem Punkt kam, wo man die Rhone unter dem Roc des Doms vorbeiziehen sieht, dann weiter, an den Westwällen vorbei. Es war ein staubiger Weg und, wie ich fand, kein besonders lohnender.
Doch als ich wieder um einen Mauervorsprung bog, lag überraschend die alte Brücke aus dem Lied vor mir. Kühn schwangen sich die vier unversehrten Bogen über das grüne Wasser, um dann jäh, wie aufgehalten im Sprung, in der Mitte des Stromes abzubrechen. Golden spiegelte sich die Chapelle Saint-Nicolas, die den zweiten Bogen bewacht, im jadegrünen Wasser. Dort, am Ufer, wird das Wasser durch eine Sandbank etwas aufgehalten, aber die

Brücke endet über dem reißenden Strom. Wenn man dort draußen steht, wird einem wirklich bewußt, daß die Rhone einer der größten Flüsse Europas ist. Lautlos und ohne zu schäumen, glatt und unglaublich schnell wälzt sie sich gen Süden zum Mittelmeer, mal grünlich und in trägen Windungen, mal strudelnd und mehr bläulich.
Ich stand am Fenster der Kapelle und blickte hinunter, als ich plötzlich David und Rommel unten bei der Landzunge entdeckte. Sie waren beide völlig durchnäßt, was dem Jungen, der Badehosen trug, weniger schadete als Rommel, der entschieden vorteilhafter wirkte, wenn seine Formen durch sein wolliges Fell etwas verhüllt wurden. David baute einen Damm, den Rommel unermüdlich immer wieder zerstörte, und beide schienen völlig in ihr Spiel versunken. Doch unvermutet hob David den Kopf und sah zu mir herauf.
Er strahlte und winkte mir zu.
»Wollen Sie dort oben tanzen?« rief er.
»Kaum«, rief ich zurück. »Es ist viel zu eng hier.«
»Was gibt es denn in der Kapelle zu sehen?«
»Nichts Besonderes. Warst du denn noch nicht hier oben?«
»Kein Geld«, war seine Antwort.
»Sag doch dem Concierge unten, daß ich nachher für dich bezahle.«
»So habe ich es aber nicht gemeint.«
»Das weiß ich, aber ich habe es so gemeint. Und paß um Himmels willen auf Rommel auf! Hier oben ist kein Schutzgitter, und wenn er da hinunterfällt, ist er zum Tee schon in Marseille!«
Herr und Hund verschwanden und erschienen bald darauf auf der Brücke, Rommel durch das unvermeidliche Stück Schnur gesichert. Gemeinsam zogen wir zum äußersten Ende der Brücke und ließen uns vorsichtig nieder. Es bläst ein kräftiger Wind dort draußen, und die Brücke ist bedenklich schmal. Wir sangen *»Sur le pont d'Avignon«*, und David erzählte mir die Geschichte vom heiligen Béné-

zet, den ein Engel zu dieser Stelle geleitet und ihm befohlen hat, hier eine Brücke zu errichten.

Dann gingen wir wieder hinunter, ich bezahlte den Concierge, David bedankte sich nochmals, und gemeinsam machten wir uns auf den Heimweg.

An diesem hellen, strahlenden Vormittag kam es mir ganz unglaubwürdig vor, daß Davids Vater ein Mörder sein sollte und daß David selbst, ohne ersichtlichen Grund, im Dunkeln von einem Wahnsinnigen niedergeschlagen worden war.

»Was tust du denn so den ganzen Tag?« fragte ich ihn.

»Ach, meistens bin ich am Fluß. Man kann dort schwimmen, hinter der Sandbank, wo keine Strömung ist.«

»Hast du denn noch gar nichts von der Umgebung gesehen – den Pont du Gard zum Beispiel oder die Arena von Nîmes und all das? Oder machst du dir nicht viel aus diesen Dingen?«

»Oh doch. Ich würde schon wahnsinnig gerne die Arena sehen – wußten Sie, daß dort jeden Sonntag Stierkämpfe veranstaltet werden? Und daß einer der Matadore eine Frau ist?«

»Nein, aber ich verabscheue nichts mehr als Stierkämpfe«, sagte ich entschieden. »Aber ich will morgen ohnedies nach Nîmes und mir die Arena ansehen. Wenn du mitkommen willst – in meinem Wagen ist Platz genug. Meinst du, daß es deine Mutter erlauben würde?«

»Meine Stiefmutter«, verbesserte David. Er sah mich von der Seite an und errötete etwas. »Deshalb haben wir so verschiedene Namen, verstehen Sie?«

»Ach so, ja, ich verstehe. Glaubst du, sie würde es dir erlauben? Und hättest du überhaupt Lust?«

Merkwürdigerweise zögerte er, und wieder sah ich diese Maske über sein Gesicht fallen, und wieder konnte ich keinen Grund dafür finden. Es war, als überlege er sich einen überzeugenden Einwand und verwerfe ihn dann schließlich.

»Ich hätte sehr große Lust, vielen Dank«, sagte er dann wohlerzogen. »Und ich glaube nicht, daß meine Stiefmutter etwas dagegen hat. Sie läßt mich so ziemlich machen, was ich will«, fügte er kindlich hinzu.

Als wir im Hotel anlangten, hatten sich die meisten Gäste bereits zum Aperitif eingefunden. Mrs. Bristol saß schon an ihrem Tisch, und als ich von meinem Zimmer wieder in den Garten kam, lächelte sie mir zu und machte eine einladende Handbewegung. Ich ging zu ihr hinüber und setzte mich zu ihr an den Tisch.

»David hat mir eben von Ihrem gemeinsamen Ausflug erzählt«, sagte sie lächelnd. »Das ist wirklich sehr nett von Ihnen, daß Sie sich seiner annehmen.«

»Aber ich bitte Sie. Das war mir ein Vergnügen. Wir haben uns zufällig getroffen, und es hat mir sehr viel Spaß gemacht.«

Wir wechselten einige Gemeinplätze, und dann forderte sie mich auf, mit ihr zusammen einen Aperitif zu trinken. Sie war nett und gesprächig, aber es fiel mir auf, daß jedesmal, wenn von David die Rede war, in ihre Augen derselbe Ausdruck von – wie soll ich es nennen? – vorsichtiger Wachsamkeit trat, der mir auch bei ihm aufgefallen war, als ich den Ausflug nach Nîmes vorschlug.

»Ich will morgen zum Pont du Gard fahren«, sagte ich, »und anschließend nach Nîmes. Wenn Sie nichts dagegen haben, würde ich gerne David mitnehmen. Ich weiß nicht, ob meine Freundin Lust hat mitzukommen, und ich würde mich freuen, wenn David mich begleiten und mir Gesellschaft leisten würde.«

Sie war gerade dabei, sich eine Zigarette anzuzünden, und hielt unvermittelt inne, das brennende Feuerzeug nur wenig von der Zigarettenspitze entfernt. Ich sah, daß sie meinen Vorschlag genau wie David sorgfältig erwog, einen Moment zögerte und sich dann entschied. Ich konnte mir selbst mit dem besten Willen nicht erklären, was es so Schwerwiegendes zu bedenken gab, wenn jemand harmlos einen Ausflug in die nähere Umgebung vorschlug. Schließlich und endlich kam man ja gerade in die Provence, um sich die Gegend anzusehen.

»Sie sind wirklich zu liebenswürdig«, sagte Mrs. Bristol dann, und das Feuerzeug fand seinen Weg zur Zigarette. »David wird sicher sehr gern mitkommen.« Sie blickte mich lächelnd an. »Wissen Sie, für mich sind diese Altertümer nichts. Ich bin Pariserin und brauche das Leben in der Stadt, die Menschen – ich amüsiere mich gern, verstehen Sie?«

»Ja, natürlich. Nur mir persönlich macht beides Spaß.« Ich lachte. »Ich muß Ihnen gestehen, daß ich Sight-seeing einfach herrlich finde. Ich bin die geborene Touristin. Das einzige, was ich hasse, ist, mich einer Gruppe anschließen und in einer Herde herumziehen zu müssen.

Aber sagen Sie mir eines: Was tun Sie bloß in Avignon, wenn Sie sich nichts aus – Altertümern machen?«

Wieder zögerte sie und warf mir einen raschen Blick unter ihren dunklen Wimpern zu.

»Wir bleiben nicht lange. Wir sind auf der Durchreise nach Monte Carlo. Wir wollten hier nur Station machen und uns ein paar Tage in Avignon ausruhen.«

»Dann – herzlichen Dank für den Drink, Mrs. Bristol«, sagte ich und stand auf. Louise war gerade gekommen und hatte sich an unseren Tisch gesetzt. Als ich mich anschickte wegzugehen, blieb ich mit dem Henkel meiner Tasche an der Stuhllehne hängen, und als ich mich schnell noch einmal umwandte, um ihn loszumachen, sah ich, wie Mrs. Bristol mir gedankenvoll nachstarrte. In ihren schönen Augen war ein merkwürdiger Ausdruck – eine eigenartige Mischung von Zufriedenheit und Besorgnis. Ich war zutiefst verwirrt.

Da Louise auch an diesem Abend keine Lust zeigte, mich zu begleiten, ließ ich sie mit ihrem Skizzenbuch in einem Café zurück und stieg allein die enge Straße zum Palais des Papes hinauf.

Im Gegensatz zum Hauptplatz unten in der Stadt war es hier dunkel und menschenleer, nur die gewaltige Fassade des Palastes glänzte golden im Sternenlicht. Lange Zeit konnte ich mich von der unbeschreiblichen Schönheit dieses Anblicks nicht trennen. Endlich ging ich langsam weiter, einen steilen Zickzackweg hinauf, der zu einem hoch gelegenen Park führt, der am äußersten Ende der Stadt liegt und von der Ringmauer umschlossen ist. Auch hier oben schienen nur ganz wenige Menschen zu sein, hier und da hörte man von ferne Stimmen und das Knirschen von Schritten. Kein Lüftchen regte sich, die Zikaden schwiegen, nur die Pinien murmelten wie im Schlaf, als hätten sie den Wind, der im Winter über sie hinwegbraust, in ihren Kronen eingefangen.

Ich erreichte die äußerste Ecke des Parkes und lehnte mich aufatmend über die niedere Mauer, um etwas auszuruhen. Steil stürzte die Festungsmauer hinab und mündete tief unten in den Fels, der das Ufer der Rhone bildete. Lautlos glitt sie in der Dunkelheit dahin auf ihrem Weg in die Ferne. Es herrschte tiefe Stille.

Dann plötzlich sagte irgendwo hinter mir ein Mann mit gedämpfter Stimme auf französisch: »Hier bist du also!«

Aufgeschreckt wandte ich den Kopf, aber eine dichte Wand von Sträuchern hinderte mich, etwas zu sehen. Ich war ganz allein in meiner kleinen Felsenecke hier oben. Er mußte unten auf dem Weg sein.

Eine Frau antwortete: »Du kommst sehr spät. Ich warte schon sehr lange. Hast du eine Zigarette für mich?«

Ich hörte, wie ein Streichholz entzündet wurde, und dann sagte er unwirsch: »Als ich vor zehn Minuten hier vorbeikam, warst du noch nicht da.«

»Ich war das Warten leid und bin etwas spazierengegangen.«

Ich hatte keineswegs die Absicht, endlos in meinem Winkel auszuharren und mir eine Szene zwischen zwei Verliebten anzuhören. Deshalb beschloß ich, da ich auf jeden Fall an

den beiden vorbei mußte, lieber sofort aus meinem Versteck aufzutauchen, ehe mein Erscheinen für uns alle peinlich werden konnte. Ich wollte gerade gehen, als die Frau erneut etwas sagte und mir zweierlei klar wurde: Erstens, daß es Mrs. Bristol war, die da sprach, und zweitens, daß sie sich ängstlich anhörte.
Ich hatte ihre Stimme wohl nicht gleich erkannt, weil ich sie bisher nur englisch sprechen gehört hatte. Aber jetzt, als sie, beinahe schrill vor Angst, lauter wurde, erkannte ich sie sofort.
Sie sagte: »Es ist soweit. Ich wußte es ja. Ich wußte ...«
Scharf, fast grob unterbrach er sie: »Was – was ist soweit?«
»Er ist hier. Er ist gekommen. Ich mußte dich unbedingt sprechen, ich ...«
Wieder unterbrach er sie. »Reiß dich um Himmels willen zusammen! Woher weißt du, daß er hier ist?«
Atemlos vor Erregung antwortete sie: »Ich habe heute abend einen Anruf erhalten. Man hat seinen Wagen gesehen. Sie konnten ihn bis Montélimar verfolgen. Er muß hier durchkommen. Er muß herausgefunden haben, wo wir sind.«
»Loraine ...«
»Was sollen wir nur tun?« Ihr Flüstern klang verzweifelt.
Ich preßte mich gegen die Wand. Um keinen Preis hätte ich jetzt hervorkommen dürfen. Ich konnte nur hoffen, daß sie nicht nach einem besseren Versteck suchten.
Ich hörte einen der beiden tief Luft holen, und dann sagte der Mann ruhig und nachdrücklich: »Im Augenblick können wir gar nichts tun. Wir wissen ja nicht einmal, wo er ist. Er kann überall sein in der Provence. Wann hat man ihn denn in Montélimar gesehen?«
»Gestern!«
Wütend stieß er hervor: »Zum Teufel noch mal, was sind das für schwerfällige Idioten! Dann haben sie erst heute angerufen?«

»Sie waren nicht ganz sicher. Es war ein großer grauer Wagen mit einer GB-Nummer, und sie konnten nur vermuten, daß es seiner war. Es war seit Chartres das erste Mal, daß sie ihn wieder gesehen haben.«
»Sie haben aber sicher zu sein. Wozu, zum Teufel, bezahlt man sie denn, verdammt noch mal!«
»Gibt es nicht vielleicht doch eine Möglichkeit, wie man herausfinden kann, wo er jetzt ist? Ich halte diese Spannung einfach nicht länger aus.«
»Nein. Wir werden es aber sicher schon sehr bald erfahren, davon bin ich überzeugt.« Seine Stimme klang drohend. »Nimm dich jetzt um Gottes willen zusammen, Loraine. Wir hätten uns heute nicht hier treffen dürfen, man kann nie wissen, wer in der Nähe ist. Irgend jemand aus dem Hotel zum Beispiel...«
Heftig fuhr sie auf: »Glaubst du denn, daß er jemanden im Hotel beauftragt hat? Glaubst du, daß...«
»Ich glaube gar nichts«, sagte er kurz. »Ich sage nur, daß man uns besser nicht zusammen sehen sollte, daß weißt du genausogut wie ich. Irgend jemand könnte es David erzählen, und er hat ohnehin schon nicht allzuviel Vertrauen zu dir, soviel ich gesehen habe.«
»Ich gebe mir aber solche Mühe, wirklich.«
»Das weiß ich ja«, meinte er etwas freundlicher. »Und ich weiß auch, daß David nicht einfach ist. Aber es ist ja auch nicht so sehr Davids als *seinet*wegen. Wenn er herausbekäme, daß wir zusammengehören, könnte ich überhaupt nichts mehr tun. Er würde zuerst mich aus dem Weg räumen und dann...«
»Nicht, bitte nicht!«
Seine Stimme wurde zärtlich.
»Komm, mein Liebling, mach dir jetzt keine Sorgen mehr. Es wird ja alles wieder gut. Ich verspreche es dir. Ich habe dich doch schon einmal aus dem ganzen Schlamassel herausgeholt, oder nicht? Und ich habe nicht nur dich aus England herausbekommen, sondern auch den Jungen.«

Sie murmelte etwas Unverständliches, und er fuhr fort: »Und es wird mir auch diesmal gelingen, das schwöre ich dir. Ich weiß, es ist verteufelt schwer für dich, einfach nur herumzusitzen und zu warten, ohne zu wissen, was geschehen wird. Aber ich trage nun einmal die Verantwortung, und du mußt mir vertrauen. Das tust du doch auch, nicht wahr?«

»Ja. Ja, natürlich.«

»Komm, nimm noch eine Zigarette.« Ich hörte ihn wieder ein Streichholz entfachen, und dann war es eine Weile still.

»Diese verdammte englische Polizei«, sagte sie plötzlich voll Bitterkeit. »Wenn die ihr Geschäft richtig verstünde, wäre es nie so weit gekommen. Dann wäre er jetzt tot, fertig, aus!« Es lief mir kalt den Rücken hinunter, als sie es nochmals wiederholte: »Tot, fertig, aus!«

»Er ist es nun aber einmal nicht«, sagte der Mann mit einer gewissen Leichtigkeit, als wolle er das Gespräch um jeden Preis wieder auf eine weniger dramatische Ebene bringen. »Er ist hier, in Frankreich, und es besteht gar kein Grund, sich vor ihm zu fürchten. Er kann dir überhaupt nichts anhaben. Du mußt dich nur etwas zusammennehmen und gut auf David aufpassen. Und jetzt gehen wir zurück, ja? Du zuerst. Ich komme bis zur Ecke mit, um mich zu überzeugen, daß keiner da ist.«

Er mußte sich schon zum Gehen gewandt haben, denn seine Stimme klang bereits gedämpft, als entferne er sich zunehmends.

Da hielt sie ihn noch einmal zurück. Ihre Stimme war jetzt ruhiger, ohne den schrillen ängstlichen Klang von vorhin, aber man konnte immer noch heraushören, wie angespannt ihre Nerven waren.

»Ach, ich muß dich noch etwas fragen. Diese Person, Selborne heißt sie, glaube ich, wollte David morgen auf einen Ausflug mitnehmen. Du hast doch nichts dagegen?«

Wieder eine Pause. Vermutlich faßte er sie am Arm, denn

ich hörte sie zusammen weggehen. Seine Antwort drang gerade noch bis zu mir, ehe sie außer Hörweite waren. »Durchaus nicht – vielleicht ist es sogar eine ganz gute Idee...«

Mir brannten die Handflächen, so stark hatte ich sie gegen die Mauer gepreßt. Nachdem die beiden fort waren, blieb ich noch einige Zeit, in tiefes Nachdenken versunken, dort stehen und rieb mir die Hände.
Es war keine sehr angenehme Vorstellung, daß sich hier, ganz in der Nähe, vielleicht sogar bereits in Avignon, ein Mörder aufhielt, ein Mann, der aus Rache seine geschiedene Frau verfolgte und der so gefährlich war, daß Loraine Bristol sich vor ihm fürchtete. Sie war bestimmt nicht der Typ Frau, der sich grundlos ängstigte.
Warum mochte er sie wohl verfolgen? Wollte er sie wiederhaben? Hoffte er auf Versöhnung? Nein, das konnte nicht sein, dann hätte sie ja nicht Angst vor ihm gehabt. Oder war er ihr böse, weil sie sich gerade jetzt hatte von ihm scheiden lassen? Wollte er Rache nehmen? Nein, das war absurd, so benahm sich kein normaler Mensch, kein vernünftig denkender Mensch – das war es, wußte ich plötzlich, und es überlief mich eiskalt. Er war ja nicht normal, Mrs. Palmer hatte doch gesagt, er sei verrückt. Ein Mann, der bei gesundem Verstand war, hätte ja auch niemals versucht, seinen eigenen Sohn zu erschlagen.
David! Es war gar nicht Loraine, die er verfolgte, es war David.
Ich schlug mir die glühenden Hände vors Gesicht und dachte an David. David, der mit Rommel am Pont Saint-Bénézet Dämme baute. Etwas von der grenzenlosen Einsamkeit dieses Kindes ging mir auf – ich wußte, was es heißt, verlassen zu sein. Und ich wußte ebensogut, daß ich allen Widerständen zum Trotz etwas dagegen tun mußte.
Ich ging den gewundenen Weg hinunter, immer gewärtig,

auf Mrs. Bristol zu stoßen, die irgendwo im verborgenen gewartet hatte, um ihrem Begleiter ein Zeichen zu geben, daß die Luft rein sei.
Ihrem Begleiter? Ich hatte die leise Stimme, die ein so fließendes Französisch sprach, nicht erkannt. Aber ich war fest überzeugt, daß es jemand aus dem Hotel sein mußte.
Und dann sah ich in der dunklen, engen Straße, die unter dem Palais des Papes vorbeiführte, einen Mann. Er bemerkte mich nicht, denn er stand unbeweglich und blickte die Straße hinunter in Richtung des Platzes. Ich wartete im Schutze der Dunkelheit unter der Palasttreppe, bis er plötzlich aus dem Schatten hervorglitt und gemächlich die Straße hinunterschlenderte, dem Platz und seinen Lichtern entgegen.
Ich erkannte ihn sofort.
Es war Marsden.

## IV

Am nächsten Vormittag steuerte ich meinen Riley durch die enge Hauptstraße von Avignon und hinaus auf die Autostraße nach Nîmes. Vorne, neben mir, saß Louise, und hinten im Fond waren David und Rommel, letzterer wie immer wild hinter jeder Katze herkläffend. Wir umfuhren Avignon auf demselben Weg, den ich am Tag zuvor gegangen war, aber ehe wir zum Pont Saint-Bénézet kamen, bog ich ab und fuhr über die schmale Hängebrücke, die nach Villeneuve-lès-Avignon führt, und dann in Richtung Süden, nach Nîmes.
Im Herzen des römischen Frankreich ... Ich dachte an die Legionen, die in dieser erbarmungslosen Hitze durch das ausgedörrte, feindliche Land gezogen waren. Die Straße war ein Band aus weißem Staub, das sich zwischen Fels-

blöcken und Gebüsch hindurchwand. Ich erkannte hin und wieder Ginster und Wacholder, aber die Mehrzahl der Sträucher war mir unbekannt – hartes, dunkles Laubwerk, das sich in den Ritzen und Felsspalten angesiedelt hatte und dort kümmerlich vegetierte. Hier und da tauchten geduckte Häuser auf, die sich am Straßenrand festzuhalten schienen, um überhaupt am Leben zu bleiben. Dann wieder eine Gruppe von Olivenbäumen, silbergrau wie eine Staubwolke, oder eine Wand dunkler Zypressen, die sich dem Mistral tapfer entgegenstellten.

»Müssen die es heiß gehabt haben unter ihren Helmen!« unterbrach David meine Gedankengänge, als hätte er sie erraten. »Allerdings – in Italien ist es bestimmt ebenso heiß.«

»Und den ganzen Sommer lang mußten sie immerzu kämpfen«, sagte ich. »Nur im Winter zogen sie sich in ihre Winterquartiere zurück. Ich glaube, sie ließen sich dann irgendwo an der Küste nieder. Östlich von Marseille ist ein hübscher kleiner Ort, wo Cäsar für seine Veteranen eine Art Kurort eingerichtet hatte ...«

»Was man doch nicht alles aus dem Guide Michelin lernen kann!« meinte Louise. »Charity, entschuldige, wenn ich dich unterbreche. Aber hast du diesen Bus vor uns gesehen?«

»Allerdings«, sagte ich kurz angebunden, »er fährt ja mitten auf der Straße.«

»Ach so! Ich dachte nur – was heißt Panne auf französisch?«

»*Dépannage*. Oder in einem solchen Fall ganz einfach *accident*. Hast du dich noch immer nicht daran gewöhnt, wie die Franzosen Auto fahren? Das solltest du aber eigentlich.«

Ich machte Anstalten, den Bus zu überholen, obwohl er immer noch mitten auf der Straße fuhr. Aber ich hatte inzwischen gelernt, daß »Höflichkeit auf der Straße« in England und Frankreich nicht das gleiche bedeutet. Ich schwenkte nach links, näherte mich dem Bus, als ob ich ihn rammen wollte, und drückte dazu ununterbrochen auf die Hupe. Wie erwartet schwang der Bus mit ohrenbetäubendem Hupen gleichfalls nach links aus, um uns die Fahrbahn gänzlich abzuschneiden. Ich nahm mir nicht einmal die Zeit zu bremsen, sondern hielt meine Hand weiterhin auf die Hupe, bis der Bus wieder nach rechts schwenkte und wir vorbeibrausen konnten.

»Daran werde ich mich, glaube ich, nie gewöhnen«, stöhnte Louise.

»Er hätte uns nie Platz gemacht, wenn er unsere GB-Nummer gesehen hätte. Die Engländer lassen sich unwahrscheinlich viel gefallen beim Autofahren.«

»Haben Sie gesehen, wer im Bus war?« fragte David.

»Nein, ich war zu beschäftigt. Wer denn?«

»Dieser Mann aus dem Hotel. Marsden heißt er, glaube ich. Er sitzt bei der großen Palme.«

»Ach, der – ja, ich habe ihn gesehen.«

Ich nahm meinen Fuß vom Gaspedal und schaute in den Rückspiegel. Es bestand die Möglichkeit, daß der Bus nach Tarascon fuhr, aber ich hatte das dumpfe Gefühl, daß die Busse der Strecke Avignon–Tarascon einen anderen Weg nahmen. In diesem Falle mußte dies ein Bus nach Nîmes sein, und Marsden saß darin. Nach allem, was ich vergangene Nacht gehört hatte, war ich mir nicht ganz klar darüber, was ich davon zu halten hatte, daß Marsden uns nach Nîmes folgte.

Ich verlangsamte das Tempo noch etwas. Mit einem Triumphgeheul überholte der Bus den Riley und behauptete wieder die Straße. Aber es war mir gelungen, einen Blick auf die Aufschrift zu werfen. Groß und deutlich stand es dort: *Nîmes*.

Ich gab wieder Gas und versuchte nachzudenken, aber es gelang mir nicht, irgendeinen Anhaltspunkt zu finden. So schob ich das ganze Problem vorläufig zur Seite und konzentrierte mich nur noch auf das Autofahren.

Beim Pont du Gard angelangt, hielt ich gegenüber dem Hotel, im Schatten der Bäume. Louise suchte ihre Sachen zusammen.
»David«, sagte ich. »Würdest du mir bitte einen Gefallen tun?«
»Selbstverständlich. Was denn?«
»Geh bitte ins Hotel und erkundige dich, wann der Bus hier ankommt, wie lange er Aufenthalt hat und wann er in Nîmes ist. Glaubst du, daß dein Französisch dazu ausreicht?«
David warf mir einen beruhigenden Blick zu und kletterte mit Rommel aus dem Wagen.
»Selbstverständlich«, wiederholte er und fügte dann treuherzig hinzu: »Fragen ist ja nicht so schwer, das kann man ja unterwegs üben. Aber verstehen, was die antworten – besonders wenn es etwas mit Zahlen zu tun hat. Aber ich werd's mal versuchen.«
»Louise, bist du ganz sicher, daß du nicht mit nach Nîmes kommen willst?«
»Ja, ganz sicher, danke. Ich gehe zum Fluß hinunter und male die Brücke – oh, Verzeihung, den Aquädukt – und vorher esse ich hier zu Mittag. Wann kommt ihr zurück?«
»Das weiß ich noch nicht genau. Wann möchtest du denn abgeholt werden?«
Louise blickte zum Fluß hinunter, wo es golden zwischen den Bäumen glitzerte.
»Ich weiß wirklich nicht. Ich mache dir einen Vorschlag, Charity: Wir wollen uns nicht festlegen. Ihr fahrt nach Nîmes und seht euch, solange ihr Lust habt, die Überreste an. Und wenn ihr mich auf dem Rückweg noch immer hier an einem der Tische sitzen seht, nehmt ihr mich wieder mit, wenn nicht, so bedeutet das, daß ich schon mit einem Bus zurückgefahren bin. Sehr wahrscheinlich willst du doch erst zum Abendessen zu Hause sein, und ich glaube, daß ich schon viel früher mit meinem Malen fertig bin.«
David kam zurück.
*»Midi vingt!«* verkündete er triumphierend. *»Midi vingt*

kommt der Bus hier an. Er hat eine halbe Stunde Aufenthalt und ist um halb zwei in Nîmes. Das war es doch, was Sie wissen wollten?«
»Genau. Prima!« lobte ich ihn und warf einen Blick auf meine Armbanduhr. »Jetzt ist es noch nicht einmal zwölf, und wenn der Bus erst in zwanzig Minuten hier ist, haben wir eigentlich noch Zeit, uns den Aquädukt anzusehen.«
Ich zog den Zündschlüssel heraus und steckte ihn mir in die Tasche.
»Wovon redest du eigentlich?« fragte Louise und sah mich verwundert an. »Ich dachte, deswegen wärest du überhaupt hierhergefahren. Was hat denn der Bus damit zu tun?«
Ich spürte, wie ich rot wurde. Ich hatte laut gedacht, ohne zu merken, wie konfus das alles klingen mußte.
»Ach, nichts«, sagte ich wenig überzeugend. »Es war nur wegen des Essens. Wir wollen in Nîmes essen und uns nicht zu lange hier aufhalten.«
Es war nicht Louises Art, weiter in mich zu dringen, das hätte ich eigentlich im voraus wissen können. Sie suchte bereits wieder nach ihren Zeichenstiften und achtete überhaupt nicht darauf, was ich sagte. Doch als ich mich umwandte, fing ich Davids Blick auf – einen langen, schwer zu deutenden Blick, und wieder hatte ich das Gefühl, als sei er vor etwas auf der Hut. Dann zerrte Rommel ungeduldig an seiner Schnur, und wir gingen alle vier zum Fluß hinunter zu den hohen Bäumen, wo die Zikaden zirpten.

## V

Wann immer ich an die furchtbaren, mysteriösen Geschehnisse jenes Sommers in Südfrankreich zurückdenke, tauchen in meiner Erinnerung zwei Dinge auf, die für mich

unlösbar damit verbunden sind: einmal dieses ununterbrochene trockene, nerventötende Geräusch der Zikaden, die unsichtbar in den verdorrten Bäumen sitzen – und dann der römische Aquädukt über dem Gardon, der Pont du Gard, wie ich ihn an diesem strahlenden Sommertag zum ersten Mal sah. Die zehn bis zwölf Minuten, die David, Rommel und ich auf die goldenen Bogen starrten, die sich über den tiefen, grünen Gardon schwingen, kommen mir jetzt wie eine letzte, kurze Stille vor dem Sturm vor.
Wir standen am Ufer, auf einem der glatten weißen Felsbrocken und sahen zu, wie sich Louise im Schatten der Weiden häuslich einrichtete. Nichts rührte sich, kein einziges Blatt raschelte, keine Wolke am Himmel, die Sturm verheißen hätte. Ja, man hätte schwören können, daß sich nicht einmal das silberfunkelnde Wasser bewegte ...
Das Geräusch vorbeifahrender Autos oben auf der Landstraße schreckte mich aus meiner Versunkenheit auf. Wir verabschiedeten uns von Louise, die uns schon nicht mehr beachtete, und kletterten den staubigen Weg zum Wagen hinauf.
Erst als wir auf der Straße nach Nîmes waren, stieß David einen kleinen Seufzer aus.
»Jetzt bin ich doch sehr froh, daß ich mitgekommen bin«, sagte er. Er warf mir einen flüchtigen Blick zu und fügte errötend hinzu: »Ich meine – ich wollte nicht sagen ...«
»Ich weiß schon. Ich bin froh, daß es dir nicht leid tut.«
Wieder fühlte ich, mehr als ich es sah, seinen langen, forschenden Blick auf mir ruhen.
»Mrs. Selborne?«
»Ja?«
Er zögerte sichtlich. Sein Körper war angespannt wie der eines Läufers vor dem Start.
Ich blickte starr geradeaus und wartete. Dann stieß er wieder einen seiner rührenden kleinen Seufzer aus und schmiegte sein Gesicht an Rommels Rücken.
»Ach, nichts. Wie weit ist es noch bis Nîmes?«

Und den Rest der Fahrt unterhielten wir uns wieder über die Römer. Es war mir also noch nicht erlaubt zu helfen. Und nichts lag mir ferner, als sein Vertrauen erzwingen zu wollen – ich hatte zu sehr das Gefühl, daß er genau wußte, was ihm alles zugemutet wurde und auch wie er es bewältigen wollte. Als ich aber einen verstohlenen Blick zu ihm hinüberwarf, sah das Gesicht, das halb im Fell des Hundes vergraben war, so unendlich kindlich und hilflos aus, daß ich doch nicht mehr so sicher war. Wieder stieg in mir der inbrünstige Wunsch auf, zu helfen. Ich konnte keine wirkliche Erklärung dafür finden. Es lag einfach an David und den Gefühlen, die er in mir weckte. Ich sagte mir wütend, ich sei ein Dummkopf, und warf mir im stillen die unerfreulichsten Dinge vor, verdrängte Muttergefühle und so weiter, und ich hielt meinen Blick unverwandt auf die Straße gerichtet und redete über die Römer.
Schließlich erreichten wir Nîmes, parkten den Wagen in der Nähe der Kirche und fanden in einer Seitenstraße, weit weg von der Bushaltestelle, ein kleines Restaurant, wo wir zu Mittag aßen.

»Zuerst die Arena!« meinte David. »Ich möchte so gerne sehen, wo die Stiere immer herauskommen.«
»Du bist doch ein blutrünstiges kleines Ungeheuer! Heute ist gar kein Stierkampf, nur an Sonntagen manchmal.«
»Oh, schauen Sie doch hier das Plakat! Nächsten Sonntag ist gerade eine Corrida!« Er sah mich flehend an. Ich lachte.
»Nein, David, mit mir nicht. Und auch du würdest es schrecklich finden, glaub mir. Du bist Engländer – du wärst immerzu auf der Seite des Stiers. Und denk an die Pferde!«
»Wahrscheinlich haben Sie recht. Oh, Mensch! Ist es das hier?«
Wir stiegen die steile Straße zur Arena hinauf und liefen draußen an ihren Mauern entlang, bis wir zwischen den

gewaltigen Bogen den Eingang fanden. Nachdem ich Eintrittskarten gelöst hatte, tauchten wir in den Schatten des unteren Korridors, folgten dann einer Gruppe englischer Touristen die Haupttreppe hinauf und standen plötzlich wieder im gleißenden Sonnenlicht im Innern der Arena. Ich blickte in das große Oval hinunter, wo seit jeher wilde Tiere und Christen zu blutigen und gräßlichen Veranstaltungen unter derselben grausamen Sonne zusammengekommen waren. David gesellte sich zu mir, nicht im geringsten beeindruckt, wie mir schien, von dem, was sich hier schon abgespielt hatte. Sein Gesicht strahlte vor kindlicher Erregung.

»Mensch, ist das toll! Ich habe unten an einer Tür *Toril* gelesen. Glauben Sie, das heißt Stier? Verwenden sie denn auch spanische Ausdrücke hier? Wo kommt der Stier wohl 'raus?«

Ich zeigte auf das große Tor am Ende der Arena, auf dem in weißen Lettern *Toril* stand.

»Mensch!« sagte David noch einmal. Er lehnte sich über die Brüstung und starrte angestrengt hinunter. »Glauben Sie, daß wir vielleicht Blutflecken sehen?«

Ich zog mich wieder in den Schatten des Gewölbes zurück. Die Hitze auf den Steinen war kaum zu ertragen. Ich lehnte mich gegen die wohltuend kühle Mauer, und meine Blicke folgten träge David, der sich mit Rommel unten an der Brüstung herumtrieb und sich ab und zu hinüberbeugte, wahrscheinlich noch immer auf der Suche nach Blutspuren. Damit war für mich zum Glück das Problem gelöst, ob er neurotisch war oder nicht. Eine gewisse Gier nach Blutspuren gehörte, soviel ich wußte, zu einem normalen Jungen.

Ich schloß die Augen und ließ das Gemurmel der Touristen aus aller Welt an mir vorüberziehen. Wir schienen die einzigen Engländer zu sein, denn man hörte nur Deutsch, Französisch und Amerikanisch. Doch kaum hatte ich diese Feststellung gemacht, als eine Männerstimme von unten heraufdrang, die laut und gereizt auf englisch sagte:

»Dieses verdammte Billett ist aber gültig! Man hat es mir soeben in der Maison Carrée verkauft.«
Dann ging jemand auf der Treppe an mir vorüber und stieß leicht an meine Handtasche, worauf sie meinen müden Fingern entglitt. Erschrocken öffnete ich die Augen, aber schon hatte sich eine reizende Frau in mittleren Jahren nach ihr gebückt und gab sie mir zurück, wobei sie sich liebenswürdig und mit starkem amerikanischem Akzent entschuldigte. Ich sagte etwas verschlafen, es sei mein Fehler gewesen, und erst jetzt wurde ich gewahr, daß David neben mir stand.
»Mrs. Selborne!« keuchte er, nachdem die Amerikanerin weitergegangen war.
»Was – um Himmels willen, David, was ist denn los mit dir?«
Er hielt mich am Ärmel fest. Schneeweiß leuchtete sein Gesicht hier im Schatten, und seine Augen waren unnatürlich groß.
»Ist dir nicht gut, David?«
»Doch – ich – es ist ...« Seine Hand auf meinem Arm zitterte, als er mich zur Treppe zog. »Bitte, können wir jetzt gehen? Ich möchte nicht länger bleiben – macht es Ihnen etwas aus?«
»Nein, durchaus nicht. Wir können sofort gehen, ich habe nur auf dich gewartet.«
Er hörte meine Antwort gar nicht mehr, so schnell stob er die Treppe hinunter und hinaus auf die glühendheiße Straße, Rommel immer dicht auf seinen Fersen.
Ich folgte, so schnell ich vermochte, und sah zu meinem Erstaunen, daß er den Weg zurücklief, den wir gekommen waren.
»Aber, David«, rief ich, »willst du denn die anderen Sachen nicht mehr sehen? Hier geht es doch zum Wagen.«
Er blieb einen Augenblick stehen und streckte wie bittend seine Hand aus.
»Ich – mir ist nicht gut, Mrs. Selborne. Wahrscheinlich

kommt es von der Hitze. Sind Sie mir sehr böse, wenn ich nicht weiter mitkomme? Ich kann ja irgendwo auf Sie warten.«

Ich faßte ihn am Arm.

»Nein, ich bin dir nicht böse, es tut mir nur leid, daß es dir nicht so gutgeht. Wollen wir zum Wagen gehen?«

Wir gingen zum Kirchplatz zurück, wo er wieder stehenblieb und mich anblickte. Er war nun schon nicht mehr ganz so blaß und zitterte auch nicht mehr, ja, er brachte sogar ein schwaches Lächeln zustande.

»Es geht mir schon wieder besser, Mrs. Selborne, wirklich. Ich setze mich in die Kirche, da ist es schön kühl, und warte auf Sie. Machen Sie sich bitte meinetwegen keine Sorgen.«

»Möchtest du vielleicht etwas Kaltes trinken? Dort drüben ist ein Café.«

Er schüttelte den Kopf. »Ich setze mich nur in die Kirche.«

»Und der Hund?«

»Ach so – ja.« Er blickte etwas ungewiß auf die Kirchentür. »Ach, ich glaube, das wird schon gehen. Ich setze mich in die Nähe des Ausganges, und jetzt ist doch kein Gottesdienst. Sonst kann ich ihn draußen anbinden.«

Ich ließ ihm seinen Willen und wartete noch, bis er in der Kirche verschwunden war, dann wandte ich mich zum Gehen. Niemand schien Rommel den Eintritt verwehrt zu haben, und bei dieser Hitze war es in der Kirche bestimmt angenehm kühl.

Ich kam zu dem Schluß, daß es ihm sicherlich furchtbar peinlich gewesen wäre, wenn er mir durch sein Unwohlsein den Tag verdürbe, und so beschloß ich, mit meinem Sight-seeing fortzufahren, es aber nicht zu lange auszudehnen.

Als erstes ging ich zu der wunderbaren Maison Carrée mit ihren sechsundzwanzig korinthischen Säulen, und dann machte ich mich auf den Weg zum Jardin de la Fontaine mit dem Dianatempel. Die Hitze war schier unerträglich, und

als ich endlich den Garten mit seinen Bassins und Balustraden erreicht hatte, war sogar meine Begeisterung für römische Überreste bedenklich ins Wanken geraten.
Ich blieb stehen und blickte auf die waldigen Wege, die am Ende des Gartens zum Mont Cavalier und der Tour Magne hinaufführten. Es sah so steil aus, die Zikaden geigten wie wahnsinnig in den Bäumen, und die Hitze flutete in Wellen über mich hin.
»Nein«, sagte ich fest.
Eilends drehte ich dem römischen Turm den Rücken und ging zum Dianatempel, in dessen Nähe ein Café liegt und wo man unter schattigen Bäumen eisgekühlte Getränke schlürfen kann.
Nachdem ich das ausgiebig getan hatte, fühlte ich mich bedeutend besser, aber noch immer nicht der Tour Magne gewachsen. Den Dianatempel wollte ich mir jedoch ansehen, schon allein um mein Billett auszunützen, wie es sich für einen pflichtbewußten Touristen gehört. Ich stand auf und ging durch das zerstörte Gewölbe ins Innere des Tempels.
Es war, als ob ich mich plötzlich in einer anderen Welt befände. Hinter mir, außerhalb der verfallenen Bogen, lag eine heiße, weiße Welt mit ihren Menschen und Stimmen; hier drinnen dagegen war es vollkommen ruhig, kühl und grün. Bäume neigten sich über die hohen, geborstenen Mauern, Schatten lagerten in den grünen Nischen – überall Stille, tiefe Stille. Eine Stille, die nicht einfach der Gegensatz von Lärm war, sondern eine ganz lebendige Stille, wie Musik.
Ich setzte mich auf einen gesprungenen Steinblock und schloß die Augen. Ich gab mir alle Mühe, nicht an Johnny zu denken ... es half ja doch nichts. Ich wollte denken, wie schön diese Stille war und wie gerne ich doch allein ...
»Ist Ihnen nicht gut?«
Erschrocken öffnete ich die Augen.
Ein Mann war hereingekommen, so leise, daß ich ihn nicht

gehört hatte. Jetzt stand er vor mir und sah mit gerunzelter Stirn auf mich herunter.
»Fehlt Ihnen etwas? Ist es die Hitze?« Seine Worte klangen, als ob er sich gezwungen fühlte, mir seine Hilfe anzubieten, zugleich aber innigst hoffte, daß ich sie nicht benötigte.
Ich spürte, daß Tränen an meinen Wimpern hingen, und kam mir sehr albern vor. »Nein, ich bin völlig in Ordnung, danke«, sagte ich möglichst energisch. »Ich habe mich nur etwas ausgeruht und genoß das Alleinsein.«
Er hob leicht die Augenbrauen, und ein Zug von Bitterkeit erschien in seinen Mundwinkeln.
»Dann verzeihen Sie bitte.«
Nun kam ich mir vollends blödsinnig vor.
»Nein, bitte, entschuldigen Sie«, sagte ich und stand auf. »So habe ich es wirklich nicht gemeint. Ich wollte nicht unhöflich sein. Es – es war nur wortwörtlich das, was ich gerade empfand. Aber ich hätte es nie so ausgedrückt, wenn ich durch Ihr Erscheinen nicht etwas verwirrt gewesen wäre.«
Er erwiderte nichts, sondern blickte mich noch immer an. Ich spürte, daß ich wie ein Schulmädchen errötete, und aus irgendeinem idiotischen Grunde schossen mir schon wieder Tränen in die Augen.
»Ich bin für gewöhnlich nicht so unhöflich zu Fremden«, stammelte ich. »Vor allem dann nicht, wenn sie die Freundlichkeit haben, sich nach meinem Befinden zu erkundigen. Entschuldigen Sie bitte.«
Er lächelte immer noch nicht, aber er sagte freundlich: »Es war meine Schuld, Sie so zu verwirren. Möchten Sie vielleicht eine Zigarette, damit Sie zu Kräften kommen, ehe Sie wieder da 'rausgehen?«
Er hielt mir sein Etui hin, und als ich zögerte, setzte er hinzu: »Wenn Sie von Fremden auch keine Zigaretten annehmen, können wir dem abhelfen. Ich heiße Coleridge, Richard Coleridge.«

Ich nahm eine Zigarette. »Und ich Charity Selborne. Obschon Wordsworth wahrscheinlich mehr am Platz wäre.«
Er gab mir Feuer und sagte mit leichtem Spott: »Sie wollen mir doch nicht weismachen, daß Sie bereits das Gefühl einer Verbindung zwischen uns haben?«
»Das nicht – obschon ich vorhin einen Augenblick geglaubt habe, daß wir uns schon einmal begegnet sind. Irgend etwas an Ihnen kommt mir so bekannt vor...«
Er unterbrach mich schroff: »Das ist unmöglich. Ich kenne den Namen Selborne überhaupt nicht, außer bei Gilbert White.«
Ich hob interessiert den Kopf.
»Gilbert White?«
»Ja, es gibt ein Buch...«
»Natürlich, ich weiß. Es ist nur so merkwürdig, weil mich gerade vor ein paar Tagen erst jemand mit diesem Buch in Zusammenhang brachte, und so bekannt ist es doch gar nicht. Es hat mich bei David besonders überrascht, weil er ja noch ein Kind ist.«
Ganz ruhig fragte er: »David?«
»Ja, David Shelley. An ihn habe ich übrigens gedacht, als ich vorhin zu Ihnen sagte, daß ich eigentlich Wordsworth heißen müßte. Es kommt mir bald so vor, als seien sämtliche Dichter der Romantik...«
»Wo haben Sie diesen David Shelley kennengelernt?«
Da begriff ich. Ich hielt meine Zigarette wie erstarrt in der erhobenen Hand und sah ihn an. Seine Hand zitterte nicht ein bißchen, als er die Asche von seiner Zigarette schnippte, und sein Gesicht war ganz ausdruckslos. Nur in seinen Augen lauerte etwas, das meinem Herzen einen schmerzhaften Stoß versetzte.
Noch einmal wiederholte er ohne Betonung, fast gleichgültig: »Wo haben Sie diesen David Shelley kennengelernt?«
Und er sah mich dabei mit Davids Augen an.
Shelley – Coleridge – Byron. Ich wußte nun Bescheid. In

diesem stillen, kleinen Tempel war ich allein mit Richard Byron, dem Mann, der aus Mangel an Beweisen freigesprochen worden war. Und der mich jetzt anblickte, als würde er mich liebend gerne erwürgen.
Da warf er seine Zigarette weg und machte einen Schritt auf mich zu.

## VI

»*Excusez-moi, Monsieur.*«
Richard Byron fuhr herum. Der Concierge stand am Eingang des Tempels und blickte ihn bekümmert und gleichzeitig vorwurfsvoll an.
»Ihr Billett, Monsieur. Sie haben mir noch nicht Ihr Billett gezeigt.«
Sein struppiger Schnurrbart hing traurig herab, seine wässerigen Augen waren blutunterlaufen, aber mir war, als hätte ich noch nie einen so liebenswerten Menschen gesehen. Mit zitternden Fingern drückte ich meine Zigarette aus und ging – ganz gelassen – auf den Eingang zu. Der Concierge aber schien anzunehmen, daß Richard Byron und ich zusammengehörten, denn er wich nicht von der Stelle.
Während ich nervös in meiner Tasche nach dem Billett suchte, hatte Byron seines mit einer ungeduldigen Bewegung hervorgeholt. Der Concierge ergriff es, besah es gründlich und schüttelte dann vorwurfsvoll den Kopf.
»Es ist zerrissen, Monsieur. Es ist nicht mehr gültig. Vielleicht ist es nicht das richtige Billett?«
»Ich kann nichts dafür, daß es zerrissen ist«, fuhr ihn Richard Byron wütend an. »Es war schon zerrissen, als ich es löste.«
»Wo haben Monsieur es denn gelöst?«
»In der Maison Carrée.«

Plötzlich hörte ich sie wieder in der Arena, die gleiche Stimme, die das gleiche über das Billett gesagt hatte. Und David, der plötzlich zu mir gekommen war und mich weggezogen hatte, David, der sich zitternd und schreckensbleich in der Kirche verborgen hielt!
David mußte seinen Vater gesehen haben. Und bei dem Gedanken an David flößte mir Richard Byron auf einmal keine Furcht mehr ein.
Ich hielt mein Billett nochmals dem Concierge hin, der es nahm, einen traurigen Blick darauf warf und dann knipste. Und schon war ich draußen im Sonnenschein. Ich ging an dem Café vorbei und suchte in Gedanken vergeblich nach einem Rückweg, auf dem mich Richard Byron nicht erwischen konnte. Aber der herrliche Garten lag weit und übersichtlich vor mir, und diese langen geraden Straßen... Ich begann zu laufen. Wenn ihn doch bloß der Concierge noch etwas aufhielt!
Aber ach, er mußte den Concierge bestochen haben, denn ich war kaum fünfzig Meter gelaufen, als ich auch schon seine Schritte hinter mir hörte.
»Einen Augenblick noch, bitte!« rief er.
Ich blieb stehen und wandte mich zu ihm um.
»Hören Sie«, sagte ich rasch und möglichst liebenswürdig. »Es war reizend, Sie kennenzulernen, und ich danke Ihnen für die Zigarette. Aber ich muß jetzt gehen, auf Wiedersehen!«
Ich eilte weiter, aber schon war er wieder an meiner Seite.
»Ich wollte Sie nur etwas fragen.«
Nun mußte ich versuchen, ihn einzuschüchtern, mich so benehmen, als hielte ich das Ganze für eine ungehörige Anrempelung, und ihm keine Gelegenheit mehr geben, weitere Fragen zu stellen.
»Bitte lassen Sie mich jetzt gehen«, sagte ich eisig. »Wie ich Ihnen schon sagte, bin ich gerne allein.«
»Ich muß aber mit Ihnen reden.«
»Es tut mir leid, aber...«

»Sie sagten vorhin, daß Sie einen Jungen namens David Shelley kennen.« Sein Blick war drohend, und seine Stimme hatte einen Ton, der mir gar nicht gefiel. Solch ein direkter Angriff machte mich völlig hilflos, und gegen meinen Willen lief es mir kalt den Rücken hinunter. Ich mußte erst einmal Zeit gewinnen – mußte nachdenken, was ich tun, was ich sagen sollte.
»Wo haben Sie ihn gesehen?«
»Warum wollen Sie das wissen?« Sicher klang das recht kläglich, aber ich versuchte um jeden Preis, ihn noch etwas hinzuhalten.
»Weil ich ihn kenne«, sagte er kurz. »Wenn er irgendwo hier in der Nähe ist, würde ich ihn gerne besuchen. Er ist – er ist der Sohn eines alten Freundes von mir, und er würde sich bestimmt sehr freuen, mich zu sehen.«
Weiß Gott, das würde er, dachte ich, der arme kleine Kerl, der sich wie ein verängstigtes Kaninchen in der Kirche verkrochen hatte.
»Bedaure«, sagte ich, »aber ich kenne ihn selber nur ganz flüchtig.«
Ich sah Leute aus dem unteren Teil des Gartens zu uns heraufkommen, und mir wurde sofort etwas besser zumute. Er konnte mich ja wohl schwerlich festhalten und mir eine Szene machen, wenn jemand in der Nähe war. Sobald sie uns erreicht hatten, wollte ich mich ihnen anschließen, mich unter ihnen verlieren.
Ich bemühte mich, aufrichtig in Richard Byrons zornige graue Augen zu blicken: »Ich habe ihn ganz zufällig auf einer Rundfahrt getroffen, so wie ich Sie heute getroffen habe. Ich habe keine Ahnung, wo er jetzt ist.«
»Wann war das?«
»Vor zwei Tagen.«
»Und wo?« fragte er sehr ruhig, aber ich spürte die ungeheure Spannunng in ihm. Wieder erinnerte er mich stark an David.
»In Tarascon«, sagte ich auf gut Glück, wahrscheinlich noch

in Erinnerung an den Bus von heute morgen. Die Touristen waren schon ganz in unserer Nähe, sie waren nur noch einmal stehengeblieben, um die herrliche Aussicht zu bewundern.

»Wo denn in Tarascon? Hat er etwas davon gesagt, daß er längere Zeit dort bleibt?«

»Nein, ich sagte Ihnen doch, daß ich nichts weiß. Ich habe ihn nur ganz kurz getroffen, während der Besichtigung von ...« Nun ergriff mich eine wilde, panische Angst. Was konnte man nur in Tarascon besichtigen? »In der Kathedrale!« sagte ich schließlich auf gut Glück.

Er hielt hörbar den Atem an, und als ich aufblickte, sah ich, wie er mich mit zusammengekniffenen Augen anblickte. Ihr Ausdruck ließ nicht die geringsten Zweifel offen.

Wenn jemals ein Mann aussah, als wollte er sein Gegenüber im nächsten Moment umbringen, so Richard Byron jetzt, an diesem strahlenden Sommernachmittag, zwischen den leuchtenden Blumenbeeten des Jardin de la Fontaine zu Nîmes.

Und jetzt hatte uns die Gruppe von Touristen erreicht. Ich wandte mich um, mich ihnen anzuschließen, mit ihnen zu gehen, wohin auch immer. Wenn ich nur unter Menschen war, von ihnen beschützt und nicht gezwungen wurde, David an diesen finster blickenden Mann auszuliefern, der so drohend vor mir stand, mitten im hellsten Sonnenschein.

»Hallo«, ertönte da eine freundliche Stimme mit amerikanischem Akzent, »haben wir uns nicht schon gesehen, vorhin in der Arena? Wo haben Sie Ihren kleinen Jungen gelassen?«

Es war die Frau, die mir die Tasche aufgehoben hatte. Herzlich lächelte sie mir zu, aber ich war wie versteinert, konnte sie nur wortlos anblicken. Sie nickte mir noch einmal zu und ging dann mit den anderen weiter. Ich wollte mich ihnen gerade anschließen, da packte mich eine Hand mit hartem Griff am Handgelenk.

»Einen Augenblick noch«, sagte Richard Byron wieder und zog mich mit sich mit.
Ich gehorchte wie eine Puppe. Meine letzte Widerstandskraft war gebrochen. Lachend und plaudernd gingen die Touristen weiter, ohne zu bemerken, wie er mich hinter eine Gruppe von Statuen zerrte.
»Lassen Sie mich los!«
»Sie waren also heute mit dem Jungen in der Arena?«
»Lassen Sie mich los, oder ich rufe die Polizei!«
Er lachte. Es war kein gutes Lachen.
»Rufen Sie nur!«
Ich biß mir auf die Lippen. Die Polizei – all die Fragen – meine Papiere, mein Wagen – ich mußte ja auf alle Fälle unbemerkt mit David aus Nîmes verschwinden. Richard Byron lachte wieder auf, als er auf mich heruntersah.
»Ja, das sähe Ihnen ähnlich, die Polizei zu rufen, was?« Sein Griff wurde härter, und ich muß wohl einen Schmerzensschrei ausgestoßen haben, denn er grinste zufrieden, bevor er seinen Griff etwas lockerte. »Also, wo ist der Junge, mit dem Sie zusammen waren?«
Ich konnte nicht mehr richtig denken. Hilflos sagte ich: »Sie hat sich geirrt, der Junge gehörte gar nicht zu mir, ich habe mich nur mit ihm unterhalten. Es war nicht David.«
Er blickte mich höhnisch an.
»Ach, wir lügen noch immer? Sie haben sich nur mit ihm unterhalten, weiter nichts? So, wie Sie sich mit David Shelley in der Kathedrale in Tarascon unterhalten haben?«
Ich nickte.
»Dann darf ich Ihnen wohl zu Ihrer Orientierung mitteilen«, sagte Davids Vater, »daß Tarascon ein dreckiges kleines Nest ist, dessen einzige Sehenswürdigkeit ein Schloß an der Rhone ist. Und daß ich, obschon es eine geben muß, dort noch nie eine Kirche gesehen habe.«
Ich schwieg beharrlich weiter. Ich hätte es mir eigentlich denken können. Johnny hatte von jeher gesagt, daß ich ganz erbärmlich schlecht lüge.

»Und jetzt, verdammt noch mal«, sagte Richard Byron, »werden Sie mich gefälligst zu David bringen.«
Er packte mich am Arm und führte mich zur Treppe.

Er sprach kein Wort, während wir die Treppen hinabgingen, und ich war dankbar für die Gelegenheit, endlich etwas nachdenken zu können. Es war mir vollkommen schleierhaft, warum er sich so abscheulich gegen mich benahm, aber es hatte keinen Zweck, jetzt dahinterkommen zu wollen. Ich mußte nun einzig und allein schnell eine Lösung finden, wie ich ihn abschütteln und ungesehen mit David aus Nîmes verschwinden konnte.
Etwas war mir vollkommen klar, wenn ich an Davids Flucht aus der Arena zurückdachte: Er hatte eine Todesangst vor seinem Vater. Und deswegen mußte ich alles daransetzen, ihn möglichst rasch in Sicherheit zu bringen. Wenn er mir doch nur gleich etwas gesagt hätte, ich hätte Nîmes sofort mit ihm verlassen. Jetzt, nachdem ich Richard Byron kannte, wußte ich, daß ich ihn lieber selbst umbringen würde, als zuzulassen, daß David ihm in die Hände fiel.
Ich blickte verstohlen auf und sah sein Gesicht, das so voll Bitterkeit und Härte war, und da fiel mir etwas ein, was mein Herz beinahe stillstehen ließ: Er war verrückt, hatte Mrs. Palmer gesagt, total verrückt – er war verrückt!
Wieder krochen kalte Angstschauer über mich hin, und zugleich hatte ich ein ganz unwirkliches Gefühl, als sei all dies gar nicht wahr – ein Gefühl, das wohl die meisten Leute haben, wenn sie sich in einer ausgefallenen oder gefährlichen Situation befinden. Das alles konnte doch nicht mir, Charity Selborne, passieren! Ich war es doch nicht, die am Arm eines Mannes, der aller Wahrscheinlichkeit nach ein Mörder war, durch die Gärten von Nîmes ging! Eines Mannes, der mich beschimpfte, der mir weh getan hatte und der aussah, als wolle er mich liebend gerne töten. So etwas konnte es einfach nicht wirklich geben. Meine Gedanken wirbelten wild durcheinander. Ob es wohl John-

ny damals auch nicht für möglich gehalten hatte, als sein Flugzeug brennend über Frankreich abstürzte?

»Und jetzt?« fragte Richard Byron.

Wir standen an der Ecke, wo es zur Arena ging.

Als ich ihm nicht gleich antwortete, blickte er mich sofort wieder drohend an.

»Also, Puppe«, sagte er schneidend, »wohin jetzt?«

Und da erfaßte mich eine großartige, befreiende Wut. Irgend jemand hat einmal gesagt, Wut sei eine chemisch nützliche Reaktion. Jetzt glaube ich das auch. Auf alle Fälle war mein Kopf plötzlich ganz klar, und ich vergaß alle Angst, verrückt hin, verrückt her. Auf einmal wußte ich, was ich zu tun hatte.

Ich blickte die Straße hinauf, die zur Arena führt, und sah an ihrem Ende einen großen grauen Wagen stehen, und gleichzeitig fiel mir Loraines durchdringendes Flüstern ein: »Ein großer grauer Wagen mit einer GB-Nummer...« Dann wandte ich den Kopf zur anderen Seite, wo der Kirchplatz lag. Dort stand ein Bus mit der Aufschrift: Montpellier.

Ich bedeckte die Augen mit meiner freien Hand und sagte mit zitternder Stimme: »Also gut, ich gebe es zu, ich habe Sie angelogen. Aber Sie haben mich so furchtbar erschreckt, und ich wollte Sie einfach loswerden. Es stimmt, ich war mit David Shelley in der Arena.«

Ein Zucken lief durch seinen Arm.

»Na also – und wo ist er jetzt?«

»Ich weiß es nicht.«

»Mein liebes Kind, nun hören Sie einmal zu...«

Ich schüttelte heftig den Kopf. »Merken Sie denn nicht, daß ich jetzt die Wahrheit sage? Er hatte keine Lust, mit mir zur Tour Magne hinaufzugehen und hat sich selbständig gemacht.«

»Und wo treffen Sie sich wieder?«

Ich fühlte, wie seine Spannung wuchs, als ich etwas zögerte.

»Auf dem Platz dort«, sagte ich widerstrebend. O David, flehte ich unhörbar, verzeih mir, wenn es schiefgeht!
»Und wann?«
»Kurz bevor der Bus fährt. Sie dürfen mich jetzt nicht länger aufhalten, sonst werde ich noch zu spät kommen.«
Er blickte auf den Platz. Kein David weit und breit.
»Der Bus nach Montpellier«, sagte ich unwirsch.
Seine Augen leuchteten auf.
»Der Bus nach Montpellier steht schon da«, sagte er. »Wann fährt er denn ab?«
Ich kniff die Augen zusammen und tat, als blicke ich angestrengt hin. »Ist er das wirklich? Ah, ja.« Ich sah die Busfahrer herumstehen, als hätten sie stundenlang Zeit, und noch einmal setzte ich alles auf eine Karte. »In ungefähr zehn Minuten.« Dann sah ich zu ihm auf, und meine Augen schwammen tatsächlich in Tränen. »Kann ich jetzt bitte gehen? Es – es tut mir leid, wenn ich Sie geärgert habe, aber Sie haben mir einen solchen Schrecken eingejagt.«
Nun zögerte er, und ich gab mir alle Mühe, ihn nicht meine Spannung merken zu lassen. Dann ließ er meinen Arm los und sagte: »Also gut. Es tut mir leid, daß ich Sie so erschreckt habe. Sie hätten mich besser nicht angelogen. Ich bin etwas in Sorge um David, verstehen Sie, und ich hatte das Gefühl, Sie versuchten mich von ihm fernzuhalten.«
Er ging rasch die Straße hinauf zu seinem Auto. Ich selbst schlenderte so gelassen wie möglich bis zur Ecke, doch sobald ich außer Sichtweite war, rannte ich wie von allen Furien gehetzt, als gälte es mein Leben.
Glücklicherweise sah niemand, wie ich in die Kirche stürmte, als wollte ich eine Gotteslästerung begehen. Wenn David jetzt nicht da war – nicht auszudenken! Doch da saß er zusammengekauert in einem Betstuhl, den schlafenden Rommel zu seinen Füßen. Als ich hereinkam, fuhr er mit einem Ruck hoch.
»David«, keuchte ich, »stell jetzt keine Fragen. Er sucht dich – zum Auto, schnell!«

Er warf mir einen einzigen Blick voll Schrecken zu und folgte mir sofort. Als wir im Vorraum waren, blieb ich einen Moment stehen, um den Platz zu überblicken, aber nirgends war ein großer, grauer Wagen zu sehen. Wir überquerten den freien Platz, so schnell es uns möglich war, und während wir liefen, sah ich den Bus nach Montpellier um die Ecke biegen. Dann hatten wir die kleine Seitenstraße, in der mein Wagen stand, gefunden.
»Glück gehabt«, sagte ich, nach Luft ringend, während wir durch ein Netz von kleinen Seitenstraßen unseren Weg suchten. »Der Bus nach Montpellier ist schon früher abgefahren. Er wird ihm folgen, bis er merkt ... Und bis es soweit ist ...«
Zwei Minuten später hatte ich endgültig aus Nîmes herausgefunden, und wir waren auf der Straße nach Avignon.

## VII

Wir waren schon ein ganzes Stück gefahren, ohne ein Wort miteinander gesprochen zu haben, ehe ich behutsam fragte: »Du hast deinen Vater in der Arena gesehen, nicht wahr?«
»Ja«, sagte er tonlos. Ich mochte ihn in diesem Moment nicht ansehen. Meine Augen waren ohnedies unablässig auf den Rückspiegel gerichtet, in dem ich einen großen grauen Wagen mit einer GB-Nummer zu erblicken befürchtete.
»Zuerst glaubte ich nur seine Stimme zu hören, aber als ich dann hinunterschaute, habe ich ihn sofort erkannt. Ich hätte nicht gedacht, daß er mich auch gesehen hat.«
»Hat er auch nicht. Ich habe dich durch einen dummen Zufall verraten. Ich traf ihn im Park, oben im Dianatempel.«

»Und?«
»Ach, er versuchte, aus mir herauszukriegen, wo du bist. Ich habe ihm etwas vorgelogen, aber er hat mich sofort durchschaut. Ich konnte noch nie besonders gut lügen. Und dann habe ich ihm erzählt, daß wir mit dem Bus nach Montpellier fahren.«
»Und jetzt fährt er wohl dem Bus nach?«
»Ja, hoffentlich«, sagte ich munter. »Und Montpellier liegt genau in der entgegengesetzten Richtung.«
»Ja, ich weiß.«
Ich blickte einmal kurz zu ihm hinüber, seine Stimme hatte so merkwürdig geklungen. Er saß vornübergebeugt da, Rommel zwischen den Knien, und starrte mit einem rätselhaften Ausdruck vor sich hin. Seine Augen waren wieder so unnatürlich groß und dunkel, und Tränen kollerten lautlos über sein totenblasses Gesicht. Bei seinem Anblick krampfte sich mir das Herz zusammen, und es war mir nicht länger möglich, mein Mitgefühl zu unterdrücken. Ich legte meine linke Hand leicht auf seinen Arm.
»Ach, David, es wird sicher bald alles besser werden. Ist es sehr schlimm?«
Er gab mir darauf keine Antwort, und als er endlich wieder sprach, klang seine Stimme völlig normal.
»Woher wissen Sie das von meinem Vater?«
»Ach, es ist im Hotel darüber geklatscht worden. Jemand, der den Fall verfolgt hat, hat deine Stiefmutter wiedererkannt. Hattest du denn eine Ahnung, daß er auch in Nîmes sein könnte?«
»Nein. Ich dachte mir schon, daß er uns wahrscheinlich suchen würde, aber sicher war ich mir dessen nicht. Ich glaubte, ich könnte es ruhig riskieren, einen Ausflug mit Ihnen zu machen. Sie – Sie haben ihm doch nicht gesagt, daß wir in Avignon sind?«
Wieder diese Todesangst in seiner Stimme.
»Nein, natürlich nicht. Es ist wohl von größter Wichtigkeit, daß er das nicht herausfindet, ja?«

»Ja.« Er nickte heftig. »Ich kann Ihnen gar nicht sagen, wie wichtig. Es – es geht um Leben und Tod.« Und seltsamerweise klang diese abgedroschene, dramatische Phrase im Munde dieses Kindes keineswegs lächerlich, sondern zutiefst überzeugend.
»David?«
»Ja?«
»Möchtest du gerne darüber sprechen?«
»Ich weiß nicht – was hat man Ihnen denn im Hotel erzählt?«
»Nichts weiter. Nur das, was seinerzeit in den Zeitungen stand. Verstehst du, wenn du mir in Nîmes gleich gesagt hättest, daß du deinen Vater gesehen hast, hätte das alles nicht zu passieren brauchen, denn ich wußte ja, daß es besser für dich ist, wenn du nicht mit ihm zusammentriffst. Und als ich ihn dann im Dianatempel traf und mir klar wurde, daß es seine Stimme gewesen sein mußte, die dich in der Arena erschreckt hat, habe ich eben zu verhindern versucht, daß er dich findet. Nichts weiter.«
»Weiter gibt es auch nichts«, sagte David nach einer Pause. »Nur etwas noch, Mrs. Selborne, es ist ganz schrecklich wichtig.«
»Und das wäre?«
Beschwörend fuhr er fort: »Bitte erzählen Sie keinem Menschen, was heute geschehen ist.«
»Aber David, das kann ich wirklich nicht! Deine Stiefmutter muß doch zumindest ...«
Ich sah, wie sich seine Hände im Fell des Hundes verkrampften, und hörte Rommel aufwinseln.
»Nein! Oh, Mrs. Selborne, bitte, bitte tun Sie das nicht! Sie würde sich nur schrecklich aufregen, und es würde doch nichts nützen. Es wird bestimmt nicht wieder vorkommen, denn ich werde einfach nicht mehr weggehen, wir fahren ja ohnehin in ein paar Tagen weiter. Bitte, bitte, behalten Sie es für sich, als unser Geheimnis!«
Ich schwieg einen Moment, während der Riley surrend eine

Steigung nahm. Vor uns lagen die goldenen Bogen des Pont du Gard.

»Also gut«, sagte ich. »Ich weiß zwar nicht, wieso, aber ich werde es für mich behalten. Ich bin nach wie vor davon überzeugt, daß deine Stiefmutter es wissen müßte, aber ich werde es ihr nicht sagen.«

»Großes Ehrenwort?«

Ich glaube kaum, daß dieser kindliche Schwur jemals zuvor mit einer solch verzweifelten Eindringlichkeit gefordert wurde.

»Großes Ehrenwort!«

Ich vernahm einen kleinen Seufzer der Erleichterung.

»Ich finde Sie wahnsinnig nett«, sagte David mit kindlicher Naivität.

»Danke.«

»Wie – wie sah er denn aus?«

Ich verlangsamte das Tempo etwas und blickte wieder in den Rückspiegel. Noch immer nichts. Aber vor meinen Augen tauchte wieder das Gesicht von Richard Byron auf, dunkel, zornig, mit finster zusammengezogenen Augenbrauen und einem schmalen, harten Mund.

»Soweit ganz gut«, sagte ich vorsichtig. »Aber er war natürlich sehr böse auf mich, und deshalb war er nicht besonders nett zu mir. Ich kann gut verstehen, daß du einen Schrecken bekommen hast, weißt du, ich muß dir gestehen, daß ich im Augenblick auch zu Tode erschrocken war. Ich habe mich sogar gefragt ...« Ich brach unvermittelt ab.

»Sie haben sich gefragt, ob er wohl verrückt sei?« fragte die Kinderstimme neben mir. »Ja, ich glaube, das ist er. Er muß es sein. Vollkommen verrückt.«

Und damit hielten wir vor dem Hotel beim Pont du Gard.

Ein flüchtiger Blick auf die Tische zeigte uns, daß Louise schon weg war, und unverzüglich setzten wir unseren Heimweg fort. Wir sprachen jetzt kaum mehr miteinander. Ich fuhr so schnell wie möglich und blickte ununterbrochen in den Rückspiegel. David saß in sich zusammengekauert neben mir und hielt Rommel fest. Kurz vor sechs hatten wir die Hängebrücke bei Villeneuve-lès-Avignon erreicht, und nachdem wir sie im Schrittempo überquert hatten, fuhr ich zur Porte de l'Oulle, um mich möglichst bald in den kleinen Seitenstraßen zu verlieren. Ich hatte das Gefühl, es keine zehn Minuten mehr auf der Hauptstraße aushalten zu können, wo wir den Blicken eines Verfolgers schutzlos preisgegeben waren. Der Riley rannte geradezu in seine Garage und blieb aufseufzend in dem Augenblick stehen, als die Uhr auf der Place de l'Horloge sechs schlug.

*L'heure de l'apéritif*. Louise saß bestimmt schon im schattigen Garten und trank ihren Vermouth, genauso wie gestern und vorgestern.

Ich stieg aus dem Wagen und lächelte David zu.

»Ich glaube, ich muß vor dem Essen noch baden, und du? Es war ein herrlicher Ausflug, nicht wahr? Die Arena scheint dich ja unwahrscheinlich beeindruckt zu haben.«

Er brachte ein kleines Lächeln zustande. »Ja. Vielen Dank, daß Sie mich mitgenommen haben.«

Ich sah ihm nach, bis er im Hotel verschwunden war, dann ging ich rasch wieder die Straße hinunter. Kurze Zeit darauf saß ich in einem der kleinen, überfüllten Cafés beim Tor zur Hängebrücke und trank meinen Aperitif – diesmal einen Kognak. Geraume Zeit saß ich da auf meinem Beobachtungsposten und kontrollierte ungesehen alle Autos, die von Villeneuve-lès-Avignon herüberkamen.

Aber ein großer, grauer Wagen mit einer GB-Nummer war nicht darunter. Endlich stand ich auf und begab mich zurück ins Hotel.

Louise fand ich nicht im Garten, sondern in ihrem Zimmer, wo sie ihr Skizzenbuch durchblätterte, den unvermeidlichen Vermouth vor sich auf dem Toilettentisch.

»Ich wollte mich nur vergewissern, daß du auch wirklich zurück bist.«

»Ich bin umgekehrt, als das Licht anfing, sich zu verändern. Wie war es in Nîmes? Seid ihr nicht bei lebendigem Leibe geröstet worden?«
»Doch, es war entsetzlich heiß«, gab ich zu und ließ mich auf den Rand ihres Bettes sinken. »Ich hatte nicht die Kraft, mir alles anzusehen, aber es hat sich trotzdem gelohnt. Wie sind deine Zeichnungen geworden?«
Louise runzelte ihre glatte Stirn und blickte in ihr Skizzenbuch.
»Ach, ich weiß nicht recht. Die Linien und Formen sind so herrlich, aber dieses Licht! Man kann es einfach nicht einfangen, und dann sieht alles irgendwie tot und langweilig aus. Man kann dieses Licht und diese Farben einfach nicht kopieren!«
Sie nahm einen Schluck von ihrem Vermouth und sah mich dabei an.
»Glaubst du nicht, daß du dich heute etwas übernommen hast, Charity? Du siehst völlig erschöpft aus. Vergiß bitte nicht, daß du nicht so zäh bist, wie du immer behauptest.«
»Ich fühle mich aber sehr wohl«, sagte ich.
»Dann ist es ja gut. Du mußt dich nur in diesem Klima etwas in acht nehmen. Wir sind es nicht gewohnt ...«
»Ich fühle mich aber wirklich ganz wohl«, wiederholte ich. »Und ich werde mich noch besser fühlen, wenn ich erst vor diesem göttlichen Essen sitze, von dem ich schon lange träume.«
Und damit ging ich in mein Zimmer, um mich umzuziehen. Zu einem Bad reichte die Zeit nun nicht mehr aus, aber ich wusch mich, bürstete mir die Haare und zog dann mein hellgrünes Kleid an. Als ich in den Spiegel blickte, stellte ich überrascht fest, daß mein Gesicht trotz der Sonnenbräune blaß und abgespannt aussah. Etwas um Augen und Mund erinnerte mich an David, an den Ausdruck von Angst und Anspannung, den ich im Auto auf seinem Gesicht bemerkt hatte. Ich schnitt meinem Spiegelbild eine Fratze und suchte in der Schublade nach meinem Rouge. Es

ärgerte mich, daß mich die Begegnung mit Davids Vater offensichtlich so mitgenommen hatte. Was war denn schon passiert, was mich so erschüttern konnte? Ein gequetschtes Handgelenk, ein paar Hautabschürfungen? Oder war es ganz einfach die natürliche Furcht, die jeder normale Mensch empfindet, wenn er einem Verrückten gegenübersteht? Denn verrückt mußte er sein – kein normaler Mann hätte sich jemals einer Frau gegenüber so brutal benommen, auch wenn sie ihn daran gehindert hätte, seinen Sohn wiederzusehen.
Ich verrieb das Rouge leicht auf meinen Wangen, puderte mein Gesicht und zog den Mund mit meinem leuchtendsten Lippenstift nach. Nun sah mein Gesicht gleich viel zuversichtlicher aus. Gelobt sei die Kosmetik, dachte ich, man sieht nicht nur besser aus, man fühlt sich auch gleich ganz anders, wenn die Fahne wieder am Mast oben flattert. Und jetzt wollte ich endgültig nicht mehr an Richard Byron denken. Nach Avignon war er nicht gekommen, das wußte ich. Und David mußte sich jetzt eben die paar Tage, bis er weiterfuhr, etwas vorsehen. Mehr konnte ich nicht für ihn tun, und eigentlich, wenn ich es so recht bedachte, hatte ich mich großartig aus der Affäre gezogen.
Ich nahm meine Tasche, und da fiel mein Blick auf die dunklen Druckstellen an meinem Handgelenk, dort wo sich Richard Byrons Finger eingekrallt hatten. Ich legte die Tasche noch einmal hin, suchte mein breites, silbernes Armband hervor und schloß es rasch um meinen Arm, um die verräterischen Stellen zu verdecken. Wütend stellte ich fest, daß ich von neuem am ganzen Körper zitterte.
»Oh, verdammt!« fluchte ich laut, ganz gegen meine Gewohnheit, und ging dann Louise abholen.

Das Essen übertraf unsere kühnsten Erwartungen. Wir begannen mit eisgekühlter Melone, worauf als nächstes ein köstliches mit Trüffeln zubereitetes Fischgericht folgte, das sich *brandade truffée* nannte. Das wäre schon ausrei-

chend gewesen, um uns zufriedenzustellen, aber der nächste Gang – irgendein wachtelähnlicher und in Wein gesottener Vogel, der auf grünen Trauben gebettet serviert wurde – hätte selbst einen Einsiedler verführt, sein Fasten zu unterbrechen. Schließlich gab es noch *crêpes Suzette* und zum Schluß Kaffee und Armagnac.
Hinterher setzten wir uns auf der Place de l'Horloge vor ein Café und plauderten, das heißt, Louise sprach über irgendein Bild, das sie irgendwo gesehen hatte. Ich hörte nicht sehr konzentriert zu, ich saß nur da, trank schwarzen Kaffee und war todmüde. Denken konnte ich überhaupt nichts mehr.
Ungefähr um halb elf waren wir wieder im Hotel. Ich wünschte Louise gute Nacht und ging in mein Zimmer, wo ich mich langsam mit mechanischen Bewegungen auszog, mir das Gesicht einkremte, das Haar bürstete und überhaupt alle Vorbereitungen traf, um ins Bett zu gehen. Selbst zum Denken war ich zu müde, und ich erinnere mich, daß ich irgendwo in einem Teil meines Bewußtseins froh darüber war. Schließlich raffte ich mich aber doch noch dazu auf, ins Badezimmer zu gehen, hüllte mich in meinen Bademantel und ging den Flur hinunter.
Ich wollte gerade leise die Badezimmertür hinter mir schließen, als ich eilige Schritte auf dem Korridor hörte, Männerschritte, und gleich darauf ein Flüstern:
»Loraine!«
»Du? Was ist los? Was ist geschehen?«
»Loraine, er ist hier! Ich habe ihn gesehen, heute in Nîmes!«
Ich hörte einen unterdrückten Aufschrei, dann fiel eine Tür ins Schloß, und ein Riegel wurde vorgeschoben.
Ich schloß die Badezimmertür und lehnte mich atemlos dagegen, während mein Hirn wie eine überforderte Maschine seine Arbeit wieder aufnahm.
Marsden. Im Bus nach Nîmes. Marsden hatte ich völlig vergessen.

Ich mußte David fragen, ob er Marsden kannte, ob er wußte, welche Rolle Marsden in alldem spielte. Lautlos verließ ich das Badezimmer und schlich auf Zehenspitzen den Flur entlang. Vor Loraine Bristols Zimmer zögerte ich einen Moment. Es war nur ein ganz schwaches, unverständliches Gemurmel zu vernehmen. Ich ging weiter zu Davids Zimmer, das um die Ecke lag. Hoffentlich bellte Rommel nicht, wenn ich anklopfte.

Ich hob gerade die Hand, da blieb ich, mit angehaltenem Atem, wie angewurzelt stehen.

Aus seinem Zimmer drang das herzzerreißende Schluchzen eines verzweifelten Kindes.

Ich blieb noch lange so stehen, bevor ich mich endlich abwandte und in mein Zimmer zurückkehrte.

## VIII

Trotz allem schlief ich gar nicht schlecht. Louise weckte mich gegen neun Uhr, als sie zum Frühstück hinunterging. Langsam stand ich auf und zog mich an. Noch immer lagen Schatten unter meinen Augen, und auch die Druckstellen an meinem Handgelenk waren noch deutlich zu sehen, aber nachdem ich mein kaffeebraunes Leinenkleid angezogen und das silberne Armband umgelegt hatte, fühlte ich mich eigentlich wieder ganz wohl und allen Anforderungen gewachsen.

Als ich in den Garten kam, sah ich David schon mit Loraine bei Tisch sitzen. Er sah aus, als habe er schlecht geschlafen, aber er lächelte mir trotzdem fröhlich zu, und Rommel, der unter dem Tisch lag, wedelte freudig mit seinem albernen Schwanz. Loraine Bristol zündete gerade eine neue Zigarette am Ende der alten an und blickte rasch auf. Auch sie sah aus, als habe sie nicht gut geschlafen, und die Linien

um ihre Mundwinkel waren heute so auffallend scharf, daß ihr schönes Gesicht mit einem Male älter und härter erschien. Ich empfand Mitleid mit ihr.
»Guten Morgen, Mrs. Selborne«, grüßte sie. »Es war ja so reizend von Ihnen, David gestern mitzunehmen. Er hat mir erzählt, wie sehr er es genossen hat.«
Möglichst unbefangen antwortete ich: »Aber ich bitte Sie, es war mir wirklich ein Vergnügen. Nîmes ist ein schöner Ort, bis auf die Gerüche ... Ich hoffe sehr, daß mich David wieder einmal auf einem Ausflug begleitet.«
Ich sah, wie David ihr einen verstohlenen Blick zuwarf, und dann sagte sie: »Das ist sehr liebenswürdig von Ihnen, aber leider haben wir vor, Avignon schon sehr bald zu verlassen und nach Nizza zu fahren.«
»Dann wünsche ich Ihnen viel Vergnügen«, sagte ich etwas sinnlos. Wir lächelten uns noch einmal nichtssagend zu, und dann ging ich zu unserem Tisch und ließ mich zu Kaffee und Croissants nieder.
Während des Frühstücks blickte ich mich ein wenig um. Mama und Papa aus Newcastle waren da, allerdings ohne Carole, die wohl noch mit ihrer zeitraubenden Toilette beschäftigt war. Mama nickte mir freundlich zu. Der Franzose, Monsieur Véry, war nirgends zu sehen, aber Marsden saß an seinem Tisch an der Wand, aß mit unbewegtem Gesicht seine Croissants und las dazu *»Little Gidding«*.
»Beim Frühstück!« stöhnte Louise. »Ein Mann, der beim Frühstück Gedichte liest, ist wirklich zu allem fähig.«
Da könntest du recht haben, dachte ich, und wieder hörte ich die gebieterische Stimme im Dunkeln: *Ich habe dich schon einmal aus dem ganzen Schlamassel herausgeholt, oder nicht? Ich trage nun einmal die Verantwortung, und du mußt mir vertrauen ...*
»Und was hast du heute vor – wieder Sehenswürdigkeiten begucken?« unterbrach Louise meine Gedanken. Ich schüttelte den Kopf und schenkte mir noch eine Tasse Kaffee ein.

»Nein, heute mache ich dasselbe wie du.«
»Im Schatten sitzen und Traubensaft trinken?«
»Ja.«
»Müde?«
»Ein bißchen. Du hattest recht, die Hitze gestern hat mich einfach ausgelaugt. Ich bleibe heute schön zu Hause und denke mir für morgen etwas Hübsches aus.«
Die Gäste begannen aufzustehen und ihr Tagesprogramm in Angriff zu nehmen. Ich sah David mit Rommel im Hotel verschwinden, bald darauf folgte ihm Marsden. Loraine Bristol zündete sich eine neue Zigarette an und starrte vor sich hin. Ich murmelte irgendeine Entschuldigung und erhob mich.
Vielleicht gelang es mir jetzt, David in seinem Zimmer zu besuchen und ihn zu fragen, was er über Marsden wußte. Ob ihm Loraine wohl gesagt hatte, daß sie beide Marsden so viel verdankten? Oder hatte er überhaupt keine Ahnung davon? Sicher würde es ihn doch beruhigen, wenn er erfuhr, daß jemand da war, der ihn vor Richard Byron beschützte.
Eigentlich hatte es gestern nicht so ausgesehen, als kenne David diesen Marsden näher, überlegte ich, als ich die Treppe hinaufging. Und auch hier im Hotel hatte nie etwas darauf hingewiesen, daß sie sich kannten. Sie hatten einander stets so gegrüßt, wie es wohlerzogene Gäste ein und desselben Hotels zu tun pflegten.
Ich traf Marsden oben auf dem Flur und ging deshalb erst in mein Zimmer, um meine Sachen zusammenzusuchen, meine Sonnenbrille, ein Buch und den Guide Michelin. Als ich kurz darauf wieder den Korridor betrat, mußte ich zu meinem Bedauern feststellen, daß mein Gespräch mit David wiederum nicht stattfinden konnte. Denn gerade waren er und Marsden im Begriff, gefolgt von Rommel, zusammen die Treppe hinunterzugehen.
»... und deshalb wollte ich heute einmal dort hingehen«, sagte David eben, »statt wieder runter zum Fluß.«

»Ich habe mir für heute zufällig dasselbe vorgenommen«, antwortete Marsden. »Stört es dich, wenn ich mitkomme?«
»Nein, überhaupt nicht, Sir...« Die Stimmen verklangen. Ich trat wieder ins Zimmer zurück und ging langsam ans Fenster. Gerade kamen sie aus dem Hotel in den Garten. David blieb am Tisch seiner Stiefmutter stehen.
»Ich gehe zum Roc des Doms hinauf«, sagte er zu ihr. »Mr. Marsden kommt auch mit. Man soll da eine ganz tolle Aussicht auf die Fähre haben. Sie hängt an einem Drahtseil, damit die Strömung sie nicht forttragen kann.«
Das stimmt, dachte ich und sah ihnen nach, wie sie die Straße hinaufgingen, aber man hat auch eine ganz tolle Aussicht auf die Hängebrücke, auf der die Autos von Nîmes und Montpellier herüberkommen. Ob David wohl dort oben auf den Festungswällen Ausschau nach einem großen grauen Wagen mit einer GB-Nummer halten wollte?

Der Vormittag schien unerträglich lang. Wir saßen im schattigen Park und tranken Traubensaft. Louise zeichnete, und ich versuchte zu lesen. Aber immer wieder sah ich an Stelle der Buchstaben zornige graue Augen unter dicken dunklen Augenbrauen vor mir und einen harten, wütend zusammengepreßten Mund. Ich ertappte mich dabei, daß ich dieselbe Seite schon zum drittenmal gelesen hatte, ohne zu wissen, was darauf stand. Statt dessen kreiste in meinem Kopf, wie auf einer kaputten Grammophonplatte, immer nur der eine Satz: *Also, Puppe? Wohin jetzt?* Ich strich mir das Haar aus der Stirn, als könne ich damit auch die quälenden Gedanken verscheuchen, aber es half alles nichts. Nach einer Weile gab ich das Lesen auf und saß tatenlos da, spielte nervös mit der Sonnenbrille und wünschte mir, auch zeichnen oder überhaupt irgend etwas tun zu können, was mich von meinen Gedanken ablenkte, diesen Gedanken, die wie ein Rad unablässig in meinem Kopf kreisten.

»Louise?«
»Hm?«
»Wollen wir essen gehen?«
»Jetzt schon?«
»Es ist gar nicht mehr so früh. Wir können doch langsam zum Hotel gehen, meinst du nicht?«
Obschon wir reichlich lange beim Essen saßen und hinterher noch bei Kaffee und Zigaretten sitzen blieben, tauchten weder Marsden noch David wieder auf. Paul Véry saß in seiner Ecke und lächelte mir über seinen Aperitif hinweg zu, aber außer ihm und uns schienen heute sämtliche Hotelgäste, Loraine Bristol inbegriffen, woanders zu essen.
»Ich glaube, ich lege mich etwas hin«, sagte ich schließlich und ging in mein Zimmer hinauf.

Zu meiner eigenen Überraschung schlief ich lange und traumlos und wachte am späten Nachmittag erfrischt und wieder vollkommen ruhig auf.
Während ich mich zurechtmachte und mein hellgrünes Kleid anzog, fühlte ich mich ganz ungewöhnlich wohl und unternehmungslustig. Ich sang sogar vor mich hin, als ich das silberne Armband um mein Handgelenk schloß, und lächelte meinem Spiegelbild zu, während ich mir die Haare bürstete.
Es war mir, als seien schwere dunkle Wolken, die über mir gelastet hatten, nun endlich abgezogen und als sei alles wieder wie zuvor. Ich hatte ein unangenehmes Erlebnis gehabt, das mich vorübergehend sehr beschäftigt hatte. Aber nun war ja alles vorbei, und ich wollte nicht mehr daran denken. Und David – David stand unter dem Schutz zweier Menschen, die es gut mit ihm meinten. Es war nicht meine Sache, mich länger um ihn zu kümmern. Außerdem würde er ja in wenigen Tagen wegfahren, es hatte wirklich keinen Sinn, sich in irgend etwas einzumischen, und es war daher nur vernünftig, die ganze Angelegenheit zu vergessen.

Vergnügt ging ich in Louises Zimmer hinüber. »Louise, ich habe eine tolle Idee. Ich habe dieses Herumsitzen so satt, ich bin schon ganz kribbelig! Ich hätte Lust, für eine Nacht oder vielleicht auch länger nach Les Baux hinaufzufahren. Kommst du mit?«
»Les Baux? Was ist denn das? Und wo?«
»Das ist ein altes verfallenes Dorf in den Bergen, südlich von Avignon. Es muß ein ganz eigenartiges kleines Nest sein, fast ausgestorben. Es gibt dort, glaube ich, nur ein Hotel und sonst nur Ruinen und eine wundervolle Aussicht. Es ist genau das, worauf ich Lust habe, einmal ganz weit weg von allem.«
Louise begann sich zu pudern.
»Legst du großen Wert darauf, daß ich mitkomme? Ich meine, möchtest du nicht gerne allein hinfahren?«
»Nein, es würde mir nichts ausmachen, alleine zu fahren, deshalb habe ich nicht gefragt. Ich dachte nur, du hättest vielleicht Lust. Wenn ja, dann komm mit, wenn nicht, ist es auch nicht schlimm.«
Sie sah mich im Spiegel an. »Bestimmt?«
»Ganz bestimmt. Du hast also keine Lust?«
»Nicht besonders. Ich möchte lieber hier herumtrödeln und vielleicht ein bißchen zeichnen. Aber wenn du willst...«
»Nein, wirklich nicht, es war nur so ein spontaner Einfall. Ich gehe jetzt hinunter und rufe in Les Baux an, ob sie noch ein Zimmer für mich haben, und dann fahre ich gleich los, so daß ich zum Abendessen da bin.«
Louise bückte sich nach ihren Sandalen.
»Hör mal«, sagte sie und warf mir einen besorgten Blick zu, »ich hatte gestern abend so ein Gefühl – ist irgend etwas nicht in Ordnung?«
»Nein«, log ich vergnügt. »Ich war nur entsetzlich müde, aber jetzt geht es mir wieder bestens. Ich fühle mich einfach etwas beengt in Avignon, und ich möchte gerne noch heute abend in Les Baux sein.«
»Na gut – dann geh du nur und werde eins mit der wilden

Natur dort oben und den Geistern in all den Ruinen. Mich könnte es nicht reizen. Ich sehe dich dann ja, wenn du zurück bist.«

Erleichtert ging ich nach unten und rief das Hotel in Les Baux an, wo glücklicherweise noch ein Zimmer frei war. Dann packte ich eilig das Nötigste in meine große Reisetasche, verabschiedete mich von Louise und von der Hotelbesitzerin, holte den Wagen aus der Garage und fuhr endlich los.

Ich hatte Avignon schon lange hinter mir gelassen, als ich mir zum ersten Mal mein Vorhaben etwas gründlicher überlegte. Alles war so schnell gegangen, daß ich dazu noch gar keine Zeit gehabt hatte. Wie ein Gefangener kam ich mir vor, dem unerwartet die Freiheit wiedergeschenkt worden war, so dringend war plötzlich mein Bedürfnis gewesen, einige Zeit von Avignon weg und wieder einmal ganz allein zu sein.

Nein, es war wirklich eine ganz ausgezeichnete Idee, dachte ich, während ich gemächlich in der Abendsonne dahinfuhr, die das wilde, weiße Land um mich herum in sanftes Purpurlicht tauchte.

Bald hatte ich die letzte Steigung genommen, und kurz vor sieben fuhr ich in Les Baux ein und hielt vor dem Hoteleingang.

## IX

Der einzigartige Zauber dieses Ortes nahm mich sogleich ganz gefangen. Die geborstenen Mauern der einst stolzen und mächtigen Festung, die zerfallenen Häuser mit ihren herrlichen Pforten, Bogen, Gewölben und Balkonen, ein Juwel von einem Renaissancefenster, von Farnen umwuchert – das alles war von einer unbeschreiblichen, geheimnisvollen Schönheit. Noch immer schien der Geist der unbeugsamen Seigneurs des Baux in diesen Mauern zu wohnen, und diese ganze Atmosphäre war genau das Richtige für jemanden, der wie ich das Bedürfnis nach Romantik und Stille hatte.

Mit einer gewissen Heiterkeit stellte ich fest, daß sich meiner bereits eine sanfte, angenehme Melancholie bemächtigt hatte, als ich am Fenster des kleinen Speisesaales des Hotels saß und mir in Ruhe mein einsames Nachtmahl schmekken ließ. Es dämmerte schon, als ich mich mit Kaffee und Chartreuse auf die Terrasse vor dem Haus setzte, um mich jetzt voll und ganz den Geistern der Vergangenheit auszuliefern. Erst las ich noch etwas in den *Chansons de toile,* doch dann schloß ich das Buch, ließ meine Augen auf dem gespenstisch weißen Gemäuer und den dunklen, verschwiegenen Terrassen ruhen und träumte vor mich hin. Ich sah auf einmal, wie es einst gewesen sein mußte, als Roß und Reiter durch die engen Gassen sprengten, als die Rüstungen der Ritter im Sonnenlicht funkelten und die scharlachroten Banner im blauen Himmel wehten.

Als die Dunkelheit hereingebrochen war, stand ich auf und ging noch einmal zu meinem Wagen. Ich wendete und fuhr dann die wenigen Meter bis zum Dorfeingang zurück, wo ich ihn, etwas abseits der Straße, in Talrichtung stehenließ.

Oben in meinem Zimmer erinnerte ich mich wieder daran, daß ich gelesen hatte, ein Sonnenaufgang in Les Baux sei mit das Schönste auf der Welt. Ich beschloß, frühzeitig aufzustehen und hinauszugehen, und legte mich deshalb, nachdem ich die Schuhe abgestreift und mein Kleid ausgezogen hatte, auf eines der beiden Betten und war im Nu eingeschlafen.

Ich muß wohl drei oder vier Stunden geschlafen haben, denn als ich aufwachte, war es draußen zwar noch nicht hell, aber es fing bereits an, ein wenig zu dämmern. Ich blickte auf meine Uhr und stellte fest, daß ich vergessen hatte, sie aufzuziehen. Als ich das Fenster aufstieß und

mich hinauslehnte, strömte mir klare, eisige Nachtluft entgegen, aber zu meiner Linken sah ich bereits etwas wie einen kleinen Riß im Dunkel der Nacht, ein ganz schwaches Lichtbündel, das hinter einer Wolke hervorzuckte.
Ich zog mich an, wusch mir Gesicht und Hände in dem eiskalten Wasser, um ganz wach zu werden, hüllte mich in meinen Mantel und ging leise nach unten. Die Haustür war nicht verriegelt, offenbar waren die Besitzer des Hotels es gewohnt, daß ihre Gäste den Sonnenaufgang bewundern gingen. Einen Augenblick lang tat es mir leid, daß ich keine Taschenlampe bei mir hatte, dann ging ich hinaus, den Ruinen zu.

Lange Zeit saß ich, mit dem Rücken gegen eine Felswand gelehnt, in einer geborstenen Mauernische, dann endlich wurde meine Geduld belohnt. Ein erstes Leuchten, Vorbote der Sonne, brach aus den Wolken im Osten, stieg empor, immer stärker, immer leuchtender und ergoß sich unaufhaltsam über den dunklen Himmel, von einem Ende bis zum anderen. Von Osten nach Norden und wieder zurück bis nach Süden lösten sich die Wolken der Nacht auf, zitterten die erlöschenden Sterne im Wind der Morgendämmerung. Nur noch kurze Zeit, und dann öffneten sich die Tore des Tages beim ersten Trompetenklang.
Plötzlich fror ich. Die sanfte Melancholie war wie weggewischt, und ein Gefühl von grenzenloser Einsamkeit erfüllte mich, ein Gefühl, das in dieser fremden, wilden Umgebung nur zu schnell in hoffnungslose Verzweiflung umschlagen konnte.
Ich stand auf, streckte mich und sehnte mich heftig nach einer Zigarette. Eine Weile stand ich noch da und starrte in das aufsteigende Licht. Vielleicht wartete ich wirklich auf den jubelnden Klang der Trompeten dort oben bei den Sternen.
Hinter meinem Rücken bewegte sich etwas. Bewegte sich und sprach.

Und als ich herumfuhr, halb besinnungslos vor Schreck, beide Hände gegen meine Kehle gepreßt –
»Ich habe Sie also doch wiedergefunden«, sagte Richard Byron.

Er stand auf dem Felsabhang hinter mir, nur ein paar Meter entfernt. Ich konnte nur eine dunkle Masse wahrnehmen, aber diese Stimme hätte ich überall sofort wiedererkannt, diese harte, schneidende Stimme mit dem unangenehm spöttischen Tonfall. Ich saß hier unten in meiner Felsenecke so sicher in der Falle wie in einem verschlossenen Zimmer.
Ich blieb still stehen und wartete ab.
Er zündete sich eine Zigarette an, und beim Aufflammen des Streichholzes sah ich es wieder, dieses Gesicht, das mich im Traum verfolgte, die dunkle Haarsträhne über den finsteren Brauen.
»Wie kommen Sie denn hierher?« fragte ich und wurde sogleich ärgerlich, weil meine Stimme anders klang als sonst.
»Sie haben gestern in St-Rémy gehalten, um zu tanken«, antwortete er. »Sie haben in einem Café am Boulevard etwas getrunken, während Öl nachgefüllt wurde.«
»Ja, das stimmt. Waren Sie auch in St-Rémy?«
»Ja. Ich habe, ebenso wie Sie, etwas getrunken, während an meinem Wagen etwas in Ordnung gebracht wurde. Dann habe ich in der Werkstatt auf Sie gewartet und dabei gehört, wie Sie den Mann nach der Straße nach Les Baux fragten. Da wußte ich, daß Sie mir nicht mehr entkommen konnten, und zog es vor, noch etwas zu warten. Hier oben ist es ruhiger als in St-Rémy, und wir beide haben ja noch einiges zu besprechen, wie Sie wissen.«
»Haben wir das?«
Mit ganz unbewegter Stimme sagte er: »Hol' Sie der Teufel, das wissen Sie so gut wie ich. Wo ist David?«
Damit waren wir wieder beim Ausgangspunkt angelangt.

Aber diesmal war mir meine Situation bedeutend klarer. Ich wußte jetzt, daß ich ihm um keinen Preis verraten durfte, wo David war, und außerdem wußte ich, daß er geistesgestört war. Nichts konnte ihn davon abbringen, das zu bekommen, was er haben wollte.

»Wo ist David?«

»Im Bett, hoffe ich, und schläft.«

Er machte eine heftige Bewegung, und meine Kehle schnürte sich zusammen.

»Sie wissen ganz genau, was ich meine. Wo ist er?«

»Von mir erfahren Sie das nie«, sagte ich entschlossen. Wenn er jetzt vollständig außer sich geriet, konnte ich es nicht ändern, ich hielt es jedenfalls für besser, die Wahrheit zu sagen, statt ständig nach neuen Ausflüchten zu suchen. Er schwieg, und ich sah seine Zigarette kurz hintereinander zweimal rot aufglühen. Seine nächste Frage kam für mich völlig überraschend.

»Was wollen Sie? Geld? Ist es das?« fragte er unvermittelt. »Wenn ja, wieviel?«

»Ich habe Geld genug«, sagte ich, als ich endlich wieder sprechen konnte. »Was wollten Sie mir denn bieten – dreißig Silberlinge?«

Ich spürte, wie er mich durch die Dunkelheit anstarrte. Wieder glühte die Zigarette rot auf.

»Aber eine Zigarette würde ich nicht ablehnen«, sagte ich. Ich hörte, wie er danach suchte, und wieder flammte ein Streichholz auf. Diesmal sahen mich seine Augen eigentümlich forschend an, als er die Zigarette anzündete. Er kam einen Schritt näher und reichte sie mir.

»Was ist?« fragte ich spöttisch. »Haben Sie Angst, daß ich Sie hier herunterstoße, wenn Sie näher kommen?«

»Hören Sie zu, meine Liebe«, sagte Richard Byron verbindlich. »So kommen wir nicht weiter. Ich möchte wissen, wo David ist. Sie wissen es, aber Sie wollen es mir nicht sagen. Dann muß ich Sie eben leider dazu zwingen.«

Auch die Zigarette nützte mir jetzt nichts mehr, ich warf

sie hinunter in den Abgrund. Mein kurzer Anfall von Angriffslust war schon wieder vorüber.
»Und wie stellen Sie sich das vor?« fragte ich mit einem letzten Rest von Tapferkeit. »Wollen Sie mich foltern? Seien Sie doch nicht kindisch, Mr. Byron.«
»Bei Gott, das wäre mir ein Vergnügen«, stieß er hervor. »Aber wenn ich Sie erst einmal zwischen den Fingern hätte, könnte ich für nichts mehr garantieren. Ich würde Ihnen mit Wonne den hübschen Hals umdrehen!«
»Ganz wie bei der Gestapo – natürlich!« Aber meine Stimme gehorchte mir nicht mehr.
»Warum auch nicht? Ich habe ein paarmal zugesehen, wie es gemacht wurde – auch mit Frauen. Meistens hat es gewirkt.«
»Seien Sie nicht albern«, sagte ich schroff. Eiskalt begann die Todesangst wieder in mir aufzusteigen. Ich konnte ihn jetzt schon etwas besser sehen, wie er dort oben in den langsam heller werdenden Himmel ragte, dunkel und drohend, wie ein Bote aus der Unterwelt.
»Wenn Sie mir auch nur ein Haar krümmen, schreie ich, daß die ganze Stadt zusammenläuft.«
»Keine Angst, ich tue Ihnen nichts – noch nicht. Aber wir beide wollen die Sache jetzt in Ordnung bringen, ein für allemal.«
Er warf seine Zigarette weg, und wieder krampfte sich mein Inneres so zusammen, daß mir schlecht wurde. Zitternd griff ich hinter mich, an der kalten Mauer nach einem Halt suchend.
Richard Byrons Stimme klang fast gleichgültig, aber jedes seiner Worte traf mich wie ein Hammerschlag.
»Ich nehme an, Sie wissen, wer ich bin. Ich sagte Ihnen, ich sei ein Freund von David, das stimmt nicht, wie Sie inzwischen wohl gehört haben. Ich bin Davids Vater, und ich glaube, das gibt mir das Recht, zu erfahren, wo er ist.«
Ich antwortete nicht. Ich lehnte an der Mauer und versuchte vergeblich, gegen dieses Gefühl von Unwirklichkeit anzu-

kämpfen, das ich schon einmal in den Straßen von Nîmes kennengelernt hatte. Und außerdem versuchte ich, mich gegen diese Wellen von Schwäche und Übelkeit zu wehren, die aus der kalten Nacht aufstiegen und über mich hinwegfluteten.

»Ich habe schon einmal einen Mord begangen«, sagte Richard Byron, »und ich bin freigesprochen worden. Man sagt immer, beim zweiten Mal sei alles noch viel einfacher. Und das sage ich Ihnen, Sie blöde kleine Gans: Es würde mir heute, jetzt, nicht schwerer fallen, einen Mord zu begehen, als eine Zigarette auszudrücken – wenn ich dadurch meinen Sohn wiederbekäme.«

Hinter ihm öffneten sich weit die Tore des Tages. Die jubelnden Klänge der Trompeten mußten schon erklungen sein, und ich hatte sie nicht gehört ... Die ersten Strahlen der Sonne schossen wie leuchtende Pfeile in den Himmel. Und dann schob sich noch einmal eine Wolke vor sie, eine riesige, schwarze Wolke, die vom Boden aufgestiegen war. Ich begann zu fallen, versuchte, an den rutschenden Steinen Halt zu finden ... sie glitten weg ... Die ganze Welt begann zu gleiten, weg von der Sonne, ins tiefe Dunkel.

Von ganz ferne hörte ich eine Stimme.

»Es gibt nichts Einfacheres als einen Mord, glauben Sie mir.« Hilflos streckte ich meine Hände aus, da tauchte sein Schatten über mir auf, und dann schoß er blitzschnell, wie ein Habicht, nieder.

Ich fiel in Ohnmacht.

Ich lag begraben, und sie hatten einen schweren Stein auf mich gewälzt. Aber ich war nicht tot und versuchte verzweifelt, den Stein zur Seite zu wälzen, aber sie hatten mir die Hände gefesselt, und ich konnte mich nicht rühren, nicht einmal die Augen konnte ich öffnen. Da, mit einem Mal hob sich der Stein von selbst, und in der dunklen Stille um mich herum konnte ich die Hände wieder rühren und meinen Kopf etwas bewegen. Ich mußte wohl geweint haben – oder war ich etwa ertrunken? Mein Gesicht war naß und kalt.

Mühsam kämpfte ich mich ins Bewußtsein zurück und öffnete die Augen. Ich stellte fest, daß es wirklich dunkel war und daß die Tränen echt waren. Waren es denn Tränen? Ich fuhr mir über das Gesicht und stellte fest, daß auch meine Stirn und meine Haare naß waren – jemand mußte mich mit kaltem Wasser begossen haben. Jetzt wußte ich es. Ich war ohnmächtig gewesen, und jemand hatte versucht, mich mit kaltem Wasser wieder zum Bewußtsein zu bringen.

Benommen wandte ich den Kopf. Ich lag auf einem Bett, in der Nähe eines Fensters. Durch die geschlossenen Läden drang das erste Morgenlicht, schwach und grau. Ich blickte mich im Zimmer um und sah eine Kommode, ein zweites Bett ... Auf diesem zweiten Bett lag jemand und rauchte. Ich sah die Zigarette rot aufglühen, verglimmen, aufglühen, verglimmen.

»Johnny?« murmelte ich.

Doch die Stimme, die mir antwortete, riß mich unbarmherzig aus meinem Traum und brachte mich jäh in die rauhe Wirklichkeit zurück.

»Sind Sie wieder beieinander? Wer ist Johnny? Steckt er auch in dieser Geschichte drin?«

Lange Zeit gab ich keine Antwort. Dann erwiderte ich: »Damit werden Sie nicht weit kommen, glauben Sie mir.«

»Womit?«

»Was wollen Sie hier in meinem Zimmer? Lassen Sie mich doch endlich in Ruhe!«

»Es ist die beste Art und Weise, Sie zu beaufsichtigen«, meinte er ungerührt. »Und Sie wissen genau, warum ich Sie nicht in Ruhe lasse. Sie sind das Verbindungsglied zwischen David und mir, und ich werde Sie so lange nicht aus den Augen lassen, bis ich erfahren habe, was ich wissen will.«

»Aber das ist mein Zimmer«, protestierte ich. »Glauben

Sie nicht, daß die Wirtsleute sich fragen werden, was Sie hier zu suchen haben? So kommen Sie nicht weiter, nicht einmal in Frankreich. Und wenn ich jetzt laut schreie, was dann?«

Die Zigarette glomm rot auf, und ich war sicher, daß er lächelte, als er gleichmütig antwortete: »So schreien Sie doch!«

Ich biß mir auf die Lippen. Natürlich konnte ich nicht schreien – ich konnte mir lebhaft vorstellen, was die Folge wäre: Aufregung, Erklärungen, Beschuldigungen, vielleicht Polizei, dann Namen und Adressen... Nein, ich konnte nicht schreien.

Er lachte im Dunkeln. »Außerdem bin ich Ihr Mann. Ich bin gestern erst spätabends angekommen und wollte die Besitzer nicht mehr stören. Ich kann mir nicht denken, daß Sie ausdrücklich ein Einzelzimmer verlangt haben – es gibt hier übrigens nur Doppelzimmer, was in meinem Fall besonders günstig ist.«

»Was haben Sie vor?« fragte ich.

»Nicht von Ihrer Seite zu weichen, meine Liebe, wie ein glühender Verehrer!«

Ich hörte, wie er es sich auf seinem Bett bequem machte. Erschöpft starrte ich ins Leere. Ich war zu müde, um Angst zu haben.

Es fiel mir ein, daß ich der Wirtin nicht gesagt hatte, woher ich kam, und ins Gästebuch hatte ich auch nichts weiter eingetragen, als daß ich mich *auf der Durchreise* befand. Er würde also weder von den Besitzern noch aus dem Gästebuch irgendwelche Auskünfte erhalten.

»Glauben Sie nicht, daß man es komisch finden wird, daß wir in zwei Wagen gekommen sind?«

»Ich habe meinen Wagen etwas weiter unten stehen lassen, hinter der Kurve, damit man ihn von hier aus nicht sehen kann. Ich wollte nicht riskieren, Ihnen geradewegs in die Arme zu laufen. Also machen Sie sich deshalb keine Sorgen.«

Ich nahm mir gar nicht die Mühe, ihm zu versichern, daß ich mir deswegen keine Gedanken machte, sondern legte mich auf die andere Seite.
Im Augenblick konnte ich nichts unternehmen, ich mußte bis zum Morgen warten. Es war nicht anzunehmen, daß Richard Byron mich im Schlaf erwürgen würde, denn er wollte ja noch einiges von mir wissen. Er würde es auch kaum wagen, mir etwas anzutun, jetzt, wo wir im Hotel waren, wo man meine Schreie hören konnte. Ich streifte meine Schuhe ab, zog meinen Mantel aus und deckte mich damit zu, dann kuschelte ich mich zusammen, mit dem Rücken zum anderen Bett.
»Wer ist Johnny?« fragte Richard Byron.
»Ich habe keine Lust, mich mit Ihnen zu unterhalten«, antwortete ich kurz angebunden. »Ich will jetzt schlafen.«
Ich hörte, wie er seine Zigarette in dem Aschenbecher ausdrückte, der auf dem Nachttisch zwischen den beiden Betten stand. Er sagte nun nichts mehr. Doch plötzlich ächzten die Matratzenfedern seines Bettes, so daß sich automatisch mein ganzer Körper in Abwehr zusammenkrampfte. Aber er hatte sich nur zur Seite gedreht.
Kurz darauf war ich eingeschlafen.

## X

Als ich erwachte, war das Zimmer leer. Durch die Fensterläden drangen Sonnenstrahlen herein, und von der Terrasse unten drangen wohlbekannte Geräusche herauf, die Frühstücksvorbereitungen verrieten. Ich döste noch etwas vor mich hin und fragte mich, warum ich wohl auf der Decke lag, statt darunter, und weshalb ich in meinen Mantel gewickelt war. Dann fiel mir alles wieder ein, und augenblicklich war ich hellwach. Ich richtete mich auf und sah

zum anderen Bett hinüber. Nein, es war kein böser Traum gewesen, diese seltsame Begegnung in den dunklen Ruinen, meine Ohnmacht, die Unerbittlichkeit dieses Mannes, der beschlossen hatte, nicht mehr von meiner Seite zu weichen – ich sah noch deutlich die Stelle auf dem Kissen, wo sein Kopf gelegen hatte, sah die zerknitterte Bettdecke, den Berg von Zigarettenstummeln im Aschenbecher.
Ich stand auf und verriegelte die Tür. Ich war etwas steif von der unbequemen Stellung, und ich spürte, daß ich zu wenig geschlafen hatte, aber im großen und ganzen hatten mich die Strapazen dieser Nacht körperlich nicht sehr angegriffen. Aber mein Inneres war in hellem Aufruhr. Wo war Richard Byron jetzt? Was hatte er als nächstes vor? Und wie sollte ich es um Himmels willen nur anstellen, ihm zu entkommen?
Ich wusch mich mit kaltem Wasser, bis mir die Haut prikkelte und ich mich wieder wohler fühlte. Dann bürstete ich mein Haar. Die rein mechanische Prozedur des Schminkens und Kämmens stellte mein inneres Gleichgewicht wieder einigermaßen her. Irgendwie würde es mir schon gelingen, ihm zu entwischen, nach Avignon zurückzukehren, Louise irgendeine Geschichte zu erzählen und sie zu bewegen, mit mir woanders hinzufahren, zumindest so lange, bis Loraine und David Avignon endlich verlassen hatten. Und im schlimmsten Fall, wenn sich mein Plan nicht ausführen ließ, mußte ich meinen Feind eben in die Irre führen, auf alle Fälle weit weg von Avignon. Bei dieser Vorstellung überlief mich doch wieder der bewußte kalte Angstschauer. Ich durfte gar nicht daran denken, was Richard Byron tun würde, wenn ich ihm wieder einen Strich durch die Rechnung machte.
Auf alle Fälle wollte ich für jede Gelegenheit gerüstet sein. Ich packte zusammen, legte mir den Mantel um die Schultern und verließ das Zimmer.
Richard Byron erwartete mich unten an der Treppe, gegen den Pfosten gelehnt, die unvermeidliche Zigarette in der

Hand. Als ich zögernd die Stufen hinunterkam, blickte er auf und wünschte mir spöttisch guten Morgen.
»Ich hoffe, Sie haben gut geschlafen«, sagte er.
»Als mein Mann müßten Sie das wissen«, antwortete ich. »Übrigens hätte ich gern eine Zigarette.«
Er bot mir eine an, und zusammen gingen wir auf die Terrasse hinaus. Ich hatte offenbar lange geschlafen, denn es waren nur noch wenige Gäste beim Frühstück. Er folgte mir zu einem Tisch in der Ecke und rückte höflich meinen Stuhl zur Seite, ehe ich mich setzte.
Ohne ihn anzublicken, ließ ich mich im Schatten nieder. Längere Zeit saßen wir uns stumm gegenüber und rauchten, aber es war kein selbstverständliches, einträchtiges Schweigen. Ich fühlte, wie seine Augen forschend auf mir ruhten und wie die Luft zwischen uns mit Spannung geladen war, wieviel unausgesprochene Fragen und Antworten zwischen uns standen.
Endlich brachte uns der Kellner Kaffee und Croissants. Der Kaffee war stark und heiß und duftete köstlich in der Morgenluft.
»Essen Sie ein Brötchen«, sagte Richard Byron und reichte mir das Körbchen hinüber, in dem die frischen, noch warmen Croissants auf einer Papierserviette lagen. Gerade diese selbstverständlichen, alltäglichen Handreichungen am Frühstückstisch brachten mir noch deutlicher als zuvor zum Bewußtsein, in was für einer wahnsinnigen, ungewöhnlichen Situation ich mich befand. Schmerzhaft stieg plötzlich die Erinnerung in mir auf – Johnny, der mir den Toast reichte, die Marmelade... Ich biß mir auf die Lippen. Noch nie war Johnny so weit von mir entfernt gewesen, so endgültig fort, so – und das sagte ich mir mit voller Absicht – so tot.
Ich war allein. Niemand konnte mir helfen, nur ich selbst, und ich wußte nur zu gut, daß ich keine geborene Heldin war. Ich war verstört und verängstigt und fühlte mich dieser Situation überhaupt nicht gewachsen.

Ich aß meine Croissants ohne wirklichen Appetit und starrte ratlos in den goldenen Morgenhimmel, ohne irgendeinen Gedanken zu fassen. Zwar wurde mir mit jedem Schluck Kaffee etwas besser, aber mein Kopf war einfach wie betäubt, und ich wagte nicht, Richard Byron anzusehen, um ihm nicht zu verraten, wie sehr ich mich vor ihm fürchtete. Obschon ich mir ja sagen mußte, daß er wirklich vollkommen verrückt gewesen wäre, hätte er nicht längst gemerkt, wie ich jedesmal von wilder Panik ergriffen wurde, wenn er sich mir näherte.

Verrückt. Der Kaffee schmeckte plötzlich schal, und mit zitternder Hand stellte ich die Tasse nieder. Das war ja die Wurzel allen Übels – er war verrückt. Selbst eine geborene Heldin hatte das Recht, sich vor einem Verrückten zu fürchten, einem Verrückten, der soeben noch gelassen einen Mord eingestanden hatte. Ich mußte fort – ich wußte zwar noch nicht, wie, aber ich mußte fort.

Und da fiel mein Blick auf meinen Wagen, den ich in der vorigen Nacht, nur wenige Meter entfernt, am Beginn der Autostraße geparkt hatte. Und ich erinnerte mich wieder, daß Richard Byron erwähnt hatte, daß er seinen Wagen weiter unten hatte stehenlassen, gleich hinter der Kurve. Wenn es mir gelingen sollte, unbemerkt bis zu meinem Wagen zu gelangen und loszufahren – vielleicht konnte ich ihm dann entkommen. Der Riley war schnell und außerordentlich zuverlässig. Ich hatte nicht gesehen, was für einen Wagen Richard Byron fuhr, aber der Riley konnte es mit jedem anderen aufnehmen. Ich hatte erst gestern abend getankt und Öl nachgefüllt, meine Sachen waren alle in der Tasche, die neben mir stand, ich brauchte also nur zu gehen.

Und Richard Byron, der sich als mein Mann ausgegeben hatte, konnte hinterher ruhig die nötigen Erklärungen erfinden und die Hotelrechnung bezahlen.

Mein Herz klopfte wieder wie wild, und ich wagte auch jetzt nicht, ihn anzusehen. Ich nahm meine Tasche und

begann darin herumzuwühlen, als suche ich etwas ganz Bestimmtes. Ich holte das Buch mit den provenzalischen Gesängen hervor, legte es vor mich hin und wühlte weiter. Endlich hielten meine Finger die Autoschlüssel umschlossen. Unauffällig ließ ich sie in die Außentasche gleiten, wo sie leicht greifbar waren, dann endlich nahm ich mein Taschentuch und die Zigarettenpackung heraus, steckte das Buch wieder ein und schloß die Tasche.
Richard Byron gab mir Feuer. Ich versuchte, nicht die Augen aufzuschlagen, aber ehe ich mich versah, begegneten sich unsere Blicke über der Flamme, und es fiel mir auf, daß er mich mit einer gewissen Neugier beobachtete.
»Sagen Sie, was hat Sie eigentlich veranlaßt, hier heraufzukommen?« fragte er.
»Genau das, was andere Leute auch dazu veranlaßt: einmal das Nest der *stolzen Adler von Les Baux* zu besuchen.«
»Ich kann mir nicht helfen, ich komme einfach nicht dahinter, was Sie mit alldem zu schaffen haben«, sagte er nachdenklich. »Und wer ist Johnny?«
Meine Finger krampften sich um den Griff meiner Tasche.
»Bitte entschuldigen Sie«, sagte ich, »aber ich habe keine große Lust, mich mit Ihnen zu unterhalten. Außerdem fühle ich mich heute nicht sonderlich wohl.«
Ich sah, wie seine Hand heftig auffuhr und wie er im letzten Moment eine Antwort unterdrückte. Wir waren ganz allein auf der Terrasse, auch der Kellner war verschwunden. Ich war wieder allein mit Richard Byron, gefangen im Dunkel seiner unentrinnbaren Hölle.
Eine Weile blieben wir noch schweigend in der flirrenden Hitze sitzen. Von irgendwoher tönte das Zirpen einer Zikade, trocken und gleichmäßig.
Ich ließ meine Zigarette zu Boden fallen und trat sie sorgfältig aus. Dann lehnte ich mich vornüber und stützte den Kopf in die Hand.
»Ist noch etwas Kaffee da?« brachte ich mühsam hervor.
»Nein, nichts mehr. Was ist los?«

Ich schüttelte schwach den Kopf. »Nichts, nur ...« Meine Stimme versagte mir, ich verstummte.
Wieder Schweigen. Ich fühlte, wie er mich anstarrte, verwirrt und mißtrauisch. Aber diesmal war ich, im Gegensatz zu früher, im Vorteil. Daß meine Ohnmacht vergangene Nacht echt gewesen war, darüber bestand ja wohl nicht der geringste Zweifel. Und ganz gewiß sah ich auch jetzt noch nicht sehr blühend aus. Ich hob den Kopf und sah ihn an, und ich wußte, daß dunkle Schatten unter meinen müden Augen lagen und daß meine Lippen trotz der leuchtend korallenroten Farbe völlig trocken waren.
»Es ist wirklich nichts«, sagte ich, »aber könnten Sie beim Kellner ein Glas Wasser bestellen? Oder – einen Kognak, bitte einen Kognak.«
Es war mir selber noch nicht klar, was ich eigentlich vorhatte. Ich wollte mir nur für alle Fälle den Anschein geben, als sei ich für jeglichen Fluchtversuch viel zu schwach. Und vielleicht spielte ich im Unterbewußtsein mit dem Gedanken, ihm den Kognak, wie ich es in Kriminalromanen gelesen hatte, in die Augen zu schütten und dann das Weite zu suchen, solange er kampfunfähig war.
Aber auf einmal war sie da, die Gelegenheit zu handeln, und wie eine wahre Heldin ergriff ich sie, und zwar ohne zu zögern.
Richard Byron rief nach dem Kellner. Nichts regte sich. Er rief noch einmal. Wieder nichts. Teilnahmslos lehnte ich vornüber. Nachdem er zum dritten Mal gerufen hatte, stand Richard Byron auf und blickte in den leeren Speisesaal, und dann ging er, mit einem letzten langen Blick zu mir, hinein.
Das war alles, was ich brauchte.

Während ich auf meinen Wagen zurannte, holte ich schon die Schlüssel heraus, öffnete die Autotür, glitt auf den Sitz, ließ die Tür offenstehen, um keinen Lärm zu machen, und steckte den Zündschlüssel ins Schloß. Der herrliche Motor sprang schon bei der ersten Berührung an, und als ich die Handbremse gelockert hatte, glitt der Riley auch schon gehorsam den Hügel hinunter.

Ich sah gerade noch Richard Byron und die Besitzerin aus dem Hotel stürzen, dann schlug ich die Autotür zu und schaltete. Als der Wagen mit zunehmendem Tempo die erste Kurve genommen hatte, sah ich als letztes, daß die Besitzerin Byron am Ärmel festhielt und wild gestikulierend auf ihn einredete. Es blieb ihm gar nichts anderes übrig, als meine Verfolgung im Augenblick aufzugeben und sie anzuhören.

Soll er ausfressen, was er angerichtet hat, dachte ich schadenfroh, soll er eine Erklärung dafür finden, warum ihm seine Frau aus heiterem Himmel davonfährt!

Der Riley glitt die Serpentinenstraße hinunter und bog um die nächste Kurve. Und da, am Fuße der Felsen, etwas seitlich der Straße, stand ein großer grauer Bentley.

Natürlich ein Bentley, dachte ich wütend und trat auf die Bremsen. Dem war der Riley keinesfalls gewachsen, es sei denn, ich unternahm irgend etwas. Ich stieg aus und trat näher an ihn heran. Sollte ich die Reifen aufschlitzen oder die Zündkerzen herausnehmen oder so etwas? Aber gleich neben dem Hotel war eine Werkstatt, und man konnte nicht wissen, was dort alles an Ersatzteilen vorrätig war. Ich überlegte fieberhaft. Ich hatte ja auch gar nichts bei mir, womit ich die Reifen hätte aufschlitzen können.

Die Motorhaube war nicht abgeschlossen. Ich hob sie hoch, immer ein Auge auf der Straße.

Und dann tat ich es fast automatisch. Johnny hatte mich während des Krieges gelehrt, den Wagen zu sichern, wenn wir ihn stundenlang vor den Tanzlokalen der R.A.F. stehenlassen mußten und nicht wollten, daß unterdessen jemand eine kleine Spritztour damit unternahm. Es war keine allgemein übliche Methode, aber eine äußerst wirksame – und man kam nicht so rasch dahinter. Es war ganz einfach. Ich schraubte die Verteilerkappe ab, drehte mit meiner Nagelfeile eine der Schrauben um anderthalb Drehungen los, damit der elektrische Kontakt unterbrochen wurde, schraubte die Kappe wieder auf, schloß die Motorhaube und raste zum Riley zurück. Es ging alles schneller, als man es schildern kann.

Meine Hände waren feucht und zitterten vor Aufregung, so daß ich nur mühsam das Steuer festhalten konnte, als mein Wagen wieder weiter den Berg hinunterstürmte. Aber nach einer Weile beruhigte ich mich wieder. Noch zwei Kurven, dann war ich endgültig außer Sicht. Außerdem brauchte er bestimmt einige Zeit, ehe er herausfand, weswegen sein Wagen spuckte und nicht anspringen wollte, obschon alles in bester Ordnung schien.

Geschickt nahm der Riley die letzte Kurve, und dann war ich im Tal, auf der Straße nach Tarascon. Ich wandte mich nach rechts, fuhr in St-Rémy kreuz und quer durch einige Seitenstraßen, bis ich etwaige Spuren verwischt glaubte, und dann fuhr ich, jetzt wieder in gehobener Stimmung, auf schmalen, holperigen Landstraßen gen Osten.

## XI

Nach Avignon konnte ich jetzt nicht mehr zurück. Auch wenn es mir nicht gelungen sein sollte, meine Spur vollständig zu verwischen, hatte ich Byron doch mit Gewißheit für längere Zeit aufgehalten. Aber ich durfte nicht riskieren, ihn nach Avignon und damit zu David zu führen.

Ich muß mich erst in Sicherheit bringen, dachte ich, während der Wagen auf der engen, staubigen Straße dahinraste, die rechts und links von Sträuchern und Zypressen gesäumt war. Dann erst konnte ich Louise anrufen und sie bitten, unsere Sachen zusammenzupacken und mich irgendwo zu treffen. Sie konnte sich ein Auto mieten, ich würde

es ihr später bezahlen, damit sie sich nicht mit dem ganzen Gepäck in einen der überfüllten Züge zwängen mußte. Aber wo sollten wir uns treffen? Während der Riley vorsichtig über eine gefährlich schmale Brücke kroch, entschloß ich mich für die einfachste Lösung: Marseille. Es heißt ja, daß es kein sichereres Versteck gebe als eine große Stadt, und ich befand mich ja gerade in der Nähe einer der größten Städte Frankreichs. Zudem hatten Louise und ich schon immer vorgehabt, einige Tage in Marseille zu verbringen. Was lag also näher, als sie zu bitten, mich dort zu treffen?
Kurz nachdem ich diesen Entschluß gefaßt hatte, fuhr ich in ein kleines Landstädtchen ein – Cavaillon, wie das Straßenschild anzeigte. Ich hielt in einer schmalen Seitengasse, die zur Hauptstraße hinunterführte, und stieg aus, um das Verdeck zurückzuschlagen. Nachdem ich es befestigt hatte, setzte ich mich wieder in den Wagen und holte die Straßenkarte hervor.
Um nach Marseille zu kommen, stellte ich fest, hätte ich nicht den Fluß überqueren dürfen, sondern hätte in Plan d'Orgon rechts abbiegen müssen, um über Orgon auf die Straße nach Marseille zu gelangen. Dieses Stückchen Weg mußte ich auf alle Fälle zurückfahren. Ich nagte an meiner Unterlippe und blickte ratlos die Straße hinunter. Was sollte ich bloß tun? Wenn ich denselben Weg zurückfuhr, den ich gekommen war, und wenn Richard Byron meine Spur aufgenommen hatte, würde ich ihm früher oder später unfehlbar ins Netz gehen. Wenn er aber die Fährte verloren hatte, dann fuhr er bestimmt auf der Hauptstraße, wo er schnell vorwärts kam, und dort mußte ich dann geradezu mit ihm zusammenstoßen. Für ihn wie für mich gab es nur diese beiden Möglichkeiten.
Voll quälender Unentschlossenheit hielt ich das Steuer umklammert. Zwei Möglichkeiten – und ich verlor kostbare Zeit. Noch einmal zog ich die Karte hervor und fuhr mit dem Finger die Wege nach, die nach Marseille führen.
Schließlich zeigte sich, daß ich dreierlei machen konnte. Ent-

weder fuhr ich auf einer der beiden Straßen wieder über die Durance zurück und dann auf der Hauptstraße nach Marseille, oder ich fuhr von hier aus weiter auf der Straße, die in östlicher Richtung nach Apt führte, was ein beträchtlicher Umweg war, und von dort nach Marseille, oder ich kehrte doch nach Avignon zurück.
Letzteres kam nicht in Frage. Aber ich hatte auch keine Lust, weitere Risiken einzugehen und mich immerzu auf mein Glück zu verlassen. Ich wollte nicht über die Durance zurück und Richard Byron begegnen – ich wollte nach Osten fahren und den Umweg machen. Schweren Herzens faltete ich die Karte zusammen und ließ den Wagen anspringen. Langsam holperte er über das unregelmäßige Pflaster zur Hauptstraße hinunter.
Und dann, als ich eben einbiegen wollte, trat ich mit einem Ruck auf die Bremse, daß der Riley quietschend zum Stehen kam.
Wie eine Vision flog in diesem Augenblick ein großer grauer Wagen auf der Hauptstraße vorüber.
Es war der Bentley.

Meine erste Reaktion war erstaunlicherweise aufrichtige Bewunderung für das Tempo, mit dem er mich eingeholt hatte. Die zweite war grenzenlose Erleichterung. Nun wußte ich wenigstens, daß die Straße nach Orgon frei war. Ich sprang aus dem Wagen und lief zur Ecke, um die Hauptstraße hinunterzusehen. Die Sonne brannte. Die Straße war eng und verstopft mit Marktständen, Lastwagen, ausländischen Autos, Maultieren, Frauen mit Einkaufskörben, Kindern, Hunden und Männern in verblichenen Leinenhosen und Baskenmützen. Der Bentley aber war schon verschwunden. Es war mir, als könnte ich noch am Ende der Straße, wo sie nach Osten abbog, eine Staubwolke in der heißen Luft hängen sehen.
Ich eilte zum Riley zurück, und in kürzester Zeit war ich aus dem Ort heraus und fuhr gen Westen, der Durance zu.

Die Hitze war unbeschreiblich. Solange ich noch durch Cavaillon fuhr, warfen rechts und links der Straße alte, verstaubte Platanen ihre Schatten über mich, und eine kleine Brise kühlte mir die Schläfen. Aber kaum hatte ich die Stadt verlassen, brannte die Sonne unbarmherzig auf mich nieder. Doch da sah ich im gleißenden Sonnenschein auch schon die Durance und die Autobrücke.
Und eine lange Schlange von Fahrzeugen, die sich vor der Brücke staute.
Entmutigt schloß ich mich hinten an. Die Brücke schien ein Provisorium zu sein, bis die neue, deren Eisenträger bereits aus dem Wasser ragten, fertig war. Schwankende Holzplanken ruhten auf den Pfeilern und verbanden die beiden Ufer miteinander. An beiden Enden der Brücke, die nur einspurig zu befahren war, stand ein Polizist und regelte den Verkehr. Zur Zeit hatte die Gegenseite Fahrerlaubnis. Langsam und ängstlich krochen Autos, Lastwagen und Maultierkarren hintereinanderher, während auf unserer Seite der Polizist unnachgiebig seinen weißen Holzstab in die Höhe hielt.
Die Hitze war kaum noch zu ertragen, aber ich durfte jetzt nicht aufgeben. Kerzengerade saß ich am Steuer, und meine Augen wanderten unablässig vom weißen Stab des Polizisten zum Rückspiegel und wieder zurück, hin und her, wie bei einer Puppe.
Und immer noch hielt uns dieser Stab zurück und krochen die anderen im Schneckentempo über die Brücke. Vor mir, hinter mir und zu meiner Linken, von überallher ließen ungeduldige Franzosen ihre Motoren aufheulen, drückten sie unermüdlich auf die Hupe und bereiteten sie sich auf einen mörderischen Wettlauf um den ersten Platz auf der schmalen Brücke vor.
Dicht hinter mir, beinahe auf meiner Stoßstange, wartete schnaubend und dröhnend ein riesiger Lastwagen, dahinter ein Maultierkarren mit einer weißen Plane. Neben mich hatte sich ein unverschämter gelber Cadillac gedrängt, der

nur darauf wartete, sich zwischen den Riley und den Möbelwagen vor mir zu zwängen.
Meine Nerven waren bis zum äußersten angespannt. Die ratternden Motoren, die Hitze, das ununterbrochene Gehupe, die ganze undisziplinierte Fahrerei auf französischen Autostraßen... Wollte denn dieser weiße Stab nie fallen?
In diesem Augenblick steigerte sich das Motorengeheul zu einem wahren Höllenlärm, und das Vorwärtsdrängen wurde noch stärker. Jetzt sah ich, daß drüben bereits gesperrt war und daß die letzten Fahrzeuge über die Brücke kamen. Nun konnte es sich nur noch um wenige Sekunden handeln.
Ich packte das Steuer fester und hielt ein Auge auf den weißen Stab, das andere auf den gelben Cadillac an meiner Seite gerichtet.
Der letzte Lastwagen war von der Brücke heruntergeholpert, da sank auch schon der weiße Stab, und eine Hand winkte uns herbei. Der Möbelwagen machte einen Sprung nach vorn, und sogleich schoß der gelbe Cadillac mit einem Triumphgeheul in die Lücke zwischen ihm und dem Riley.
Ich war schon ziemlich weit auf der Brücke, als ich das nächste Mal in den Rückspiegel blickte.
Hinter dem Maultierkarren spähte neugierig der graue Bentley hervor.

Gegenüber wartete schon wieder eine lange Autoschlange. Wie Morsezeichen blitzten die Windschutzscheiben in der Sonne auf. Langsam krochen wir auf sie zu. Der Lastwagen hinter mir streifte immer wieder das Geländer und brachte dadurch die ganze unsichere Konstruktion so ins Wanken, daß sich mir die Haare sträubten. Und der Bentley –
Richard Byron hatte nicht mit dem völligen Fehlen von »Rittern der Landstraße« in Frankreich gerechnet. Denn als der Bentley Anstalten machte, den Maultierkarren zu überholen, wandte sich der Kutscher nur kurz um, blickte ihn erbost an, griff dann fluchend, wie mir schien, zur Peit-

sche und ließ sie auf das Maultier niedersausen. Der Karren ruckte an und torkelte dann, haarscharf vor dem Bentley, wie trunken auf die linke Seite hinüber. Dem Bentley blieb der Weg versperrt.

Als ich endlich die Brücke verlassen hatte und noch einmal zurückblickte, sah ich den Maultierkarren noch immer im ersten Drittel der Strecke, schön auf der Mitte der Brücke, und dahinter im Schrittempo den Bentley.

Ich gab Gas, und wie ein Sturmwind brauste der Riley über die gute Straße. Den Möbelwagen überholte ich, als ob er stillgestanden hätte, und dann drückte ich noch einmal kräftig auf die Hupe und ließ den gelben Cadillac in einer Staubwolke hinter mir.

Die Geschwindigkeit stieg und stieg. Vor mir sah ich im blendenden Sonnenlicht eine Baumreihe auftauchen. Unerwartet bog die Straße scharf nach links ab. Ich nahm den Fuß vom Gaspedal.

Glücklicherweise kam mir nichts entgegen. Ich nahm die Kurve auf der Innenseite, die Hinterräder gerieten ins Schleudern, die Reifen heulten empört auf, dann hatte sich der Riley wieder gefangen und raste weiter. Ich hatte nun keine Angst mehr, ich konnte nichts anderes mehr denken, konzentrierte mich nur noch auf das Autofahren.

Vorbei an Gehöften und Feldern flog ich dahin, überholte einen Maultierkarren, wich entgegenkommenden Autos aus, jagte einen Hügel hinauf und war im nächsten Augenblick schon wieder unten, alles wie im Traum.

Unter den singenden Rädern wand sich die weiße Straße, krümmte sich, streckte sich wieder, bäumte sich auf, fiel zurück und verschwand im Rückspiegel wie eine fliehende Schlange. Mein herrlicher Wagen stob dahin wie die Rosse des Sonnengottes, und auf der ganzen Welt gab es nichts als das Summen des Motors, das Pfeifen der Luft und diese endlose Straße vor mir.

## XII

Doch plötzlich war ich nicht mehr allein auf der Welt. Aus den Augenwinkeln sah ich auf einmal eine weiße Dampfwolke zur Rechten. Dicht neben der Straße lief eine Eisenbahnlinie, und der Zug, der eben aufgetaucht war, schnaubte stolz und selbstsicher in dieselbe Richtung.
Ich überlegte fieberhaft. Ob es wohl eine Eisenbahnbrücke gab? Oder nur einen bewachten Bahnübergang, wie so oft in Frankreich? Das konnte endloses Warten bedeuten. Ich hatte zwar einen guten Vorsprung, aber ich konnte mir vorstellen, in welchem Tempo Richard Byron fuhr. Eines war gewiß: Auf dieser Straße konnte ich ihn nicht abhängen, meine einzige Hoffnung war Marseille. Ich warf einen Blick auf den Zug und trat den Gashebel hinunter.
Bis heute weiß ich nicht, ob der Zugführer wirklich den Ehrgeiz hatte, einen Wettlauf zu veranstalten, oder ob es nur Zufall war. Mindestens fünfhundert Meter lang lagen jedenfalls die Lokomotive und der Riley Kopf an Kopf, heulte und kreischte die Lokomotive wehklagend, während der Zugführer und der Heizer zum Fenster heraushingen und mir zuwinkten. Endlich hatte ich gewonnen. Die Lokomotive fiel zurück, ihr Heulen wurde schwächer und war bald gar nicht mehr zu hören.
Für wenige Minuten, die mir allerdings wie Stunden erschienen, behielt ich das Tempo noch bei, bis endlich in der Ferne das Bahnwärterhäuschen auftauchte, wie ein Spielzeug mit seiner rot-weißen Barriere.
Noch war sie offen. Aber jetzt sah ich deutlich eine kleine Figur, die sich auf die Schranke zubewegte.
Ich hörte mich selber aufstöhnen, als nun der Riley wie eine Rakete die Straße hinunterschoß.
Mit unheimlicher Geschwindigkeit kam das Bahnwärterhäuschen auf mich zu, schon sah ich den Mann den Arm heben, um die Kurbel zu betätigen, mit der er die Schranke

herunterließ. Ich drückte die Hand auf die Hupe und nahm sie nicht mehr herunter, sah, wie der Mann entsetzt den Kopf wandte und instinktiv zur Seite wich – und dann ging es, wie die wilde Jagd, donnernd und heulend an ihm vorbei. Dicht hinter mir hörte ich die Schranke niederkrachen.

Bis vor kurzem, dachte ich, als ich etwas gemäßigter durch Salon fuhr, hatten unsere Chancen ziemlich gleich gestanden. Aber dieser letzte Glücksfall hatte mir wieder einen entscheidenden Vorsprung verschafft. Vielleicht gelang es mir ja doch noch, Richard Byron ganz abzuschütteln und mit Louise irgendwo friedliche Urlaubstage zu verbringen. Viel später, wenn ich einmal Zeit zum Nachdenken hatte, konnte ich mich dann noch genug ärgern über die Art und Weise, in der über meine Zeit, meine Freiheit und – ja, auch über meine Person – verfügt worden war. Ich war, ohne es zu wollen, in diese Sache hineingeraten, und ich hatte das alles wirklich nicht verdient. Ich hatte allen Grund, wütend zu sein, aber im Augenblick noch gar keine Zeit dazu. Erst mußte ich in Sicherheit sein, dann konnte ich, vielleicht, endlich wieder in Ruhe nachdenken.
Die Straße stieg nun steil zu den Bergen auf, die zwischen dem Etang de Berre und Marseille liegen. Es war noch immer grauenhaft heiß, und ich war entsetzlich hungrig, aber ich schob den Gedanken daran beiseite und raste weiter durch dieses ausgestorbene Land, immer weiter dem höchsten Punkt der felsigen Berge zu.
Nach und nach wurde es etwas kühler, und hier und da tauchten Gruppen von Pinien, ernst und dunkel, neben der Straße auf. Nach einiger Zeit entdeckte ich oben am Berghang ein Bistro, ein kleines gelbes Haus mit einer roten Benzinpumpe daneben, einigen Pinien hinter dem Haus und ein paar Tischen unter dem gestreiften Sonnendach. Auf einmal glaubte ich, Hunger und Durst nicht länger ertragen zu können. Ich sagte mir, mein Vorsprung sei inzwischen so groß, daß ich mir unbesorgt zehn – nein,

fünf Minuten Ruhe und eine Erfrischung dort unter dem verlockenden Sonnendach gönnen dürfe. Ich mußte ja doch irgendwann mal anhalten und mir eine Flasche Wein und ein paar Brötchen erstehen. Aber was half es – ich konnte mich nicht länger auf mein Glück verlassen. Vor Marseille gab es keinen Halt mehr. Und tapfer fuhr ich weiter, der Höhe entgegen.

Doch da nahm mir das Schicksal die Entscheidung aus der Hand. Ungefähr fünfzig Meter vor dem Bistro begann der Riley plötzlich zu schleudern. Ich sagte mir, ich sei offenbar doch sehr übermüdet, raffte mich zusammen und steuerte wieder nach rechts. Aber gleich darauf brach er wieder nach links aus, heftig und ungebärdig, und nur mit Mühe brachte ich ihn wieder auf die rechte Seite zurück. Da endlich dämmerte es meinem erschöpften Hirn: Ich hatte eine Reifenpanne.

Unsere Chancen standen wieder gleich.

Aber immerhin hatte ich Glück im Unglück. Der Riley, zuverlässig wie immer, hatte seine Panne ausgerechnet hier, in dieser Oase mitten in der Wüste, bekommen. Voll Dankbarkeit fuhr ich ihn vorsichtig auf den schmalen Kiesstreifen vor dem Bistro.

Im dämmerigen Schankraum sah ich einen Mann mit einer weißen Schürze hinter der Theke stehen und Gläser abtrocknen. Ich lehnte mich aus dem Wagen.

»Monsieur ...«

Er stellte das Glas hin und kam schmunzelnd zu mir heraus.

»Monsieur, wie Sie sehen, habe ich eine Reifenpanne. Gibt es wohl irgend jemanden hier, der mir mein Rad wechseln könnte, während ich bei Ihnen etwas esse?«

Er blickte etwas unschlüssig drein.

Aber er war Franzose, und darauf baute ich. Ich legte ihm meine Hand auf den Arm, sah in verzweifelter Hilflosigkeit zu ihm auf und sagte mit einem Beben, das nicht nur

gespielt war: »Monsieur, es ist sehr dringend. Ich werde verfolgt – er kann gleich hier sein. Und wenn ich nun mit einer Panne hier festsitze...«
Sein Gesicht leuchtete verständnisvoll auf.
»Ihr Mann?«
»Ja, ja, mein Mann. Er verfolgt mich und – oh, Monsieur, ich bitte Sie, helfen Sie mir!«
Er war prachtvoll. Innerhalb von zwei Minuten stand der Riley hinter dem Hause, nach weiteren zwei Minuten war bereits ein Jüngling erschienen, der sich sofort an den Radwechsel machte, und nach höchstens fünf Minuten saß ich in dem kühlen, kleinen Hinterzimmer, und der Patron fragte mich, was ich zu essen wünsche.
»Und Madame braucht sich keine Sorgen zu machen«, fügte er bedeutungsvoll hinzu. »Heute nacht wird Madame ungestört mit ihrem Liebsten schlafen.«
Ich ging darauf nicht weiter ein, sondern bestellte erst einmal einen Campari mit Eis und dann ein Kräuteromelett mit Kaffee und frischen Brötchen.
Ich glaubte, nie in meinem Leben jemals etwas Köstlicheres gegessen zu haben als dieses Omelett im Hinterzimmer des kleinen Bistros. Kaum war ich fertig, stand ich auf, um nach meinem Wagen zu sehen. Im Stehen trank ich noch den letzten Schluck Kaffee aus und wollte eben die Tasse hinstellen, als ich Motorengeräusch vernahm. Und dann hörte ich, wie knirschend ein Wagen auf den Kiesstreifen vor dem Haus rollte und stehenblieb.
Ich stand wie angenagelt, noch immer die Tasse in der Hand. Seine Stimme klang laut und deutlich durch die geschlossene Tür.
»Nein, danke, ich möchte nichts trinken«, sagte er, und gleichzeitig vernahm ich das Rascheln von Geldscheinen. »Ich habe keine Zeit. Ich wollte Sie nur fragen, ob in der letzten halben Stunde ein englischer Wagen hier vorbeigekommen ist, ein dunkelgrünes Kabriolett. Haben Sie es zufällig gesehen?«

Erneut ein Rascheln.
»Ein dunkelgrünes Kabriolett?« wiederholte der Patron langsam. Ich hörte das Klirren von Glas und stellte mir vor, daß er wohl an einem Glas herumpolierte, während er überlegte.
»Ein dunkelgrüner englischer Wagen...« Er machte eine Pause, und ich weiß nicht, wer gespannter vor und hinter der Tür wartete, Richard Byron oder ich.
»Mit einer jungen Dame am Steuer?« fragte der Patron endlich.
»Ja.« Ich konnte mir genau vorstellen, wie sich Richard Byron mit einem plötzlichen Aufleuchten in den Augen vorlehnte.
Fast gleichgültig fuhr der Patron fort: »Ja, ich erinnere mich, vor einiger Zeit ist eine junge Dame in einem dunkelgrünen Kabriolett vorbeigefahren. Sie fuhr sehr schnell. War es vielleicht die, die Monsieur meinen?«
»Ja, das ist sie. Wie lange ist das her?«
Ich konnte das Achselzucken förmlich hören, mit dem der Patron antwortete: »Zwanzig Minuten vielleicht oder fünfundzwanzig, kann auch eine halbe Stunde her sein. Was soll ich Ihnen sagen? So genau habe ich nicht aufgepaßt, mir ist der Wagen nur aufgefallen, weil er so schnell vorbeibrauste – und weil das Mädchen so hübsch aussah.«
Noch ein letztes Rascheln, Dankesgemurmel des Patrons, und schon dröhnte der Bentley davon. Man hörte erst noch das Singen der Maschine vom Gipfel her, dann wurde es immer schwächer, und bald war alles wieder so still wie zuvor. Nur die Pinien rauschten nach wie vor hinter dem Haus.
Grinsend kam der Patron herein.
»Der war Ihnen aber dicht auf den Fersen«, meinte er. »Aber wenn Sie ihm jetzt noch etwas Zeit lassen, ist er so weit, daß er Sie nie mehr finden wird. Möchten Sie jetzt nicht doch zurückfahren?«
Ich schüttelte den Kopf. Nein, ich wollte nicht zurück. Ich

wollte David nicht in Gefahr bringen. Ich wollte hier noch etwas warten und dann auf Nebenstraßen nach Marseille fahren. Und dann wollte ich Louise anrufen und ihr alles erzählen. Ich hatte einfach nicht länger die Kraft, diese ganze Sache allein durchzustehen. David würde sicher verstehen, daß ich mein Versprechen, niemandem etwas zu sagen, brechen mußte.

»Gibt es außer dieser Straße noch eine andere nach Marseille?«

»Ja, verschiedene. Erst fahren Sie über Les Assassins und dann...«

»Les Assassins?« unterbrach ich ihn entsetzt.

»Ja, so heißt eine Stelle auf der Höhe oben, von wo die Straße nach Marseille hinabführt. Sie führt durch eine kleine Schlucht zwischen den Felswänden.«

»Aber warum heißt es denn Les Assassins?«

»Es gab dort oben einmal einen Erdrutsch, und da ist viel Gestein den Berg heruntergekommen. Die alte Straße führte zwischen diesen Felsblöcken hindurch, und dort hielten sich früher oft Straßenräuber versteckt, um den Kutschen und Händlerkarren aufzulauern.«

»Und wie geht es dann weiter?«

»Dann kommt eine sehr gute Straße, die direkt nach Marseille hinunterführt. Aber kurz vor Marseille zweigen verschiedene Nebenstraßen ab, die durch die ganzen Vororte auch nach Marseille hineinführen.« Er lächelte verständnisvoll. »*Er* erwartet Sie wohl in Marseille?«

»Wer – er? O ja, dort wartet er«, sagte ich. Ich hatte schon wieder vergessen, daß ich ein Rendezvous mit einem Geliebten vor mir hatte. »Ich bin Ihnen unendlich dankbar für Ihre Hilfe.«

Er hob die Schultern. »Nicht der Rede wert, Madame. Wenn man nicht einmal mehr einer schönen jungen Dame helfen kann, wenn sie in Not ist – wozu lebt man dann überhaupt?«

Er ging hinaus, und ich blieb noch etwas sitzen, rauchte und ließ die Zeit vergehen, ja, ich glaube, ich nickte sogar etwas ein. Es überkam mich so etwas wie eine große Ruhe, ein Gefühl der Geborgenheit in diesem stillen kleinen Hafen. Doch ein Blick auf meine Uhr zeigte mir, daß es schon gleich drei Uhr war. Widerwillig stand ich auf und ging hinaus.

Ich bedankte mich nochmals beim Patron, zahlte meine Rechnung, legte noch eine Zehn-Franc-Note und ein Extratrinkgeld für den Jungen dazu, der, wie ich feststellte, nicht nur das Rad gewechselt, sondern auch den kaputten Reifen repariert und an Stelle des vorherigen Reserverades befestigt hatte, und fuhr dann, von guten Wünschen begleitet, endlich weiter.

Diesmal nahm ich mir Zeit. Ich wollte den Wagen nicht unnötig auf der schlechten Straße strapazieren, und außerdem machten sich die Aufregungen der vergangenen Nacht und die wahnsinnige Anspannung des heutigen Morgens nun doch sehr bemerkbar. Ich hatte starke Kopfschmerzen, und eine lähmende Müdigkeit, eine Art unüberwindlicher, träger Gleichgültigkeit überkam mich. Es wäre mir jetzt absolut unmöglich gewesen, die Parforcetour von heute morgen zu wiederholen. Ich wäre sofort im erstbesten Straßengraben gelandet.

Die Landschaft hier oben war von einer wilden, bedrükkenden Einsamkeit. Rechts und links der Straße ragten nackte rote Felsen mit harten kobaltblauen Schatten in den leuchtenden Himmel. Keine Olivenbäume, keine Weinreben mehr, nur hier und da die dunklen Wipfel der Pinien. Als ich die Höhe erreicht hatte, sah ich die gewaltigen Felsblöcke, von denen der Patron gesprochen hatte, rechts und links der Straße aufgetürmt, und ich erkannte auch die alte Straße, die sich da mühsam zwischen den Pinien und Felsenbrocken hindurchwand. Vor mir lag die neue Straße, die weiß und gerade aus den Felsen hinausführte.

Les Assassins.

Unten in der Ferne, in blauem Dunst, das Meer. Ich schal-

tete, und aufatmend glitt der Riley die lange, sanftgewundene Straße hinunter, Marseille zu, das sich dort, ganz weit unten, in der Sonne ausbreitete.
Sanft bog der Wagen um eine Kurve. Vor mir, zur Linken, sah ich, noch ein paar Meter entfernt, eine Piniengruppe und dahinter die alte Straße in die neue einmünden. Ohne hinzublicken, fuhr ich daran vorbei.
Wahrscheinlich hätte ich es voraussehen müssen, aber ich muß gestehen, daß ich gar nicht auf den Gedanken gekommen war. Es gab für mich keinen zwingenden Grund zu der Annahme, daß Richard Byron dem Patron nicht geglaubt hatte und jetzt nicht vergeblich in Marseille nach mir suchte. Aber er hatte ihm nun einmal nicht geglaubt.
Lautlos glitt der graue Bentley hinter der Piniengruppe hervor und schloß dicht auf.

## XIII

Jetzt war alles aus. Selbst wenn ich nicht so erschöpft gewesen wäre, hätte ich nie auch nur die geringste Aussicht gehabt, ihm so ohne jeden Vorsprung, ohne irgendeinen Vorteil, zu entkommen. Ich war geschlagen, und ich wußte es.
Ich war nicht mehr fähig, einen klaren Gedanken zu fassen. Ich spürte, wie mein Kopf schmerzte und wie ich mich danach sehnte, endlich nicht mehr unter dieser brennenden Sonne fahren zu müssen. Aber unentwegt fuhr ich weiter, Marseille entgegen, als sei kein grauer Wagen hinter mir her und kein wütender Mann darin, der inzwischen eine ganze Menge mit mir abzurechnen hatte.
Ziemlich bald hatte ich die Außenbezirke von Marseille erreicht, und schon befanden wir uns mitten im Getümmel von Straßenbahnen, Lastwagen, Karren aller Arten und Autos aus vielen verschiedenen Ländern. Es war, als fahre

alles, was überhaupt ein Auto besaß, ausgerechnet jetzt durch die engen Straßen von Marseille, hupend, schimpfend, drängelnd, stoßend, in einem einzigen gewaltigen Chaos.

Mechanisch steuerte ich den Riley durch das Getümmel hindurch, schaltete, bremste, wich aus, fuhr an, nur darauf bedacht, möglichst unbeschädigt aus diesem Hexenkessel wieder herauszukommen. Und hinter mir, wie ein Schatten, folgte der Bentley gehorsam meinem Beispiel, schaltete, bremste, wich aus und fuhr an, genau wie ich.

Ich schenkte ihm nicht mehr Beachtung, als ich jedem anderen dicht hinter mir her fahrenden Wagen in diesem Gedränge geschenkt hätte.

Ich war fertig. Ich hatte aufgegeben. Mir hämmerten die Schläfen, und ich hatte das Gefühl, als ruhten Zentnerlasten auf meinen Schultern. Ich war nicht mehr imstande, mir auszumalen, was mir als nächstes bevorstand.

Und deshalb nahm ich es zuerst gar nicht zur Kenntnis, als das Wunder geschah.

Es muß wohl einige Zeit gedauert haben, bevor es meinen dumpfen Sinnen dämmerte, daß schon seit einiger Zeit kein grauer Bentley mehr in meinem Rückspiegel zu sehen war, nur einzig und allein ein Maultierkarren und dahinter gar nichts.

Ein paar Sekunden lang starrte ich wie betäubt in den Spiegel, dann endlich wandte ich mich um und blickte zurück. Ich war ungefähr hundert Meter von der Stelle entfernt, wo es passiert war. Ein Lastwagen war aus einer Nebenstraße, direkt vor dem Bentley, eingeschwenkt und hatte eine entgegenkommende Straßenbahn gerammt. Der Bentley war zwischen den beiden eingeklemmt worden und konnte nicht weiter. Ob er selbst auch beschädigt war, konnte ich natürlich nicht feststellen, jedenfalls stak er aber erst einmal fest. Im Nu hatte sich eine große Menschenmenge versammelt, und da kam auch schon die Polizei...

Es konnte Minuten, ja vielleicht sogar Stunden dauern, bis er da wieder wegkam.
Wie ein Ertrinkender, der sich noch einmal zusammenreißt, um nicht unterzugehen, bog ich in die nächste Querstraße ein und gab Gas. Rechts, links, links, rechts, wieder links – da eine Sackgasse – links, rechts, hin und her, wie ein gehetzter Hase, und da war endlich eine Autowerkstatt und Tankstelle, und hinter den Benzinsäulen gähnte eine riesige, dunkle Halle, in der Lastwagen, Busse und Autos aller Arten auf die verschiedenartigsten Reparaturen warteten. Ich lenkte den Riley hinein und stellte ihn möglichst weit hinten ab.
Noch immer wie betäubt, zog ich den Zündschlüssel heraus, suchte meine Sachen zusammen und stieg aus.
Ich kann mich nicht mehr erinnern, was für Anweisungen ich dem herbeieilenden Mechaniker gab. Ich weiß nur noch, daß ich ihm etwas Geld in die Hand drückte und gerade noch so viel Geistesgegenwart besaß, eine Karte mit Namen und Adresse der Werkstatt zu verlangen. Dann trat ich durch die Hintertür wieder in den Sonnenschein hinaus.
Ich wandte mich nach rechts, möglichst fort vom Stadtzentrum, in Richtung Meer, wie ich glaubte. Ich ging durch enge, ärmlich wirkende Straßen, die aber doch irgendwie vertrauenerweckend aussahen, bis ich plötzlich vor einem Hotel stand, dessen Namen ich schon im Reiseführer gesehen hatte. Das bedeutete zumindest, daß es sauber und einigermaßen komfortabel war. Ich betrat die kühle und dunkle Empfangshalle, trug mich ins Gästebuch ein und folgte dann der Madame eine steile Wendeltreppe hinauf in den dritten Stock, wo sie mich in ein kleines tadellos sauberes Zimmer führte.
Nachdem die Tür hinter ihr ins Schloß gefallen war, sank ich auf den Bettrand nieder. Unbeweglich saß ich so, unfähig, auch nur eine Wimper zu rühren. Ganz schwach und gedämpft drang durch die geschlossenen Fenster und her-

untergelassenen Jalousien der Straßenlärm von Europas geräuschvollster Straße in mein kleines Zimmer herauf.
Dann stand ich endlich auf, verriegelte die Tür und zog mich aus. Sorgfältig schüttelte ich meine Sachen aus und legte sie über den Stuhl, dann wusch ich mich langsam von Kopf bis Fuß mit kaltem Wasser und schlüpfte in mein frisches Nylonnachthemd. Zuletzt bürstete ich gründlich mein Haar, dann legte ich mich hin.
Auf einmal war alles ganz weit weg, wurde immer verschwommener, immer schwächer. Ob Richard Byron jetzt im Gefängnis saß, ob er viele hundert Kilometer entfernt war oder draußen vor meiner Zimmertür stand – das berührte mich nun alles nicht mehr.
Ich war im Nu eingeschlafen.

Kurz vor sechs wachte ich auf. Im ersten Moment wußte ich nicht, wo ich war, wo dieses fremde, weiche Bett hingehörte, und eine Weile blieb ich noch wohlig ausgestreckt liegen. Bernsteingelb drangen die Strahlen der Abendsonne durch die Ritzen der Jalousien, und der Straßenlärm schien von weit her zu kommen und klang wie sanftes Meeresrauschen.
Doch ich war hungrig. Ich stand auf und zog wieder das grüne Kleid an, das noch ganz erstaunlich frisch und unzerknittert aussah, wenn man bedachte, welche Strapazen es mitgemacht hatte.
Als erstes mußte ich jetzt etwas essen. Ob ich mir am besten etwas kaufte und es dann hier in meinem Zimmer verzehrte? Aber wenn ich schon ausgehen mußte, konnte ich eigentlich ebensogut schnell in einem Café in der Nähe essen und dann ins Hotel zurückkehren und Louise anrufen. Schließlich war Marseille, verglichen mit Avignon und Nîmes, eine riesige Stadt, und wenn ich die Hauptstraßen mied, konnte mich Richard Byron kaum entdekken, so viel war mir klar.
Es fiel mir wieder ein, was ich über die Hauptstraße von

Marseille, die Canebière, gelesen hatte. Es heißt, sie sei die belebteste Straße von ganz Europa und jeder Mensch werde früher oder später einmal in seinem Leben über die Canebière gehen. Man müsse nur die Geduld aufbringen, lange genug vor einem ihrer zahlreichen Cafés zu sitzen, und man werde alle seine Bekannten irgendwann einmal vorbeikommen sehen. Wenn ich Richard Byron wäre, dachte ich, so würde ich das tun und warten, bis das Mädchen im grünen Kleid vorbeikam.
Und deswegen ging das Mädchen im grünen Kleid woandershin.
Ich nahm meine Schlüssel mit hinunter, unterhielt mich noch ein Weilchen höflich mit der Hotelbesitzerin und ihrer Katze und trat dann auf die Straße hinaus. Es war noch immer sehr warm, aber die Sonnenstrahlen waren jetzt von einem tiefen Kupfergold, und auf dem Trottoir ruhten dunkle, lange Schatten.
Das Gefühl vollständiger Erschöpfung war verschwunden, aber ich bewegte mich, wohl infolge meines tiefen Schlafes, wie im Traum, ganz körperlos, ohne jede Anstrengung, wie mir schien. Die Menschen, die mir entgegenkamen, die Autos, die vorüberratterten, sie alle waren wie Schemen, ganz unwirklich, ohne Beziehung zu meiner eigenen Welt. Das einzige Lebewesen war ich, Charity Selborne, der unmöglich all diese unwahrscheinlichen Dinge hatten zustoßen können...
Am Ende der Straße angelangt, sah ich mich um. Rechts begann eine ziemlich düstere Straße mit Schuppen und Lagerhäusern, deshalb wandte ich mich nach links. Ziemlich bald merkte ich, daß ich geradewegs auf den Hafen zusteuerte. Am Ende der Straße sah man schon Schiffsmaste gegen den Himmel ragen und die ersten Neonlichter aufleuchten.
An der nächsten Straßenecke blieb ich einen Augenblick zögernd stehen. Man hatte so viele unheimliche Geschichten über Marseille gehört, und war nicht gerade der Hafen

die berüchtigtste Gegend? Unschlüssig blickte ich in die kleine Nebenstraße, die hier abzweigte – um im nächsten Augenblick wie gehetzt weiterzulaufen, dem Hafen zu. Denn dort, am anderen Ende der kleinen Straße, stand er, mein Feind. Wie ich mußte auch er einen Moment angehalten und überlegt haben, in welche Richtung er seine Schritte lenken sollte. Wahrscheinlich hatte er mich noch nicht gesehen, aber es konnte jeden Moment zu spät sein. Ich lief auf den Vieux Port von Marseille zu, ohne auch nur noch einen Gedanken an die Verruchtheit dieser Gegend zu verschwenden. Ich glaube, ich hätte sogar frohgemut ein Schiff nach Buenos Aires bestiegen, hätte sich mir nur die Gelegenheit dazu geboten.

Da lag er endlich vor mir, ein freier, ungeschützter Platz, auf drei Seiten von Häusern und Restaurants mit funkelnden Lichtreklamen umgeben. Im Wasser drängten sich Schiffe aller Arten und Größen, deren Maste im Gold des Abendlichtes schwankten.

In Blitzeseile stürzte ich über den freien Platz auf die nächste Gruppe von Menschen zu, die lachend und plaudernd am Rande des Quais zusammenstanden, in der Hoffnung, mich unter ihnen zu verlieren und ungesehen auf die andere Hafenseite gelangen zu können. Ich überhörte die zudringliche Aufforderung einiger Seeleute, die sich offensichtlich etwas für ihren freien Abend suchten, und versteckte mich hinter einer Familie mit zwei kleinen Söhnen in Matrosenanzügen. Noch ein verstohlener Blick auf die Straßenmündung, aus der ich eben gekommen war. Er war nicht zu sehen.

Erst jetzt begriff ich, worauf alle diese Menschen warteten. Auf einem kleinen Bootssteg, der direkt neben uns vom Quai zu einem Boot hinunterführte, erschien ein alter Seemann mit apfelroten Wangen und einem riesigen weißen Schnurrbart.

»Hierher, bitte! Hierher, bitte! Zum Château d'If!«

Im selben Augenblick erschien auf dem nächsten Boots-

steg ein zweiter Seemann, der dem ersten verblüffend ähnlich sah, nur war sein Bart weniger weiß, und stimmte sogleich ein: »Hierher, bitte! Hierher, zum Château d'If!«
Die Menge, der es gleichgültig war, wem sie ihre Gunst schenkte, machte wie ein Mann kehrt und ging zum zweiten Boot. Unversehens stand ich allein, ohne Deckung, da.
Ich warf noch einmal einen Blick auf jene Straßenecke, und in ebendiesem Augenblick tauchte Richard Byron dort auf. Er blieb stehen, wandte noch einmal den Kopf zurück und begann dann, den Platz am Hafen zu inspizieren. Das Glück wollte es, daß er nicht sofort zum Quai herüberblickte, sondern erst zur Canebière, wo das größte Gedränge herrschte.
Wie ein Wiesel war ich den Bootssteg hinabgelaufen und im Innern des Bootes, ganz hinten, verschwunden. Er konnte mich unmöglich sehen, das wußte ich, aber mir war auch klar, daß nun diese Fahrt zum Château d'If meine letzte Rettung war.

Ich kann nicht behaupten, daß ich diesen Ausflug sehr genossen habe. Die alte, tödliche Furcht hatte mich wieder befallen, und hinzu kam jetzt noch eine hoffnungslose, verzweifelte Resignation. Es hatte den Anschein, als könne es mir einfach nicht gelingen, jemals diesen dunklen, gefährlichen Mann abzuschütteln. Es war, als kette mich eine unsichtbare Fessel an ihn, so daß er, wo immer ich auch hingehen mochte, sofort zur Stelle war. Daß ich in der Riesenstadt Marseille, kaum nachdem ich mich auf die Straße gewagt hatte, ausgerechnet ihn treffen mußte! Daß er mich ausgerechnet in den Ruinen von Les Baux wiederfinden mußte, obwohl dies in der Provence nur eine Sehenswürdigkeit von vielen war! Wohin ich mich auch flüchtete, immer stöberte er mich auf. Und was ich mir auch immer an Ausflüchten zurechtlegte, er kannte die Wahrheit dahinter – wenigstens schien es mir so. Ich war jetzt nicht mehr in der Lage zu entscheiden, was unausweichliches Schicksal war und was vielleicht nur mein Hunger mir einredete.

Ich saß auf einer niederen Brüstung des Château d'If und starrte gedankenverloren vor mich hin. Die Abendsonne färbte die weißen Mauern zartrosa, und das Wispern der Wellen drang nur wie im Traum zu mir herauf.

Mein Boot fuhr weg und ein anderes legte an. Scharen von Touristen ergossen sich ins Schloß und über das weite, flache Dach, wo ich saß. Ein Blick auf meine Uhr zeigte mir, daß ich schon über eine Stunde hier verbracht hatte. Sicherlich war er längst fortgegangen, sagte ich mir. Aber es gelang mir nicht, mich wirklich davon zu überzeugen. Schließlich versuchte ich mir einzureden, daß dieser dumpfe Fatalismus nur auf meinen Hunger und meine Abgespanntheit zurückzuführen sei. Ich mußte jetzt zurückfahren und endlich essen gehen, je eher, desto besser.

Ich raffte mich auf und ging hinunter zum Boot. Die Rückfahrt schien mir viel kürzer zu sein als die Hinfahrt. Es war inzwischen beinahe ganz dunkel, und die Lichter der Küste entlang glitzerten wie eine Perlenkette. Der Bootsmann stellte den Motor ab, und geräuschlos glitten wir durch das dunkle Wasser, dem Hafen zu, der jetzt in allen Neonlichtfarben leuchtete. Unter dem orangegelben Schein der Straßenlaternen drängten sich Gruppen fröhlich lachender und gestikulierender Menschen auf ihrem Abendbummel. Die Stadt war zu ihrem nächtlichen Leben erwacht.

Ganz gelöst und teilnahmslos saß ich im Boot, als hätte ich eine ungeheure körperliche Anstrengung hinter mir. Ich machte mir nicht einmal die Mühe, einen Blick auf den Quai zu werfen, um zu prüfen, ob dieser letzte sinnlose Fluchtversuch geglückt war. Ich wußte ja, es konnte nicht sein. Ich wußte, es war da eine Kraft im Spiel, stärker als alles, was ich bisher gekannt hatte, die Richard Byron direkt zum Bootssteg führen mußte, um mich dort zu erwarten.

Wir legten an der Quaimauer an. Der Bootsmann rief nach einem Jungen, der ihm half, den Bootssteg auszulegen.
Die Touristen standen auf und gingen lachend und plaudernd die Planken hinauf. Ich folgte ihnen.
Als mich Richard Byron am Ellbogen faßte und mir auf den Quai hinaufhalf, blickte ich nicht einmal auf.

## XIV

Er ging, die Hand noch immer an meinem Ellbogen, neben mir den Quai hinunter. Menschen kamen uns entgegen, blieben eine Weile in gleicher Höhe, stießen uns sogar an, aber mir war, als seien wir beide ganz allein. Ich sah und hörte alles nur in einer Art Dämmerzustand, ganz weit weg. Das einzige Geräusch, das ich wirklich wahrnehmen konnte, waren Richard Byrons Schritte an meiner Seite.
Beinahe liebenswürdig sagte er: »Wir haben noch etwas zu besprechen, wie Sie wissen.«
In meinem Innern explodierte etwas. Der Zorn, so lange erstickt von Furcht und Erschöpfung, loderte mit einem Mal wieder auf. Ich blieb abrupt stehen und sah ihn an. Noch immer strömten Menschen vorbei, aber sie waren für mich gar nicht vorhanden, es gab nur noch meinen Feind und mich, und wir waren wie von einer Mauer des Zornes umschlossen.
Wutbebend sagte ich: »Wir können uns miteinander unterhalten, solange Sie wollen, da es Ihnen offenbar so wichtig ist, daß Sie nicht einmal davor zurückschrecken, mir ganz verdammt lästig zu fallen! Aber eines kann ich Ihnen jetzt schon sagen: Ich denke nicht daran, Ihnen irgend etwas über David zu erzählen! Ich weiß genau, wo er ist, und Sie können mich bedrohen und mißhandeln, soviel Sie nur wollen, ich werde Ihnen nichts sagen. Nichts!«

»Aber ich ...«
Ich fuhr fort, als hätte er nichts gesagt: »Sie haben selber zugegeben, daß Sie ein Mörder sind. Was glauben Sie eigentlich von mir – stellen Sie sich vor, daß ich Ihnen dieses Kind ausliefere, ein Kind, das Sie, soviel ich weiß, im Dunkeln niedergeschlagen haben, nachdem Sie Ihren Freund ermordet hatten? Überlegen Sie doch einmal, Mr. Byron! David ist ein süßer kleiner Junge, auch wenn er Ihr Sohn ist, und ich – ich würde Sie augenblicklich umbringen, wenn Sie es wagten, ihm auch nur ein Haar zu krümmen.«
Heiße Tränen füllten plötzlich meine Augen, Tränen der Wut, der Erschöpfung und der Angst. Ich spürte, wie sie mir die Wangen herunterliefen. Sein Gesicht konnte ich nicht mehr erkennen, und es dauerte sehr lange, ehe er antwortete.
»Mein Gott!« sagte Richard Byron schließlich mit einer sehr sonderbaren Stimme. Aber ich hörte ihn kaum.
»Und abgesehen von alldem«, schloß ich, »haben Sie mir die ganzen Ferien verdorben, auf die ich mich so gefreut hatte und die ich so nötig brauchte!«
Und nach dieser bemerkenswert dummen Ansprache brach ich in haltloses Schluchzen aus, schlug die Hände vors Gesicht und taumelte blindlings davon, während mir die Tränen zwischen den Fingern hindurchtropften. Beinahe wäre ich über eine Schiene gestolpert, wenn mich nicht seine Hand im letzten Augenblick am Arm gepackt und wieder aufgerichtet hätte.
Mit derselben sonderbaren Stimme wie schon vorher sagte er: »Kommen Sie! Sobald Sie etwas gegessen haben, wird es Ihnen besser gehen.«
Die hellerleuchteten Cafés verschwammen vor meinen Augen. Ich grub verzweifelt in meiner Tasche nach einem Taschentuch und versuchte, meine Fassung wiederzuerlangen, während er mich die Straße hinuntergeleitete. Unvermutet standen wir in einem eleganten kleinen Restaurant,

dessen Tische durch Zwischenwände voneinander getrennt waren. Ich nahm nur halbwegs ein Glänzen von Silber und Gläsern und einen großen Strauß gelber Blumen wahr, und schon saß ich in einer der Nischen in einem weichen, weinroten Samtsessel an der Wand, und Richard Byron reichte mir ein Glas. Meine Hand zitterte so heftig, daß er sie mit der seinen umschloß und festhielt, bis ich mich so weit beherrschen konnte, daß es mir gelang, das Glas ruhig an die Lippen zu führen.

Aus weiter Ferne hörte ich ihn ruhig und besänftigend sagen: »Trinken Sie das aus, es wird Ihnen guttun.«

Ich trank einen Schluck. Es war ein mir unbekanntes, scharfes Getränk, das mir so sehr in Mund und Kehle brannte, daß ich erst einmal nach Luft schnappen mußte. Aber dann durchrieselte mich eine wohlige Wärme, und ich spürte, daß ich jetzt die ruckartigen, kleinen Schluchzer, die mich immer wieder schüttelten, schon besser unterdrücken konnte.

»Trinken Sie es aus«, befahl Richard Byron. Ich gehorchte und lehnte mich dann zurück, ganz entspannt, mit geschlossenen Augen, eingehüllt von einem zufriedenen Wohlbehagen. Ich spürte das sanfte Licht auf meinen geschlossenen Lidern, roch die vielversprechenden Düfte von Essen und Wein und mußte nichts mehr tun, nichts mehr denken, durfte nur noch ruhig und ungestört hier in dem weichen Fauteuil ausruhen.

Dann hörte ich, immer noch aus weiter Ferne, Richard Byron etwas auf französisch sagen. Und dann vernahm ich ein Klappern von Schüsseln und Tellern neben mir, und als ich endlich die Augen wieder öffnete, stand ein Kellner mit einem großen, glitzernden Horsd'œuvre-Wagen an unserem Tisch.

Wieder sagte Richard Byron etwas, und ohne mich zu fragen, begann der Kellner meinen Teller mit den köstlichsten Dingen zu beladen – Sardellen, kleinen silbernen Fischen in einer roten Sauce, mit Kräuterbutterringeln auf Salat-

blättern, Kaviar, Tomaten, schwarzen und grünen Oliven und kleinen goldenen Pilzen. Stumm trank ich das Glas Weißwein, das er mir eingegossen hatte, zur Hälfte aus und begann dann zu essen.
Ich fühlte, daß Richard Byrons Blick auf mir ruhte, aber auch er sprach kein Wort.
Ein Gang nach dem anderen wurde uns serviert, und einer war köstlicher als der andere. Schließlich, als wir bei Kaffee und Kognak angelangt waren, zogen sich die Kellner zurück, und wir blieben in unserer Nische allein zurück.
Spielerisch drehte ich eine Weile mein Glas zwischen den Fingern und freute mich, wie die duftende, braungoldene Flüssigkeit in dem großen, schillernden Glas aufleuchtete, dann lehnte ich mich wieder zurück und sah mich zum ersten Mal mit vollem Bewußtsein um, wie ein Patient, der soeben aus dem langen Schlaf erwacht ist, der auf die Narkose folgt.
Ich blickte zu Richard Byron hinüber.
Mit gesenktem Kopf saß er da und starrte gedankenverloren auf sein Glas, das er zwischen den Fingern drehte. Zum ersten Male betrachtete ich ihn gründlich, ohne daß Angst und Mißtrauen mich beeinflußten. Und zum ersten Male ergriff mich die unbeschreibliche Traurigkeit, die über diesem Gesicht lag. Schmerz, nicht Härte hatte diese tiefen Furchen gegraben, hatte diese dunklen Schatten über seine Augen gelegt. Als ich ihn jetzt ansah, waren die harten, bösen Linien um Mund und Augen wie weggewischt, und sein Gesicht hatte einen sehr nachdenklichen, fast grüblerischen Ausdruck angenommen. Noch immer wirkte es streng und abweisend, bis auf jenen Zug um seinen Mund, der Verzweiflung und Trauer verriet.
Er blickte unvermittelt auf und sah mich an. Noch einmal krampfte sich mein Herz schmerzhaft zusammen, doch dann schaute ich ihn offen an.
»Wie fühlen Sie sich jetzt?«
»Danke, schon viel besser«, antwortete ich. »Es war sehr

freundlich von Ihnen, das Wrack noch zu bergen. Ich muß ja aussehen wie ...«

Er lachte auf, und mir war plötzlich, als säße ich einem völlig Fremden gegenüber, wo ich doch geglaubt hatte, mein Gegenüber nun einigermaßen gut zu kennen.

»Dann geht es Ihnen wirklich besser«, sagte er, »wenn Sie sich schon wieder Gedanken machen, wie Sie aussehen. Aber seien Sie ganz unbesorgt, Sie können vor aller Augen bestehen, glauben Sie mir.«

Er gab mir Feuer, und seine Augen wurden wieder ernst, als er mich über die Flamme hinweg anblickte.

Schließlich sagte er ruhig: »Ich möchte Sie jetzt nur noch zwei Dinge fragen ...«

Mein Ausdruck mußte sich wohl auffallend verändert haben, denn er fügte eilig hinzu: »O bitte, machen Sie nicht so ein Gesicht. Ich weiß, daß ich ein vollendeter Idiot war, und ich bedauere es von ganzem Herzen, aber schauen Sie mich um Gottes willen nie wieder so an. Es sind ganz harmlose Fragen, die ich Ihnen stellen wollte, und sobald Sie sie mir beantwortet haben, lasse ich Sie in Ruhe, bis Sie mir von selbst das übrige erzählen wollen.«

Er schwieg, und es war, als herrsche plötzlich Totenstille im ganzen Lokal.

Jetzt fängt alles wieder von vorne an, dachte ich. Er blickte auf sein Glas, und ich konnte seine Augen nicht sehen, aber ich hörte aus seiner fast gleichgültig klingenden Stimme wieder jene Eindringlichkeit heraus, die mich schon früher erschreckt hatte. »Wie geht es David? Haben Sie den Eindruck, daß es ihm gutgeht? Und ist er glücklich?«

Ich sah ihn erstaunt an. Diese Frage hatte ich nicht erwartet.

»Soweit ich das beurteilen kann, geht es ihm gut«, erwiderte ich. »Aber ich glaube nicht, daß er glücklich ist. Er ist sehr einsam, und außerdem hat er furchtbare Angst.«

»Angst?« Jetzt blickte er auf. Er setzte sein Glas so heftig auf den Tisch, daß der Kognak nach allen Seiten spritzte, und dann bemerkte ich, wie sich seine Hände um die Tischkante krampften, bis die Fingerknöchel weiß hervortraten. Aus dem Aschenbecher, wo seine Zigarette weiterglühte, stieg eine blaue Rauchspirale zwischen uns auf. Und durch diesen Rauch hindurch starrte mich Richard Byron an und fragte sehr leise: »Angst – wovor?«

Ich hob die Augenbrauen. »Nun – vor Ihnen natürlich.«

Seine Reaktion auf meine unerbittliche Antwort war völlig eindeutig; es war Bestürzung, echte, sprachlose Bestürzung. Erst starrte er mich ungläubig an und dann, als erinnere er sich plötzlich, erschien wieder der verschlossene, bittere Ausdruck auf seinem Gesicht.

»Vor mir?« fragte er endlich sehr gehetzt und drängend. »Sind Sie ganz sicher – vor mir? Hat er das gesagt?«

Da begriff ich endlich. Mit aufgerissenen Augen starrte ich ihn an. »Mein Gott«, flüsterte ich fast unhörbar. »Ich kann es nicht glauben. Ich glaube nicht, daß Sie Ihren Freund getötet haben. Und ich glaube auch nicht, daß Sie David jemals etwas zuleide tun könnten. Ich glaube, Sie lieben ihn, nicht wahr, Sie lieben ihn?«

Mit einem Lächeln, das mir weh tat, so bitter und verzweifelt war es, nahm Richard Byron seine Zigarette wieder auf und sagte ganz leichthin:

»Ich liebe ihn mehr als alles auf der Welt«, so, als mache er eine ganz unwichtige Feststellung.

Aber dann war der Bann plötzlich gebrochen, und das Gefühl vollkommenen Alleinseins war vorbei. Der Oberkellner erschien lächelnd an unserem Tisch und erkundigte sich, ob uns das Essen geschmeckt hätte. Wir versicherten ihm, es sei vorzüglich gewesen, und dann kam noch ein Kellner und brachte, wie um Verzeihung bittend, die Rechnung.

Richard Byron warf nur einen kurzen Blick darauf und legte dann eine recht erhebliche Summe Geldes auf den Teller und schickte die Kellner mit einer Handbewegung

wieder fort. Dann blickte er mich wieder an und schien etwas verlegen nach Worten zu suchen.
»Ich weiß, es ist ganz sinnlos, einfach zu sagen, daß ich sehr bedaure, was geschehen ist«, meinte er. »Aber soweit dies überhaupt mit Worten möglich ist, möchte ich mich bei Ihnen entschuldigen. Ich war ein absoluter Trottel und blind dazu, sonst hätte ich ja merken müssen, daß jemand wie Sie nicht in eine solche Sache verwickelt sein konnte. Ich verspreche Ihnen, Sie nie wieder zu belästigen, aber könnten wir nicht zusammen noch irgendwohin gehen, spazieren oder sonst etwas, damit ich Ihnen alles erklären kann? Es ist eine ziemlich lange Geschichte, und ich würde sie Ihnen sehr gerne erzählen.«
Sein Gesicht war bleich und abgespannt. Plötzlich sah ich wieder Davids Gesicht mit genau demselben Ausdruck vor mir und hörte die schüchterne Kinderstimme fragen: »Wie sah er denn aus?«
»Wenn es David betrifft, möchte ich es sehr gerne hören«, sagte ich. »Und was das Vorgefallene angeht, wollen wir das eine Weile vergessen? Ich glaube, Sie sind nicht der einzige, der Fehler gemacht hat. Meine waren, scheint mir, nicht viel geringer.«
»Aber Sie hatten die besseren Gründe dafür.«
Wieder dieses unerwartete, herzliche Lächeln. Zu meiner Verwunderung lächelte ich zurück.
»Wenn ich Ihnen verspreche, daß ich nicht aus dem Fenster klettere, darf ich dann schnell meine Nase pudern gehen?«
»Sie sind ...«, er unterdrückte, was er hatte sagen wollen. »Aber natürlich.«
Im Hinausgehen sah ich, wie er sich zurücklehnte und sich eine neue Zigarette anzündete, um meine Rückkehr abzuwarten.

Wir traten auf die dunkle Straße hinaus und wandten uns, in stillschweigender Übereinstimmung, dem Meer zu. Wir schlenderten durch eine Straße, die am Meer entlangführte,

auf einer Seite von Häuserreihen begrenzt, auf der anderen durch eine niedrige Mauer geschützt.
Still und dunkel lagen die Häuser, und die wenigen Straßenlaternen verbreiteten nur einen schwachen Schein. Wenn er aufs Wasser fiel, sah es aus, als seien die Boote, die am Quai schaukelten, in einem leuchtenden weitmaschigen Netz gefangen. Weit draußen spiegelten sich die grünen, roten und goldenen Lichter der großen Schiffe im Meer, deren Taue wie Spinnweben flimmerten, zart und unwirklich.
Wir blieben stehen und blickten hinaus. Eine Gruppe Matrosen ging lachend und lästernd vorüber, gefolgt von einem Mann und einem Mädchen, die sich zärtlich umschlungen hielten. Niemand schenkte uns Beachtung, und wieder überkam mich dieser merkwürdige gelöste Trancezustand, den ich nun schon gut kannte. Aber diesmal empfand ich keine Erschöpfung dabei, sondern etwas Neues, das ich nicht ganz verstand. Es war, als seien Richard Byron und ich in einer Glaskugel eingeschlossen, in die nichts, auch kein Laut von draußen, einzudringen vermochte und die wir nicht aufbrechen konnten. Die Menschen, die an uns vorübergingen, waren wie farblose Bewohner einer Unterwasserwelt, in der unsere Kugel schwamm. Sie kamen und gingen, geräuschlos, körperlos; vielleicht sahen sie uns, aber sie hatten nicht die Macht, in diese Stille einzudringen, die uns umfangen hielt. Bis zum heutigen Tag ist Marseille, die lauteste Stadt Europas, für mich der lautlose Schauplatz meiner Begegnung mit Richard Byron, die Szenerie, vor der wir standen, gingen und sprachen, die einzigen lebenden Menschen dort.
Ich wandte mich ihm zu und schaute ihn an: »Sie sagten vorhin, Sie wollten mich zweierlei fragen. Sie haben bisher nur eine Frage gestellt – wie lautet die andere?«
Er blickte mich schweigend an. In dem trüben Licht konnte ich seinen Ausdruck nicht erkennen, aber ich hatte irgendwie das Gefühl, als falle ihm die Antwort schwer.

Daher fuhr ich fort: »Ich glaube, ich weiß, was es war, ich hätte gleich darauf kommen müssen, nicht wahr? Es ist doch eigentlich die Hauptsache, finden Sie nicht?«
Nun lächelte er wieder. »Das mag schon sein.«
Entschlossen sagte ich: »David ist im Hotel Tistet-Védène in Avignon.«
Eine Zeitlang stand er wie erstarrt, dann plötzlich schlossen sich seine Hände hart um meine Handgelenke. Wieder schmerzte mich sein Griff, aber diesmal machte ich nicht den verzweifelten Versuch, mich zu befreien. Mir war, als spüre ich das Pochen seines Herzens durch seine Hände.
»Charity«, sagte er rauh, »warum haben Sie mir das gesagt? Warum jetzt, warum so plötzlich? Ich habe Ihnen ja noch nichts erzählt, nichts erklärt. Ich habe Ihnen noch nicht einmal gesagt, daß ich gelogen habe, daß nicht ich Tony ermordet habe. Sie haben also nicht den geringsten Grund gehabt, mir Ihr Vertrauen zu schenken. Ich habe Sie bedroht und gequält und beschimpft, durch meine Schuld sind Sie beinahe krank geworden. Wie zum Teufel kommen Sie nun dazu, mir dieses Geschenk zu machen, noch ehe ich meinen Teil zu der Geschichte beigetragen habe?«
Wie eine Maschine war der Schlag seines Herzens, dessen Hämmern nun auch mich antrieb. Mein Herz begann zu rasen.
»Ich – ich weiß es nicht«, antwortete ich und versuchte, ihm meine Hände wegzuziehen.
Er lockerte seinen Griff, und sein Blick fiel auf die dunklen Druckstellen an meinen Handgelenken. Er blickte wie betäubt darauf nieder, dann riß er mich heftig in seine Arme und küßte mich.
»Deshalb, glaube ich«, sagte ich zitternd, als er mich endlich wieder losließ.
»Weiß der Himmel, wie ich mich danach gesehnt habe«, meinte er, »von dem Augenblick an, als ich dich im Dianatempel sitzen sah mit Tränen in den Wimpern. Und die

ganze Zeit hindurch habe ich geglaubt, du seiest ein ganz niederträchtiges, ausgekochtes ...«
»Weibsbild«, schlug ich vor.
Er lächelte etwas. »Eben das. Die ganze Zeit mußte ich annehmen, daß du an diesem scheußlichen Mörderspiel beteiligt bist, wo die Gesundheit und die Sicherheit eines Kindes aufs Spiel gesetzt werden, als sei das ein Einsatz wie jeder andere auch, ganz ohne Wert.«
Er wandte sich ab. »Hast du mir nicht gesagt, wo David ist – weil er es so wollte?«
»Ja«, bestätigte ich sanft.
»Und ich dachte die ganze Zeit, du stecktest mit ihnen unter einer Decke und versuchtest, ihn vor mir zu verstekken. Du sahst so furchtbar schuldbewußt und verängstigt aus, daß ich natürlich gar nicht erst auf die Idee gekommen bin, daß David selbst ...« Er brach plötzlich ab.
»Es tut mir leid, aber genauso war es. Er wollte auf keinen Fall mit dir zusammentreffen, da habe ich ihm eben geholfen, es zu verhindern. Ich dachte, es sei das einzig Richtige.«
Er lächelte mir zu. »Natürlich, jetzt verstehe ich es. Aber du mußt auch verstehen, wie sehr alles gegen dich sprach, obschon sich mein Instinkt immer wieder verzweifelt dagegen sträubte und ich mir selbst immer wieder beweisen wollte, daß der Schein trügen kann. Es war eben alles nur ein weiteres Glied in dieser Kette von Unwahrscheinlichkeiten, etwas, was so wenig sein konnte, wie alles übrige, und es dennoch war.«
»Ich weiß«, sagte ich. »Wie heißt es doch noch –?

›Denn immer noch wohnt mir ein Glaub' im Herzen,
Ein Hoffen also fest und unverwüstlich,
Das leugnet, was Aug' und Ohr mir bezeugt;
Als wenn die Sinne, uns zum Trug erschaffen,
Nur als Verleumder tätig hier gewirkt.‹

Das meinst du doch?«

Wieder lächelte er. »Ja, genau das, obschon es auch nicht viel klarer ist als das, was ich sagte. Der arme Troilus! Er sagt es später noch schöner, finde ich –

›Hat Schönheit Seele, dann war sie es nicht ...
Wenn Maß und Ordnung in der Einheit walten,
Dann war sie's nicht ...‹

Aber ich hatte mehr Glück als Troilus, meinst du nicht? Für mich hatten sie Geltung, jene Regeln. Jemand, der so aussieht wie du, so spricht wie du und geht wie du, kann einer solchen Niedertracht nicht fähig sein, selbst wenn alles dafür spricht. Aber es war unerträglich, dieser dauernde Kampf zwischen Instinkt und Vernunft.« Er sah mich an. »Das verstehst du doch, ja?«

»Und wie. Mir ist es ja nicht anders ergangen. Ich dachte, du seiest ein kaltblütiger Mörder, ich hatte eine wahnsinnige Angst vor dir, und doch konnte – das geschehen.«

»Ja«, sagte er ruhig, »und ohne daß einer von uns etwas dagegen tun konnte.«

Er blickte hinaus auf das dunkle Wasser und fuhr nach einer Weile fort: »Aber du hast dich vorhin getäuscht, Charity, das war gar nicht die zweite Frage. Hast du wirklich geglaubt, ich würde dich das schon wieder fragen, ohne dir vorher zu erklären, weshalb ich ein Recht dazu habe?«

»Wieso? Wolltest du mich denn nicht fragen, wo David ist?«

»Nein.«

»Was wolltest du mich denn fragen?«

Er stand gegen die Mauer gelehnt und blickte noch immer hinaus auf das dunkle Wasser. Und dann kam, ernst und unausweichlich, zum viertenmal die Frage:

»Wer ist Johnny?«

## XV

In dem öligen Wasser unter uns trieben Strohhalme und Korkstückchen, die immer wieder gegen die Mauer geschwemmt wurden. Es war seltsam fesselnd und zugleich zutiefst beruhigend, ihrem ewigen Kommen und Gehen zuzuschauen.

»Johnny war mein Mann.«

»War?«

»Ja.«

»Ich verstehe. Entschuldige bitte.«

Ich lehnte mich ebenso wie er gegen die Mauer, stützte mich auf die Ellbogen und blickte aufmerksam in das dunkle Wasser. »Wir haben im Krieg geheiratet. Er war in der R.A.F. Wir hatten nur zwei Jahre – dann stürzte er über dem Pas de Calais ab.«

»Bomber?«

»Nein, Jagdflieger.« Der milchige Dunst über dem Wasser hatte sich verzogen. Im schwachen Mondschein sah man die Küste dunkel aus dem Wasser aufsteigen.

»Eines Tages werde ich dir von Johnny erzählen«, sagte ich. »Aber nicht jetzt.«

Er warf mir einen raschen Blick zu. »Weil – weil das geschehen ist?«

»Weil du mich geküßt hast, meinst du?«

»Weil ich dich liebe, Charity.«

»Nein«, antwortete ich. »Nicht deswegen. Was jetzt ist, ändert nichts an dem, was früher war. Das, was Johnny und mich verbunden hat, war etwas ganz Besonderes, das wir beide ganz bewußt gepflegt und gehütet haben. Und es war das einzig Richtige für mich, solange es existierte. Aber das will nicht heißen, daß ich nicht mehr daran denken kann, noch einmal etwas Neues aufzubauen. Johnny ist kein Gespenst, verstehst du, das mich ständig ermahnt, weiter um ihn zu trauern.«

»Als ich dich das erste Mal sah«, sagte er behutsam, »hast du geweint.«
»Ja, ich weiß«, antwortete ich. »Und es stimmt, ich hatte wirklich gerade an Johnny gedacht. Aber ich weiß, daß die Erinnerung an ihn mich nie daran hindern wird, ein neues, anderes Leben zu beginnen. Man baut meist besser beim zweiten Mal, und ich spüre, daß ich die Kraft dazu besitze. Und Johnny ...«, fügte ich hinzu und wandte mich Richard Byron zu, »ich weiß, Johnny erwartet es von mir.«
Er richtete sich auf und nahm mich erneut in seine Arme, ganz sanft und zärtlich diesmal. Er lächelte, und in seinen grauen Augen tanzte eine kleine Flamme.
»Ich liebe dich, Charity«, sagte er wieder. »Du bist so schön und gut und klar. Mein Gott, ich glaube wirklich, mit dir könnte das Leben wieder schön und gut werden. Habe ich richtig verstanden, daß du mir einen Wink gegeben hast, dich noch einmal zu küssen?«
»Aber nein, ich ...«
»Genau das hatte ich nämlich gerade vor«, sagte Richard Byron. Und das war es, was er als nächstes tat.
Der Mond hatte schon seinen breiten Silberstreifen durchs Wasser gezogen, und mir schien, als seien inzwischen Stunden verronnen, als wir uns endlich wieder nebeneinander über die Mauer lehnten und hinausblickten.
»Und nun keine Ablenkungen mehr«, sagte Richard. »Ich muß jetzt nachdenken, und du wirst mir dabei helfen. Aber zuerst mußt du dir diese ganze Geschichte anhören, obschon sie so schmutzig und widerwärtig ist, daß ich dich da nur ungern hineinziehen möchte ...«
»Ich habe aber den Eindruck«, widersprach ich, »daß ich bereits recht tief drin stecke, und zwar ausschließlich durch meine eigene Schuld.«
Ich sah, wie er vor sich hin grübelte und wie all die bitteren, harten Linien um Mund und Augen wieder hervortraten, die sein Gesicht so böse und gefährlich erscheinen ließen. Er begann zu erzählen ...

Es war, bei Gott, eine üble Geschichte, und während ich ihm zuhörte, spürte ich, wie der Zorn, der auch jetzt wieder in Richards Stimme loderte, auf mich übersprang und in mir weiterbrannte.
Richard Byron, der über ein gewisses Vermögen verfügte und ein Haus in Deepings, Surrey, besaß, hatte sich unter Sachverständigen einen guten Ruf als Antiquitätenhändler erworben.
»Ich habe ganz laienhaft angefangen«, sagte er. »Ich habe einfach Dinge gekauft, die mir gefielen, und gelegentlich verkaufte ich sie dann weiter an Leute, die sie zufällig bei mir gesehen hatten und sie gerne haben wollten. Nach und nach wurde ein richtiger Beruf daraus, denn es begann mich immer mehr zu interessieren. Ich verwandte sehr viel Zeit darauf, reiste zu allen großen Auktionen und lernte dazu, wo ich nur konnte. Mit der Zeit spezialisierte ich mich auf altes Silber und Schmuck und gelte jetzt eigentlich als Experte auf diesem Gebiet.«
Der Krieg hatte allem ein Ende gemacht, und er war zur Royal Air Force gegangen. »Ich flog so eine riesige Lancaster über die Ruhr«, sagte Richard. »Dabei habe ich übrigens Tony kennengelernt.«
»Tony?«
»Tony Baxter – den ich ermordet haben soll.«
»Ach so.«
»Er war mein Navigator und einer der nettesten Kerle, die man sich vorstellen kann. Der Gedanke, daß er jemals auf Loraine hereinfallen könnte ...«
»Das bist du doch selber auch«, erinnerte ich ihn. »Schließlich hast du sie ja sogar geheiratet.«
Er sah mich kurz unter finster zusammengezogenen Brauen an. »Ja, ich habe sie geheiratet. David war damals zwölf, und Mary war schon seit sieben Jahren tot, und ich dachte ...«, er brach ab. »Herrgott noch mal, du hast sie ja gesehen und müßtest verstehen können, weshalb ich sie geheiratet habe.«

Ich sah Loraine Bristol deutlich vor mir, ihr unwahrscheinlich schönes Gesicht mit den auffallend blauen Augen, den langen schlanken Hals und die wohlgeformte Brust, die sich unter der Seide ihres Kleides abzeichnete.
»Ich kann es mir denken«, sagte ich.
Wieder ein rascher Blick. »Ich habe sie in Paris kennengelernt«, sagte er. »Ich habe dort letztes Jahr im Frühling ein zweites Büro eröffnet und war im Laufe des Jahres mehrere Male drüben. Im September fand eine große Auktion von altem Silber statt, und ich nahm Tony mit hinüber, weil ich hoffte, er bekomme Spaß an der Sache und ich könne ihn überreden, bei mir mitzuarbeiten. Loraine war auch auf dieser Auktion, ich weiß nicht mehr, mit wem. Kurz darauf traf ich sie auf einer Party wieder, diesmal mit Louis Meyer, dem Londoner Vertreter eines berühmten Pariser Händlers. Er stellte mich ihr vor. Hinterher trafen wir uns noch einige Male – ich war damals sehr herunter und ...«, er hielt inne. »Kurz und gut, wir heirateten ungefähr einen Monat darauf, und Ende Oktober kam sie mit mir nach Deepings.«
Seine Stimme nahm nun wieder jenen bösen, harten Klang an, den ich von früher an ihm kannte.
»Es klappte von Anfang an nicht«, sagte er bitter. »Natürlich nicht. Wir hatten kaum geheiratet, da wußte ich auch schon, was für ein Irrsinn es gewesen war. Vor allem hatte sie nie die Absicht gehabt, in England zu leben. Sie wollte in Frankreich bleiben und sich im Süden niederlassen. Aber ich hatte Deepings – und David –, und ich gab nicht nach. Wir hatten natürlich heftige Auseinandersetzungen. Und ebenso natürlich kam sie nicht mit David aus. Sie hatte einfach keine Lust, sich mit ihm abzugeben, und er zog sich von Anfang an zurück. Er ist ein verteufelt anständiger kleiner Kerl, er hat sich mir gegenüber nie ausgesprochen, aber ich sah, daß er unglücklich war ... Wir verbrachten einige höchst unerfreuliche Wochen miteinander.

Dann kam Tony über Weihnachten.« Jetzt wurde seine Stimme so leer und unbewegt, als lese er einen Polizeibericht vor. »Am 19. Januar, um drei Uhr morgens, fand man ihn tot in seinem Bett. Er war erwürgt worden. Um seinen Hals war eine dünne Kordel geschnürt. Sie stammte von der Gardine in meinem Zimmer, und meine Fingerabdrücke waren auf der kleinen Holzkugel, an der man die Kordel zieht.«
»Natürlich waren deine Fingerabdrücke darauf«, sagte ich. »Schließlich wirst du hin und wieder die Gardine zugezogen haben, oder nicht?«
»Ja. Das war auch einer der Gründe, die mir zum Schluß den Kopf retteten. Was sie auch immer herausfanden, es gab für alles sowohl eine mich belastende als auch eine harmlose Erklärung. Zehn Minuten nachdem Loraine die Leiche gefunden hatte ...«
»Loraine hat ihn gefunden?« rief ich ungläubig aus.
»Ja. Sie war zu ihm ins Zimmer gegangen – um drei Uhr morgens. Sie hat es ganz offen zugegeben, alles der Gerechtigkeit zuliebe. Die Polizei war sehr beeindruckt davon. Sie gestand auch, daß sie schon früher mit ihm zusammengewesen war, mehrmals sogar. Das gab natürlich ein reizendes Mordmotiv für mich ab, es wurde der Polizei geradezu auf dem Präsentierteller offeriert. Was sagst du dazu?«
»Ich finde, daß drei Uhr morgens im Monat Januar eine recht merkwürdige Zeit ist, seinen Geliebten aus dem Schlaf zu reißen«, sagte ich.
Er lachte kurz auf. »Wie recht du hast, Charity! Bei Gott, es ist eine eigentümliche Zeit. Aber so war es, und als sie dann in Ohnmacht gefallen war und jemand ins Badezimmer ging, um kaltes Wasser zu holen, fand man David dort am Boden liegen, meinen kleinen David, eiskalt und ohne Bewußtsein. Als ich ihn sah, glaubte ich erst, er sei auch tot.«
Er schwieg und starrte wieder hinaus aufs Meer. Aber ich

wußte, er sah jetzt nicht den Silberschein des Mondes auf den Wellen, sondern nur einen zusammengekrümmten Kinderkörper, der reglos auf dem kalten Badezimmerboden lag.

»Er konnte sich kaum an etwas erinnern«, fuhr er fort. »Als er wieder sprechen konnte, erzählte er, er sei mit Magenschmerzen aufgewacht und ins Badezimmer gegangen, um sich eine Wärmflasche zu machen. An die Zeit erinnerte er sich nicht. Als er im Badezimmer Licht machen wollte, schlug ihn jemand von hinten nieder.«

»Und er hat gar keine Ahnung, wer es gewesen sein könnte? Hat er nichts gehört, das Rascheln eines Kleides zum Beispiel oder das Klappern von Absätzen? Nichts, aus dem man wenigstens schließen könnte, ob es ein Mann oder eine Frau war?«

Er lächelte bitter. »Glaub mir, wenn ich auch nur den geringsten Beweis gegen Loraine hätte finden können, ich hätte ihn sofort verwendet. Denn daß sie mit da drin steckt, war mir von vornherein sonnenklar. Man kann nicht fast ein halbes Jahr mit einer Frau zusammen leben – auch wenn man es kaum ein Zusammenleben nennen konnte – und nicht merken, wenn sie lügt, daß sich die Balken biegen. Sie wußte ganz genau Bescheid. Aber sie hat David nicht zusammengeschlagen, es war ein Mann. David hat in dem Spiegel – er hängt der Badezimmertür genau gegenüber – gerade noch einen zum Schlag erhobenen Arm gesehen, dann war es auch schon geschehen. Es war der Arm eines Mannes in einem dunkelblauen Anzug.«

»Nicht in einem Morgenrock?«

»Nein.« Er lächelte leise und legte seine Hand auf meine. »Du sammelst aber mit großem Geschick Entlastungsmaterial für mich, das muß ich schon sagen. Ja, das war auch so ein Detail: An jenem Tage hatte ich einen dunkelgrauen Anzug getragen, und zudem besitze ich gar keinen dunkelblauen.«

»Aber warum –?«
»Sie schenkten Davids Aussage nicht allzuviel Beachtung. Er war in ihren Augen nur ein Kind, das einen schweren Schock erlitten hatte, und er hatte auch nur alles im Bruchteil einer Sekunde wahrnehmen können, es sich womöglich sogar nur eingebildet. Außerdem galt er natürlich als parteiisch. Er beharrte vom ersten Moment an darauf, daß ich überhaupt nicht in Frage käme. Ohne einen näheren Grund dafür anzugeben, nur so, es sei ganz ausgeschlossen.«
»Und dann hat man dich festgenommen?«
»Ja, bald darauf. Die Polizei war ungeheuer anständig und rücksichtsvoll, es spielte sich alles sehr zivilisiert ab. Aber eines kam zum anderen, und alles wies in dieselbe Richtung. So wurde ich eben festgenommen.«
Er machte eine Pause.
»Was dann folgte, möchte ich dir ersparen. Unter Mordanklage zu stehen, auch wenn man hinterher freigesprochen wird, ist etwas, an das man sich nie erinnern, geschweige denn davon sprechen will. Es ist wie eine schauderhafte, ansteckende Krankheit, die für immer Narben hinterläßt, so grauenvoll und demütigend ist es. Sie waren übrigens alle sehr anständig zu mir, erstaunlich anständig. Und obwohl ich den Staatsanwalt mit der Zeit so haßte wie niemanden sonst auf der Welt, war es eine durchaus faire Verhandlung. Daß ich jetzt hier bin, ist ja der Beweis dafür. Nein, ich habe nichts gegen die Polizei, obwohl sie sich von Loraine an der Nase herumführen ließ. Das ist auch anderen Leuten passiert.«
»Aber, Richard, hat sie es denn getan? Den Mord, meine ich. Und gab es ihn denn wirklich, den Mann im dunkelblauen Anzug? Und wer war es?«
»Wenn ich das wüßte«, sagte er finster. »Wenn ich das wüßte! Sie haben nie eine Spur von ihm gefunden. Aber ich bin überzeugt, daß ein Mann dort war, ein Komplice von ihr, den sie hereingelassen hat. Er kann durch das Badezimmerfenster geklettert sein – es stand offen – und

sich dann hinter der Tür versteckt haben, als er David kommen hörte. Er hat David wohl niedergeschlagen, damit er ihn nicht sah. Und dann haben Loraine oder er Tony umgebracht. Ich glaube, er muß es gewesen sein, nicht sie – wozu hätte sie ihn sonst kommen lassen sollen?«

»Glaubst du, es war ihr Geliebter?«

»Wahrscheinlich. Aber selbst wenn sie ihn in jener Nacht bei sich gehabt hätte und Tony hätte es zufällig entdeckt, so ist das doch noch lange kein Grund, ihn zu ermorden. Nein, ich glaube, sie hat ihn eigens dazu kommen lassen.«

»Kann es nicht irgendein Einbrecher gewesen sein? Und Tony ...«

»Nein, es ist nichts angerührt worden. Tony hatte sein Bett nicht verlassen. Er muß im Schlaf erwürgt worden sein.«

»Aber warum?«

»Das ist es ja, Charity, das ist ja das große Rätsel: Warum? Mein Gott, warum? Nächtelang habe ich mich das immer wieder gefragt. Wenn ich es nur wüßte ... Er war einer der nettesten Kerle auf der ganzen weiten Welt, man kann sich einfach nicht vorstellen, daß jemand ihn töten wollte. Und doch, sie müssen alles genau durchdacht und vorbereitet haben, aber aus was für Gründen? Ich weiß es nicht. Das war natürlich einer der stärksten Beweise gegen mich, daß außer mir sonst niemand auch nur das geringste Motiv hatte. Und als dann Loraine gestand, daß sie Tonys Geliebte gewesen sei, wurde mein Motiv natürlich überzeugend.«

Wieder schwieg er und starrte finster vor sich hin. Dann schüttelte er den Kopf, als wollte er die quälenden Gedanken abschütteln.

»Sosehr ich mich auch bemühe, ich komme einfach zu keinem Ergebnis, weshalb Loraine es getan oder ihre Einwilligung hätte geben sollen«, sagte er.

»Vielleicht hat Tony ihr einen Korb gegeben«, schlug ich vor. »Es soll doch Frauen geben, die dann zu allem fähig sind.«

»Ja, vielleicht, aber was hat dann der andere Mann damit zu tun? Warum sollte er ihr dabei helfen?«

»Du scheinst fest davon überzeugt zu sein, daß es diesen Mann wirklich gibt.«

»Ja«, antwortete er. »David ist zwar noch ein Kind, aber er ist intelligent, und er läßt sich nicht so leicht verwirren. Wenn er sagt, daß er den Arm eines Mannes gesehen hat, dann hat er das wirklich.«

»Hat er nicht vielleicht einfach versucht, den Verdacht von dir abzulenken?«

»Er hat ihnen das sofort erzählt, nachdem er wieder zu Bewußtsein gekommen war, und da hatte er noch gar keine Ahnung, was geschehen war und daß man mich verdächtigte. Nein, er hat die Wahrheit gesagt. Er glaubte, er habe einen Einbrecher überrascht.«

Wir schwiegen beide.

»Eine faule Sache, nicht?« meinte Richard.

»Allerdings.«

»Und das ist erst die Hälfte der Geschichte. Ich weiß weder, warum Tony ermordet worden ist, noch, weswegen Loraine es jetzt offensichtlich auf mein Leben abgesehen hat.«

»Aber, Richard, wie kannst du so etwas behaupten...«

Ich brach jäh ab. Auf einmal hörte ich, wie ein fernes Echo, eine Stimme im Dunkeln wispern: Tot, fertig, aus – tot, fertig, aus – tot, fertig, aus ...

Ich fröstelte in der lauen Sommernacht, und wieder schloß sich seine Hand um meine, warm, kraftvoll und voller Leben.

Seine Stimme klang dunkel, als er mit einer ruhigen Gewißheit, die mich wieder erschrecken ließ, sagte:

»Denn ich bin der nächste. Als sie feststellte, daß es ihr nicht gelingen würde, mich hängen zu sehen, plante sie einen zweiten Mord. Und diesmal sollte ich das Opfer sein.«

# XVI

»Es war gleich nach der Gerichtsverhandlung«, fuhr Richard fort, »daß mir ein Brief von Loraine gebracht wurde. Ich war gerade im Begriff fortzugehen. Sie schrieb, sie wohne im Hotel Claridge und bitte mich, sie dort aufzusuchen. Ich nahm ein Taxi und fuhr hin. Sie empfing mich allein und teilte mir sofort mit, daß sie Neuigkeiten für mich habe. Sie beabsichtige, nach Frankreich zurückzukehren, und ich brauche mich nicht weiter um unseren Scheidungsprozeß zu kümmern.«

»Wieso denn nicht? Wie meinte sie das?«

»Sie hatte gerade die Nachricht bekommen, daß ihr erster Mann, der seit 1943 als vermißt galt und als tot erklärt war, noch lebte. Somit wurde unsere Ehe ungültig.«

»Aber – stimmt das denn?«

»Sie zeigte mir ihre Heiratsurkunde. Ich hatte natürlich gewußt, daß sie schon einmal verheiratet war. Und dann zeigte sie mir noch den Brief ihres Rechtsanwaltes in Paris. Die Urkunde war zweifellos echt, bei dem Brief war ich nicht so sicher.«

»Wie hieß er denn – ihr erster Mann, meine ich?«

»Jean Soundso, ich weiß es nicht genau.« Er holte sein Zigarettenetui hervor. »Offen gestanden hat es mich nicht weiter interessiert. Ich kam geradewegs aus dem Gefängnis und hatte noch nicht einmal Zeit gehabt, den Gefängnisgeruch von meinen Händen zu waschen. Ich wußte nur, daß ich nie mehr etwas von ihr hören oder sehen wollte – und mein einziger Wunsch war, so rasch wie möglich nach Hause zu kommen und David wiederzusehen. Er war natürlich in Deepings geblieben, und ich konnte mir vorstellen, in welcher Verfassung er sich befand.«

Ich mußte einen unartikulierten Laut von mir gegeben haben, denn er sagte:

»Ja, ich weiß schon. – Jedenfalls schmiß ich ihr das Papier

vor die Füße und sagte, daß ich zu Gott hoffe, daß alles wahr sei, und von mir aus könne sie fortan tun und lassen, was sie wolle, solange sie mir nicht mehr über den Weg laufe. Im übrigen solle sie alles den Rechtsanwälten überlassen, denn ich hätte nicht die geringste Lust, auch nur eine Minute länger mit ihr zusammen zu sein. Und so weiter. Es war nicht sehr schön, das kannst du mir glauben.«
»Ich kann dir keinen Vorwurf machen. Ich hätte ihr den Hals umgedreht.«
»Sie hatte keine Angst. Sie wußte, daß ich nicht der Typ bin, der einem den Hals umdreht.«
»Manchmal gelingt es dir aber, ihn täuschend nachzuahmen«, sagte ich trocken.
Er lachte, und dann bemerkte er das Zigarettenetui in seiner Hand.
Wir begannen zu rauchen.
»Unser Liebesgeflüster endete damit, daß mir Loraine die Autoschlüssel an den Kopf warf mit den Worten, das Auto stehe am Redmanor-Bahnhof und ich möge doch bitte *ficher le camp* – sie drückte sich nur etwas direkter aus, wenn ich so sagen darf.«
Ich lachte. »Ich verstehe schon.«
Er drohte mir scherzhaft mit dem Finger und fuhr dann fort: »Nun – ich tat, wie sie sagte. Ich machte, daß ich fortkam, und fuhr auf dem nächsten Weg zum Redmanor-Bahnhof. Ich war vollkommen fertig, als ich dort ankam, außer mir vor Wut und zudem voller Angst und Sorge um David. Der Wagen stand wirklich auf dem Parkplatz, und ich fuhr gleich los wie der Teufel, nur einen einzigen Gedanken im Kopf: David.«
»Und dann gab es einen Unfall?«
»Richtig geraten. Ungefähr einen Kilometer vor Deepings biegt man von der Hauptstraße ab und fährt eine Landstraße hinunter, die an einem Steinbruch entlangführt. Auf halbem Wege macht die Straße eine scharfe Kurve um einige Felsblöcke herum, die auf der rechten Seite liegen.

Es ist an und für sich nicht gefährlich, denn man sieht von oben herunter und weiß also, ob die Straße frei ist, ehe man in die Kurve fährt. Wie gesagt, ich fuhr irrsinnig schnell. Ich konnte schon die Schornsteine von Deepings durch die Bäume sehen, und da mir nichts entgegenzukommen schien, sauste ich in einem ganz beträchtlichen Tempo den Hügel hinunter. Und mitten in der Kurve begegnete mir ein Wagen, der auf der falschen Seite fuhr. Ich fuhr ganz links, aber er wich nicht aus, und ich hatte keine Zeit mehr... er kam näher und näher... Ich riß das Steuer herum, um an der äußersten Straßenkante gerade noch an ihm vorbeizukommen, da gab es einen Knall wie von einem Schuß, und ich raste kopfüber die Böschung hinunter.«
»Richard!«
»Oh, sie hatten kein Glück«, sagte er grimmig. »Meine Tür war nicht richtig zu. Ich war so in Eile gewesen, daß ich es nicht bemerkt hatte, und nun fiel ich unterwegs hinaus. Der Wagen stürzte bis auf den Grund des Steinbruchs und brannte völlig aus, aber mich hielten ein paar Büsche auf, und ich blieb vor einem Felsvorsprung liegen.«
»Aber – bist du denn ganz sicher, daß es kein richtiger Unfall war?«
»Ich sagte dir ja, ich hatte gesehen, daß die Straße frei war. Er mußte abseits geparkt und auf mich gewartet haben. Ich hatte ja später im Krankenhaus viel Zeit, darüber nachzudenken, und ich glaube, ich weiß jetzt ungefähr, wie es passiert ist. Es gibt an dieser Straße eine Telefonzelle, und in der wird er, sobald er wußte, daß die Verhandlung zu Ende war, auf ihren Anruf gewartet haben. Daß ich unverzüglich nach Deepings fahren würde, konnten sie sich denken.«
»Aber, Richard, wenn sie ohnehin vorhatte, dich umzubringen, warum sollte sie sich dann erst die Mühe machen, dir zu erzählen, daß eure Ehe ungültig war?«
»Sie mußte doch genau wissen, um welche Zeit ich nach

Deepings fuhr. Und außerdem brauchte sie einen Vorwand, um mir die Autoschlüssel zu übergeben und sich zu vergewissern, daß ich auch wirklich den Wagen holte. Sie wird ihn wahrscheinlich, gleich nachdem ich weg war, in der Telefonzelle angerufen haben. Wahrscheinlich hatte er seinen Wagen hinter der Scheune am Fuße des Hügels abgestellt und beobachtete die Straße mit einem Feldstecher. Als er mich dann oben auftauchen sah, mußte er nur noch ganz genau die Zeit berechnen, um im richtigen Augenblick mit mir in der Kurve zusammenzutreffen. Er konnte sich ziemlich darauf verlassen, daß für ihn alles gut ausgehen würde, wenn meine Steuerung zuvor beschädigt worden war. Und ich sagte dir ja, es gab einen scharfen Knall, wie bei einem Schuß, und ich hielt nur noch das Steuerrad in den Händen.«

»Aber hat er denn nicht riskiert, auch verletzt zu werden?«

»Man geht immer ein gewisses Risiko ein, wenn man jemanden umbringen will«, antwortete Richard. »Aber im Grunde genommen hat er gar nicht so furchtbar viel riskiert. Er konnte ja immer noch im letzten Moment ausweichen, er wird sich wohl gedacht haben, daß ich so weit nach links wie nur möglich fahren würde. Und da die Steuerung nicht mehr funktionierte, standen die Chancen 1:100, daß ich dabei über Bord gehen würde.«

»Hat die Polizei nicht herausgefunden, was sie mit dem Steuer gemacht haben?«

»Nein, und das war unverschämtes Glück für Loraine. Der Wagen brannte ja total aus, es blieb sozusagen nichts übrig.«

»Wahrscheinlich hat ihr Komplice das Steuer beschädigt, als der Wagen am Redmanor-Bahnhof stand.«

»Das ist auch meine Vermutung. Der Wagen war übrigens unverschlossen, und meine eigenen Schlüssel lagen darin. Aber das ist natürlich alles kein Beweis. Die ganze Geschichte klang so abenteuerlich, daß die Polizei sie einfach nicht schlucken konnte. Morde ohne Motive und dazu

noch ein unauffindbarer, unsichtbarer Mörder – das war einfach zuviel. Sie hatten auch recht, es war zuviel. Erst hatte ich behauptet, der Mord an Tony sei nur verübt worden, um mich damit zu belasten, aber weshalb? Und jetzt sprach ich von einem Anschlag auf mein Leben, und der Grund dafür? Es war einfach nicht glaubwürdig, Charity. Wir sind wieder dort angelangt, wo wir schon einmal waren: Wo ist das Motiv für all diese Angriffe?«
Er seufzte und warf den Rest seiner Zigarette ins Wasser.
»Die Polizei war sehr geduldig, wenn man es so bedenkt, aber ich merkte, daß sie mit der Zeit auf die absonderlichsten Ideen kam. So erklärte ich mich schließlich damit einverstanden, die ganze Sache als Unfall abzutun.«
»Was für absonderliche Ideen meinst du denn?«
»Ach, Selbstmordabsichten zum Beispiel.«
»Richard!« schrie ich auf.
»Aber ja, ›trotz Freispruch lebensüberdrüssig‹, in dieser Art verstehst du? Die Zeitungen erfuhren natürlich davon und schrieben mehr, als sie eigentlich verantworten konnten. Aber es gab wiederum keinen Beweis dafür.«
»Und David?«
»David habe ich zum letzten Mal gesehen, als sie mich festnahmen und wegbrachten. Natürlich wollte ich nicht, daß er mich im Gefängnis besuchte. Als ich dann nach dem Unfall im Krankenhaus lag, tat Loraine, was sie versprochen hatte: Sie ging nach Frankreich zurück. Aber sie tat noch mehr als das, wie du weißt. Sie nahm David mit. Er kam nicht einmal zu mir ins Krankenhaus, bevor er wegfuhr ...«
Er verstummte und sah gedankenverloren zu, wie sein Zigarettenstummel sich nach und nach im Wasser auflöste, bis nur noch ein Tabakhäufchen zwischen den Strohhalmen und Korkstücken unterhalb der Mauer trieb. Ich schwieg ebenfalls.
»Sobald mich die Ärzte gehen ließen – das ist jetzt ungefähr zwei Wochen her –, kam ich herüber. Es gelang mir,

ihre Spur bis Lyon zu verfolgen und herauszubekommen, daß sie nach Süden gegangen waren. Den Rest kennst du.«

»Aber, Richard, ich kann es einfach nicht verstehen. David hat das mit dem Selbstmord doch bestimmt nicht geglaubt. Und er hat dich auch nie für den Mörder gehalten. Weshalb ist er dann mit Loraine mitgegangen?«

»Ich weiß es nicht. Ich nehme an, sie hat ihm nie gesagt, daß sie gar nicht meine Frau war, und er dachte wohl, als seine Stiefmutter habe sie das Recht, sich während meiner Krankheit um ihn zu kümmern. Und schließlich ist er ja nur ein Kind und hat zu gehorchen.«

»Aber wieso hat er dir dann nie geschrieben? Wieso mußtest du ihnen erst ›auf die Spur kommen‹? Warum hat er nicht...?«

Er blickte mich an, und in dem schwachen Lichtschein war sein Gesicht so voll Verzweiflung und Trostlosigkeit, daß ich es kaum ertragen konnte. Ich sah zur Seite.

»Ich weiß es nicht, Charity«, sagte er dumpf. »Ich weiß es einfach nicht. Das ist das Allerschlimmste für mich, verstehst du das? Loraine und ihr sauberer Verbündeter und ihre Angriffe auf mich kümmern mich schon gar nicht mehr. Ich will nur David wiederhaben und mit ihm ins reine kommen. Ich will wissen, was für Lügen sie ihm erzählt haben, daß er einfach so mit ihnen mitgegangen ist, ohne mir auch nur ein Wort zu hinterlassen. Vielleicht haben sie es ja tatsächlich fertiggebracht, daß er ihnen alles glaubt – auch, daß ich ein Mörder bin – und da hat er nicht gewagt, auf mich zu warten und mich wiederzusehen...« Er brach ab.

Nach einer Weile sagte er, während er mit gesenktem Kopf interessiert ins Wasser blickte, ganz ruhig:

»Aber das weißt du besser als ich, Charity. Du sagtest doch, daß er sich vor mir fürchtet, oder nicht?«

Ich sah, wie er die Fäuste ballte, bis die Fingerknöchel weiß hervortraten, und eine Welle von Mitgefühl überflutete mich, so wirklich – ich will sagen, so physisch –, daß ich am ganzen Körper zu zittern anfing. Ich brachte kein einziges Wort heraus.

Er sah mich scharf an. »Also?«

»Oh, Richard«, sagte ich traurig, »ich möchte dir doch nicht mehr weh tun. Es ist alles ein solcher Wirrwarr, und ich weiß überhaupt nicht mehr, was ich davon halten soll.«

Sein Ausdruck wurde weicher, und er strich mir einmal flüchtig über die Hand.

»Es wird so lange ein Wirrwarr sein, mein Liebes, bis wir den genauen Tatbestand beieinander haben«, meinte er. »Erzähl mir jetzt einmal, was du weißt – alles, was David gesagt hat, was beide, er und Loraine, gesagt und getan haben, alles. Hab keine Angst, meine Gefühle zu verletzen, sie sind schon ziemlich abgehärtet. Erzähle mir einfach, wie alles war, von dem Moment an, wo du ihn zum ersten Mal getroffen hast.«

Ich sah auf einmal den Baum Yggdrasil vor mir, als hätte ihn ein Pinsel plötzlich in die Landschaft skizziert, mit seinen papierdünnen Blättern und den schwankenden Ästen, an denen die Katze emporkletterte. Dann löste sich das Bild wieder im Mondlicht auf. Unvermittelt fragte ich: »Kennst du einen Mann namens Marsden?«

Er runzelte die Stirn und dachte nach.

»Marsden? Nein, ich glaube nicht. Wie sieht er denn aus? Und wie kommst du jetzt auf ihn?«

»Mir ist gerade etwas eingefallen«, sagte ich. »Ich glaube, David hatte recht, es muß in jener Nacht wirklich ein Fremder in deinem Haus gewesen sein.« Ich erzählte ihm von der Unterhaltung, die ich auf dem Roc des Doms belauscht hatte. »Und ich kann mich genau an seine Worte erinnern«, schloß ich. »Er sagte: ›Ich habe dich doch schon einmal aus dem ganzen Schlamassel herausgeholt. Ich habe nicht nur dich aus England herausbekommen, sondern den Jungen auch!‹«

Richard hatte sich heftig zu mir umgewandt, als ich das

wiederholte, und seine Augen blickten mich mit gespannter Aufmerksamkeit an. Als ich zu Ende war, lächelte er voll bitterer Befriedigung.

»Dann hatten wir also recht. Das ist immerhin schon etwas, zwar nicht sehr viel, aber doch etwas. Ich möchte bloß wissen, wie dieser Marsden mit Loraines vermißtem Mann zusammenhängt, diesem Jean Soundso, der so plötzlich aufgetaucht ist.«

»Wenn er tatsächlich aufgetaucht ist!«

»Du hast recht – wenn er tatsächlich aufgetaucht ist.« Er richtete sich hoch auf. »Über diesen Teil der Geschichte werden wir ziemlich bald Klarheit haben. Ich habe in Paris Nachforschungen anstellen lassen. Es ist allmählich recht wichtig geworden, scheint mir.«

Er lächelte mir zu.

»Wer weiß, was du sonst noch alles gesehen und gehört hast! Wenn es in diesem Tempo weitergeht, werden wir bis zum Morgengrauen alle Rätsel gelöst haben – nein, lange vor dem Morgengrauen, mein Armes. Du siehst so müde aus, und du hast, weiß Gott, allen Grund dazu. Komm, gehen wir etwas trinken, und dabei erzählst du mir alles übrige.«

## XVII

»Es wird sich wahrscheinlich alles sehr wirr anhören«, sagte ich, »denn es war natürlich schon eine Menge passiert, ehe ich auch nur auf die Idee kam, daß da etwas nicht stimmen könnte. Und ich fürchte, daß ich kein großes erzählerisches Talent habe. Aber ich will mir alle Mühe geben.«

Ich begann, ihm möglichst genau alles zu schildern: David und seinen Hund, Mrs. Palmer und ihre Wiedergabe des Byron-Prozesses, den Ausflug nach Nîmes und Davids seltsames Benehmen, nachdem er seinen Vater gesehen hatte, die anschließende Rückfahrt, Davids halbes Geständnis und sein heftiges, merkwürdig kindisches Betteln, daß ich nichts davon Loraine Bristol erzählen dürfe. Ich erzählte ihm von den Gesprächsfetzen, die ich am selben Abend vor Loraines Zimmertür aufgefangen hatte, und von dem allgegenwärtigen Marsden, der Loraines Zigarette anzündete, in der Dunkelheit am Fuße des Roc des Doms herumlungerte, der am selben Tag wie wir im Bus nach Nîmes fuhr und am anderen Morgen mit David zur Promenade hinaufstieg...

Wortlos hörte mir Richard Byron zu, während er mit gerunzelter Stirn Figuren in den verschütteten Wein auf der Tischplatte zeichnete.

»Verstehst du jetzt«, schloß ich, »weshalb ich mich so blödsinnig benommen habe? Ich bin gar nicht auf die Idee gekommen, daß David sie hassen könnte, auch wenn er immer wieder darauf bestand, daß er nicht denselben Namen trage wie sie. Ich dachte nur immer, daß er dir nicht in die Hände fallen dürfe. Ich – ich habe eine ziemliche Schwäche für David«, fügte ich wie entschuldigend hinzu.

Er warf mir einen Blick zu, der mir das Blut in die Wangen trieb, dann kehrte er wieder zu seinen Zeichnungen auf der Tischplatte zurück.

»Ja, David«, sagte er langsam. »Da sind wir also wieder bei David angelangt und bei denselben Fragen wie vorhin: Warum ist er fortgegangen, ohne mir ein Wort zu sagen? Was glaubt er jetzt, was in jener fürchterlichen Nacht geschehen ist? Warum hat er Angst, mir zu begegnen? Weißt du, daß ich anfangs sogar geglaubt habe, daß sie ihn umgebracht haben? Aber dann kam der anonyme Brief aus Paris.«

»Was für ein anonymer Brief?«

»Ach, ich habe Dutzende bekommen«, sagte Richard kurz. »Der übliche Dreck, der immer hochgeschwemmt wird, wenn ein Mordprozeß sämtliche Kloaken öffnet. Dieser eine kam aus Paris, von jemandem, der mich offenbar kannte und der David dort gesehen hatte. Es standen außerdem noch ziemlich beleidigende Dinge drin über – ach, was hat das schließlich schon zu bedeuten, lassen wir es!«

»Wie abscheulich, Richard!«

»Ja, aber immerhin gab mir der Brief einen Anhaltspunkt. Meine Haushälterin hatte gesagt, David sei mit Loraine weggefahren. Ich setzte sofort Himmel und Hölle in Bewegung, verfrachtete meinen Wagen auf das nächste Schiff und fuhr nach Paris. In meiner Wohnung – ich habe über meinem Büro noch ein Zimmer – wartete bereits ein zweiter Brief auf mich.«

»Aber wer in aller Welt –?«

»Loraine!« sagte er grimmig. »Die liebe Loraine! Diesmal war der Brief unterzeichnet und handgeschrieben, nicht getippt, aber der ganze Stil war genau derselbe.«

»Ging es wieder um David?«

»Ja. Sie und ich, so hieß es, müßten uns bald einmal ausführlich über Davids Zukunft unterhalten. Aber da David mich nicht sehen wolle und sie selber auch keine große Lust dazu verspüre, werde sie Paris mit ihm verlassen und zu einem späteren Zeitpunkt wieder mit mir in Verbindung treten.«

»Was hast du daraufhin getan?«

»Der Brief war in Lyon aufgegeben, folglich fuhr ich dorthin. Ich suchte mehrere Tage nach ihnen, in Cafés, Bars und Hotels, bis ich endlich ihre Spur fand. Loraine ist ja ziemlich auffällig, wie du weißt, und ein Barmann erinnerte sich endlich an sie und daran, daß sie davon gesprochen hatte, weiter nach Süden zu fahren. Ich werde dich nun nicht mit dem übrigen langweilen; ich verfolgte ihre Spur bis Bollène, und dann verlor ich sie. Man hatte sie auf der Straße nach Pont St-Esprit gesehen, und das liegt, wie du ja weißt, am anderen Ufer der Rhone gegenüber von Bollène, auf der Straße nach Nîmes. Ich fuhr meiner Nase nach und landete, auf gut Glück, in Nîmes, was sich zwar als Irrtum erwies, mich aber immerhin beinahe mit David zusammenführte.«

»Kein Wunder, daß du mich umbringen wolltest, als ich dir im Weg stand!«

»Ich dachte doch, du stecktest mit ihnen unter einer Decke«, sagte er. »Ich glaubte doch keinen Augenblick, daß David mich wirklich nicht sehen wollte. Ich dachte, daß sie ihn irgendwie unter Druck hielten, so daß er mir nicht schreiben konnte. Und weil ich annahm, daß du zu ihnen gehörtest, habe ich dir damit gedroht, dich zu töten.« Er lächelte. »Arme, kleine Charity, habe ich dich wirklich so zu Tode erschreckt?«

»Ja, das hast du. Hast du mir deshalb erzählt, du habest den Mord begangen?«

»Ja natürlich. Ich wußte nicht, was sie dir tatsächlich gesagt hatten, und ich wollte dir auf alle Fälle Angst einjagen. Und das ist mir gelungen. Du bist in Ohnmacht gefallen. Dafür habe ich eigentlich Prügel verdient.«

»Das ist vorbei und vergessen«, sagte ich. »Ich hatte wirklich furchtbare Angst, weil ich glaubte, daß du ...« Ich hielt abrupt inne.

»Du glaubtest – was?«

»Nichts.«

»Das gibt es nicht. Du hast mir versprochen, mir alles zu sagen.«

»Ich dachte, du wärest verrückt«, sagte ich leise, ohne ihn anzusehen.

Er schwieg, aber seine Hand lag unbeweglich auf dem Tisch, ohne den begonnenen Kreis fertigzuzeichnen.

»Ich wußte ja nur das, was Mrs. Palmer mir erzählt hatte«, erklärte ich schnell. »Und als du dann so – so heftig warst und David sich so zu ängstigen schien, dachte ich, du müßtest verrückt sein. Ich dachte, nur ein Verrückter hätte es damals fertiggebracht, David niederzuschlagen. Nachdem ich in Nîmes mit dir zusammengetroffen war«, schloß ich unglücklich, »dachte ich, du habest es wirklich getan.«

»Charity ...«, sagte er nach einer Pause.
»Ach, Richard ...«
»Charity, wirst du mir eine Frage beantworten?«
»Und die wäre?« fragte ich. Jetzt kommt es, dachte ich, jetzt kommt es.
»Hat David irgend etwas gesagt, woraus du schließen mußtest, ich sei verrückt?«
»Ich – ich weiß nicht mehr«, stotterte ich.
»Du lügst, Charity. Du müßtest eigentlich wissen, daß du mich nicht anlügen kannst. Hat David dir gesagt, ich sei verrückt?«
»Ja«, antwortete ich.
Als ich endlich wieder aufblickte, sah ich, daß er lächelte.
»Du Dummes«, meinte er. »Sei nicht so verstört. Das macht doch alles viel einfacher.«
»Einfacher?« echote ich ungläubig. »Ich dachte, du würdest ...«
»Ich will damit sagen, daß wir endlich etwas Bestimmtes wissen, wogegen wir ankämpfen können. Er hat es wirklich selber gesagt?«
»Ja.«
»Gut. Das bedeutet, daß es ihnen gelungen ist, ihn davon zu überzeugen, daß ich ihn niedergeschlagen habe und daß ich dann versucht habe, Selbstmord zu begehen. Das sind die beiden einzigen Dinge, die auf Wahnsinn hinweisen könnten, es sei denn, sie hätten ihn auch noch davon überzeugt, daß ich den Mord begangen habe. Und ich bin ganz sicher, daß David weder glaubt, daß ich ihn niedergeschlagen habe, noch daß ich Tony getötet habe. Folglich bleibt nur noch der angebliche Selbstmordversuch übrig.«
»Und jetzt?«
»Soviel ich sehe, sind wir jetzt in einer ganz guten Position. Er hat doch Vertrauen zu dir, nicht wahr?«
»Ich glaube, ja. Doch, ich bin eigentlich ganz sicher, nachdem ich ihm geholfen habe, dir zu entwischen ...«
»Mach nicht so ein unglückliches Gesicht. Du mußt wieder

zurückfahren und mit ihm sprechen, mußt ihn davon überzeugen, daß ich ebenso normal bin wie du. Und du mußt ihn dazu bringen, daß er sich mit mir irgendwo trifft, wo ich mit ihm reden kann. Und dann werden wir diese ganze Sache in Ordnung bringen und sie ein für allemal erledigen.«

»Meinst du damit, daß du ihn gleich mitnimmst?«

»Natürlich. Glaubst du, ich lasse ihn zu ihr zurück? Sie und ihr Geliebter – oder Mann, ganz wie du willst – können ihre Wege gehen, und David und ich gehen unsere...« Unsere Blicke begegneten sich. »Und deine.«

»Es klingt alles so einfach, wie du es sagst«, seufzte ich. »Aber glaubst du denn wirklich, daß Deepings jetzt sicherer für dich ist als vorher? Wo sie doch offensichtlich fest entschlossen sind, dich umzubringen?«

Die Bewegung, mit der er sich an den Kopf faßte, hatte etwas unbeschreiblich Erschöpftes und zugleich Jungenhaftes an sich.

»Immer dasselbe alte Lied, Charity: Ich weiß es nicht«, erwiderte er. »Es ist mein Zuhause, und aus irgendwelchen mir unverständlichen Gründen bietet es mir und meinem Sohn plötzlich keinen Schutz mehr. Aus irgendwelchen unverständlichen Gründen – das ist der Kern der ganzen Geschichte. Diese ganze wahnwitzige Geschichte ist wie die Erzählung eines Irren, dessen verwickelter Logik wir nicht folgen können, solange wir nicht genau seine dunkle Vergangenheit erforscht haben und wissen...«

»Streng nach Freud, nicht wahr?«

Er lächelte und leerte sein Glas mit einem Schluck. »Wenn du so willst – ja.«

Das Café hatte sich inzwischen geleert, und auch der ständige Menschenstrom, der auf dem breiten Trottoir vorüberflutete, war schwächer geworden. Ein paar Negermatrosen zogen Arm in Arm mit grell geschminkten Mädchen vorüber. Ein schlanker, goldbrauner Araberjunge trottete von Tisch zu Tisch und bettelte.

»Ich habe in letzter Zeit manchmal geglaubt, nun wirklich verrückt zu werden«, sagte Richard auf einmal. »Der Mord, die Gerichtsverhandlung, dann der Autounfall, die langen Wochen im Krankenhaus und die entsetzlichen Kopfschmerzen, die seitdem immer wiederkommen. Und David, die plötzliche vollständige Vernichtung meines Lebens und Davids Lebens, so ganz aus heiterem Himmel. Und die totale Sinnlosigkeit dieser Geschichte macht mich krank. Das sind die Tatsachen, die einfach nicht sein können, da sie in kein vernünftiges Schema hineinpassen. Das war es, was ich vorhin sagen wollte, Charity, deswegen benahm ich mich wie der Teufel persönlich. Alles, woran ich geglaubt hatte, war ins Wanken geraten. Nichts stimmte mehr, alles war auf den Kopf gestellt.«

»Und nichts ist«, zitierte ich, »als was nicht ist.«

»Ja, genau«, sagte er rasch, beinahe eifrig. »Darum geht es doch bei Macbeth, nicht wahr? Daß alle Regeln aufgehoben werden, nichts mehr Gültigkeit besitzt.«

»Du vergißt eines«, sagte ich. »Macbeth war es, der die Regeln zuerst aufhob und alles aus dem Gleichgewicht brachte. Es ist trotz allem eine gewisse Logik in dieser Geschichte, und die muß auch in diesem Falle vorhanden sein, Richard. Es muß eine Erklärung geben, einen Grund für diese Irrsinnsgeschichte, wir haben nur noch nicht tief genug nachgegraben.«

Er antwortete nicht, aber einen Moment lang begegneten seine Augen meinen, und irgend etwas darin veranlaßte mich, eindringlich fortzufahren:

»Ich weiß, daß ich recht habe, Richard. Erinnerst du dich nicht mehr, daß du vor einer Stunde draußen am Quai dasselbe gesagt hast: daß die Regeln ihre Gültigkeit behalten haben, obwohl alles dagegen spricht. Das stimmt. Du wirst sehen, es gibt ein Schema, in welches all das hineinpaßt. Wir müssen es nur herausfinden. Regeln heben sich nicht von alleine auf, Richard.«

»Du willst also behaupten ...«

»Ich behaupte, daß es so etwas wie völlige Sinnlosigkeit einfach nicht gibt.«
Er blickte mich an, und seine Augen hatten auf einmal einen neuen Ausdruck von Zärtlichkeit. »Ich glaube, du hast recht. Ja, du hast recht, Charity. Und wie recht du hast...«
Er lachte und richtete sich auf. »Verzeih mir, Liebling. Ich habe so lange im Nichts gelebt, daß mein Verstand etwas gelitten hat. Nehmen wir noch einen Kaffee? Was möchtest du diesmal dazu haben?«
»Dasselbe wie vorhin, bitte.«
*»Garçon, deux cafés cassis.«* Seine Stimme klang nun wieder fest und entschlossen. »Nein, das ist alles gar nicht so wichtig, bis auf David, und auch das werden wir bald in Ordnung gebracht haben. Sobald ich ihn nur gesprochen habe. Wie müde bist du, Charity?«
Diese unerwartete Wendung überraschte mich. »Müde? Überhaupt nicht.«
»Wirklich nicht?«
»Nein.«
Er lächelte sein strahlendes, unglaublich reizvolles Lächeln. »Dann wollen wir – auf deine gänzlich unweibliche Behauptung hin, daß hinter allem eine Logik stecken müsse – noch einmal ganz von vorne anfangen. Jedes Aschehäufchen wird auf Fingerabdrücke untersucht, jede Spur bis auf die Knochen durchleuchtet.«
»Ich kapiere«, sagte ich, »es wird alles um- und umgekrempelt und gegen das Licht gehalten – also gut, los!«

## XVIII

Eine halbe Stunde und zwei Kaffees später waren unsere Köpfe beinahe so wirr, wie es unsere detektivischen Redensarten gewesen waren. Jede uns bekannte Tatsache hatten wir hervorgeholt, gelüftet und von allen Seiten beleuchtet, und obwohl gewisse Dinge jetzt etwas klarer waren, blieb doch der Kernpunkt des Geheimnisses im Dunkel.

»Das Motiv«, sagte Richard zum zwanzigstenmal, »Tony ermordet, zwei Mordanschläge auf mich – und kein Motiv.«

»Zum Morden muß man ein ganz beträchtliches Motiv haben«, meinte ich hartnäckig. »Und es gibt irgendwo eines, wenn wir nur wüßten, wo wir es suchen müssen. Was waren noch mal die bekanntesten Mordmotive – Gewinnsucht, Leidenschaft und Angst? Es war kein Mord aus Leidenschaft, keiner um Geld – das dritte Motiv scheint mir von allen das einleuchtendste.«

»Angst? Wer soll sich denn so vor mir fürchten, daß er mich umbringen will?«

»Offensichtlich gibt es so jemanden, denn sie haben es versucht. Das ist doch logisch, Richard.«

Er lächelte ein wenig angestrengt. »Also gut! Du willst mir aber hoffentlich nicht weismachen, daß Loraine sich so vor mir gefürchtet hat, daß sie mich umbringen wollte?«

»Nein. Ich dachte, wir seien uns darüber einig, daß sie für jemanden arbeitet.«

»Unseren alten Freund X, den Mann im Auto, ja?«

»Ja, X will dich töten«, sagte ich. »Nicht aus Habgier, nicht aus Eifersucht, aber wegen etwas, was du ihm antun könntest. Du bedeutest lebend eine Gefahr für ihn, für seine Freiheit oder seine berufliche Existenz, vielleicht sogar für sein Leben.«

Das amüsierte Lächeln in seinen Augen war ganz unverhohlen. »Du willst damit sagen, daß ich etwas weiß, von dem ich nicht weiß, daß ich es weiß?«

»So etwas kommt vor«, behauptete ich trotzig. »Bring mich nicht durcheinander. Mir ist übrigens noch etwas anderes aufgefallen, etwas an deiner Verfolgung von David und Loraine.«

»Wirklich?«
»Es war viel zu einfach, Richard. Wenn sie sich wirklich hätten verbergen wollen ...«
Er nickte kurz, als sei er einverstanden. »Genau. Das eben hat mich auch so gewundert. Es war viel zu einfach. Sie hat mir erzählt, sie wolle nach Frankreich, sie schickte mir Briefe, von denen sie wußte, daß sie mir durch den Poststempel verraten mußten, wo sie sich gerade aufhielt. Sie hinterließ eine deutlich sichtbare Spur.«
»Verstehst du nicht, was das bedeutet? Sie – oder X – wollten, daß du hierherkämest. Du hast doch gesagt, daß sie dich gleich nach eurer Heirat hierherbringen wollte. Und das will sie heute noch immer. Deshalb hat sie David mitgenommen. Loraine allein wärest du doch nie nachgefahren, nicht wahr? Wenn sie dir geschrieben hätte, daß sie dich sehen wolle, so hättest du einen Rechtsanwalt beauftragt ...«
»Ganz bestimmt hätte ich das«, sagte er nachdrücklich.
»Deshalb hat sie, um ganz sicherzugehen, David als Köder mitgenommen und dich so geschickt nach Südfrankreich gelotst.«
»Zu X, nehme ich an. Willst du das damit sagen? Da es X nicht gelungen ist, mich in England unschädlich zu machen, will er es hier noch einmal versuchen? Du meinst, daß es eine Falle ist?«
»Ja, vorausgesetzt, daß sie dich wirklich absichtlich hierhergelockt hat«, stimmte ich mit einem Gefühl des Unbehagens zu. »Und es sieht ganz so aus, denn weshalb hätte sie es sonst tun sollen?«
»Also gut. Setzen wir voraus, daß sie mich absichtlich nach Südfrankreich gelockt haben. Aber in Pont St-Eprit haben sie mich verloren. Zufall oder Absicht?«
»Was glaubst du?«
»Ich glaube, es war Zufall. Die Spur, die mich nach Nîmes führte, war die eines anderen Paares, auf die meine Beschreibung von Loraine und David einigermaßen zutraf.

Ich muß denen nachgerast sein, ehe mich Loraines nächster Hinweis erreichte.« Er lachte kurz auf. »Da saßen sie also in Avignon fest und kamen nicht weiter, während ich mich auf der falschen Spur verirrte.«

»Kein Wunder, daß sie langsam die Nerven verlor«, meinte ich. »Sie schien wirklich außer sich.«

»Und kein Wunder, daß es ihnen recht war, wenn du David auf Ausflüge mitnahmst. Sie wußten, daß ich unmittelbar in ihrer Nähe auf der Suche nach ihm sein mußte, und es bestand die Möglichkeit, daß ich ihn irgendwo sehen und die richtige Spur wiederaufnehmen würde.«

»Was sollte dich dann aber daran hindern, mit David zu sprechen, ihm alles zu erklären und ihn gleich mitzunehmen?« wandte ich ein.

»Mr. X«, erwiderte Richard kurz.

Ich sah ihn erstaunt an. Er nickte. »Da Loraine am Ende ihrer Nerven war, schien es klüger, daß sie selber in Avignon blieb. Aber du kannst ganz sicher sein, daß, wo immer auch David hinging, Mr. X ihm folgte.«

Ich hielt den Atem an. »Im Bus nach Tarascon«, sagte ich.

Wieder nickte Richard. »Weißt du, was ich glaube? Wir kommen der Sache allmählich näher. Wenn wir recht haben, dann muß es für Mr. X sehr bitter gewesen sein, als du David gewandt wieder aus meiner Reichweite entferntest, meine süße Charity, und mich unabsichtlich geradewegs von Mr. X und seinen Machenschaften wegführtest. Ich habe den Eindruck, daß ich dir einiges zu verdanken habe.«

»Aber was hätte er denn in Nîmes schon tun können?« protestierte ich.

Er zuckte die Achseln und sagte beinahe gleichgültig: »Wer weiß, es ist doch eine einsame, wilde Gegend, in der alles passieren kann, wo ein Leichnam monatelang irgendwo in einem Gebüsch liegen kann, bis ihn die Geier ...«

»Hör auf!«

»So ist es aber. Diese Gegend eignet sich vorzüglich für

einen unauffälligen Mord, und das ist auch der Grund, weshalb ich hierhergelockt wurde.« Er lächelte ohne jede Fröhlichkeit. »Ich frage mich, wo die Falle ursprünglich hätte zuschnappen sollen. In Avignon? Das ist doch eigentlich unwahrscheinlich.«

»Loraine hat mir gegenüber erwähnt, daß sie die Absicht hätte, demnächst weiter nach Süden zu gehen«, sagte ich rasch. »Nach Nizza und Monte Carlo.«

»Ja? Das kann natürlich alles mögliche bedeuten. Es gibt dort ganz reizende, einsame Stellen mit hübschen gefährlichen Felsklippen...«

»Und eine hübsche gefährliche Stadt«, warf ich ein.

Er hob die Brauen. »Marseille? Ja – warum nicht? In Surrey, wo die Gesetze streng geachtet werden, hat X mich zweimal verfehlt. Folglich...«

»... lockt er dich auf sein eigenes Terrain«, schloß ich.

»Diese Idee scheint dich irgendwie zu faszinieren«, meinte Richard amüsiert. »Mr. X lebt jetzt also in Marseille?«

»Mag er sich auch Marsden nennen«, sagte ich beharrlich, »und T. S. Eliot lesen – was ich ihn mit eigenen Augen tun sah, nur hielt er das Buch verkehrt herum – ich gehe jede Wette ein, daß er Franzose und zudem Loraines erster Mann, Jean Soundso, ist. Und er mußte einen zwingenden Grund dafür haben, dich unbedingt hierherzubefördern, das steht fest.«

Das belustigte Lächeln in seinen Augen vertiefte sich. »Dann haben wir das Rätsel doch endgültig gelöst! Jetzt müßte ich nur noch wissen, was ich weiß, ohne daß ich es weiß!«

»Denk doch bitte noch einmal darüber nach, Richard!« flehte ich inständig. »Nein, bitte lach mich nicht aus! Es ist doch wahrhaftig ernst genug! Denk doch nach!«

»Mit Vergnügen, mein liebes Kind. Aber worüber?«

Ich zögerte. »Über den Mord an Tony. Nur etwas, was unmittelbar mit diesem Mord zusammenhängt, kann für X so gefährlich sein, daß er bis zum Äußersten gehen würde, glaubst du nicht auch? Ich meine – vielleicht weißt du etwas, was ihn an den Galgen bringen könnte.«

Aber Richard schüttelte den Kopf. »Nichts zu machen, Charity. Ich weiß nichts, ich bin wirklich ganz sicher. Die Polizei hat mich ja schon bis aufs Blut ausgefragt, und ich hatte, weiß Gott, auch lange genug Zeit, mir alles noch einmal reiflich zu überlegen und mein Gedächtnis zu durchforschen nach Dingen, die auch nur irgendwie Bedeutung haben könnten. Man hat ungeheuer viel Zeit zum Nachdenken im Gefängnis, mußt du wissen.«

»Ja, das kann ich mir vorstellen. Entschuldige, ich wollte dich nicht wieder daran erinnern.«

»Das macht gar nichts, ich kann es jetzt schon besser vertragen als noch vor einer halben Stunde.« Er lächelte mir zu. »Aber wir vergessen etwas: Tony wurde ohne ersichtliches Motiv ermordet. Wäre es möglich, daß X mir nicht nach dem Leben trachtet, weil ich etwas über den Mord an Tony weiß, sondern daß er uns beide, Tony und mich, umbringen wollte, weil wir zusammen irgend etwas erlebt haben, an dem er beteiligt war?«

»Vielleicht im Antiquitätengeschäft?« fragte ich ratlos.

Er zuckte die Achseln und griff nach seinem Zigarettenetui. »Das ist die einzige Verbindung zwischen Tony und mir – außer dem Krieg natürlich.«

»Seid ihr längere Zeit zusammen geflogen?«

»Nicht sehr lange. Tony kam erst kurz vor meinem dritten und letzten Einsatz in meine Besatzung.«

»Diese Zeit, und dann euer Wiedersehen nach dem Krieg – war das alles?«

»Ja.«

»Keine dunklen Geschäfte in Paris zusammen gemacht?«

»Nein.«

»Nie Zeugen eines schauerlichen Verbrechens in Montmartre gewesen?«

»Nie.«

»Aber irgend etwas müßt ihr einfach gesehen haben«,

beschwor ich ihn. »Überleg es dir noch einmal! Tony und du, ihr müßt mindestens Zeugen eines Mordes gewesen sein!«
Er lachte. »Nein.«
»Nicht einmal eines ganz winzig kleinen?«
»Nicht einmal eines ...« Er war gerade dabei, sich eine Zigarette anzuzünden, und hielt ruckartig inne. »Ach – wie seltsam!« sagte er mit veränderter Stimme.
»Was?« Meine Stimme muß ziemlich aufgeregt geklungen haben, denn er schüttelte plötzlich den Kopf und zündete sich die Zigarette an.
»Nichts. Es hat mit dieser Sache nichts zu tun. Aber seltsamerweise stimmt es, daß Tony und ich einmal Zeugen eines Mordes gewesen sind.« Er gab mir Feuer und lächelte amüsiert über meinen gespannten Ausdruck. »Nein, wirklich, das kann hiermit nichts zu tun haben. Es war während des Krieges, ein Teil der allgemeinen Kriegsgreuel.«
»Du meinst doch nicht die Bombardierungen?«
»Himmel, nein! So jung war ich nicht mehr, um das als Mord anzusehen. Nein, das, was ich meine, war kaltblütiger Mord, und zwar ein ganz besonders scheußlicher.«
»Erzähl schon. Vielleicht hat es doch etwas damit zu tun.«
»Das halte ich für ausgeschlossen. Außerdem ist es keine schöne Geschichte.«
»Das ist jetzt gleichgültig. Erzähl es mir trotzdem.«
»Also gut. Es war damals, als Tony und ich nach unserem Absturz nach Frankfurt zum Verhör gebracht wurden. Die Bahnlinie war zerbombt, und wir wurden mit einem Güterzug auf einer Nebenlinie durch das Lahntal gefahren. Unterwegs wurden wir einmal gestoppt, um einen Expreß vorbeizulassen. Es war ein feuchter, grauer Winternachmittag. Es hatte geschneit, und der Himmel über uns hing tief und war bleigrau. Und, mein Gott, es war lausig kalt.«
Er starrte auf die Zigarette zwischen seinen Fingern und sprach mehr zu sich selbst als zu mir. Ich glaube, er hatte

mich wirklich vergessen, in Gedanken war er wieder dort, auf dem trostlosen kleinen Bahnhof im Lahntal.

»Vor uns stand noch ein Zug, eine lange Kette von Güterwagen, die mit irgendwelchen Zeichen markiert waren. Wir schenkten ihm nicht weiter Beachtung, bis wir eine Gruppe von SS-Leuten davor herumstehen sahen. Da wußten wir, es war ein Zug voll Juden, die nach Osten in die Vernichtungslager gebracht wurden.«

Er zog an seiner Zigarette und stieß heftig den Rauch aus.

»Erst passierte lange Zeit gar nichts, und dann passierte plötzlich alles zugleich. In der Ferne hörten wir den Expreß heulen, kurz darauf ertönte ein Schrei, ein Schuß, dann ein wildes Durcheinander von Schreien und Rufen, und auf einmal stoben die SS-Leute in alle Richtungen auseinander. Alle – mit Ausnahme des Offiziers. Er wandte nicht einmal den Kopf. Ich hörte wieder zwei Schüsse und dann das Stöhnen eines Mannes. Dann verstummte das Stöhnen, und dann sah man, wie ihn die Wachen zwischen den Wagen des anderen Zuges hervorzerrten. Er hatte einen Fluchtversuch gemacht, der arme Kerl. Er weinte, als sie ihn zu dem Offizier hinschleppten, und sie schlugen ihm ins Gesicht, damit er aufhörte. Es ging alles so schnell – viel schneller, als ich es schildern kann. Wir standen hinter den Fenstern unseres Wagens, streng bewacht natürlich, und bekamen kaum mit, was draußen geschehen war. Man hörte nur das Rattern des Expreß und das Weinen des armen Teufels. Und der Offizier hatte sich nicht einmal umgewandt.«

»Was geschah dann?« Übelkeit stieg in mir auf, aber ich mußte es wissen.

»Ach, einer der Männer sagte etwas zu ihm, und da sah er den armen Menschen an und lächelte sogar. Lächelte ganz freundlich. Und dann hob er eine Hand, so ganz leicht und nebenbei, und sagte etwas. Wir konnten es nicht verstehen, denn der Expreß dröhnte nun schon ziemlich laut, aber der kleine Jude schrie auf und versuchte sich zu befreien.«

»O Gott!« sagte ich.

»Sie warfen ihn auf das Bahngleis«, fuhr Richard fort. »Er schien eine Ewigkeit dort unten zu liegen, wie eine dunkle, zerbrochene Puppe im Schnee, bis endlich dieser verfluchte Expreß herangestürmt war und ihn kreischend wie eine Guillotine überfuhr. Ich – ich weiß nicht mehr, was wir taten. Unser Wagen war natürlich verschlossen, aber ich erinnere mich noch, daß ich wie ein Wahnsinniger gegen die Tür trommelte und fluchte und tobte und daß die Wache immerzu versuchte, mich zum Schweigen zu bringen, denn natürlich hätten wir das auf keinen Fall sehen dürfen.«

»Hat der Offizier euch gesehen?«

»Ja. Als der Expreß vorbei war, hörte er unsern Lärm und wandte sich um und sah uns. Wir wurden zu ihm hingebracht, und ich bin ganz sicher, daß er uns über den Haufen geschossen hätte, wären wir nicht von General von Lindt zum Verhör erwartet worden. Und General von Lindt hatte einen bedeutend höheren Rang als Obersturmführer Kramer.«

»So hieß der Offizier?«

»Ja, Max Kramer. Eine große blonde Bestie. Er sah ganz gut aus und hatte Augen, die ich nie vergessen werde. Er stand da und starrte Tony und mich an – ich glaube, das waren die schlimmsten Minuten meines ganzen Lebens. Er wollte uns zusammenschießen – und wie er das wollte! Ihm lief förmlich das Wasser im Mund zusammen. Ich sehe es noch deutlich vor mir – die Pistole, die uns wie ein böses Hexenauge anfunkelte, und diese scheußliche Hand, die den Griff umklammert hielt. Eine häßliche Narbe lief bis zum Zeigefinger hinunter, und der Fingernagel war gespalten und völlig verkrümmt. Ich erinnere mich, wie die Narbe ganz weiß wurde und wie das Ganze, Hand und Pistole, in einer Art Ekstase zitterte ...«

»Aber er mußte euch gehenlassen?« fragte ich.

»Ja. Ich habe ihn dann nie wiedergesehen. Unser Zug fuhr

bald darauf weiter, und wir landeten, wie vorgesehen, im Offizierslager XIX. Aber etwas, Charity ...«
»Was denn?« Ein dunkler Schatten lag in seinen Augen. Wie gerne hätte ich ihn gebeten, nicht mehr von alldem zu reden, es endlich zu vergessen – aber ich wußte, noch war die Zeit nicht gekommen, wo er vergessen durfte. »Was wolltest du sagen?«
»Diesen kleinen Juden habe ich erkannt.«
Voll Entsetzen starrte ich ihn an. »Es war jemand, den du kanntest?«
»Nein, nicht in diesem Sinne. Ich habe ihn nur einmal getroffen, in einer Galerie in der Bond Street. Er war Maler, ein sehr guter Maler sogar. Er hieß Emmanuel Bernstein.«
»Ja – ja, ich verstehe, daß das alles noch schlimmer macht.«
Richard biß sich auf die Lippen. »Eines seiner besten Bilder«, sagte er, »hieß Schneelandschaft.«

## XIX

Es war spät geworden. War es erst ein paar Stunden her, daß ich Richard Byron am Quai von Marseille geradewegs in die Arme gelaufen war? Damals war er mein Feind, mein Alptraum gewesen, und jetzt ...
»Mir ist, als hätte ich mein ganzes Leben lang nichts anderes getan, als mit dir an einem Cafétisch gesessen und mich mit dir unterhalten«, sagte ich unvermittelt.
Er blickte auf, und es war, als erwache er aus einem tiefen Traum. Er lächelte. »Und ich habe viel zuviel geredet«, sagte er. »Ich hätte dir diese scheußliche Geschichte nicht erzählen dürfen. Das ist alles vorüber und vergessen, und wie du siehst, hat es absolut gar nichts mit dieser anderen Sache zu tun.«
»Nein, ich glaube auch nicht«, bestätigte ich. »Und eines

ist ganz sicher: Mr. X ist nicht Kramer, zumindest Marsden ist nicht Kramer. Er ist alles andere als groß und blond.«
»Das wäre es also.« Richard sah auf die Uhr. »Zeit zum Schlafengehen. Noch einen Kaffee?«
»Nein, danke. Ich bringe keinen Tropfen mehr herunter.«
»Ich auch nicht. Jetzt wollen wir noch überlegen, was als nächstes zu tun ist, und dann bringe ich dich zu deinem Hotel.«
Sein Plan war ganz einfach. Ich sollte am andern Morgen nach Avignon zurückfahren, Louise alles erzählen und David wieder zu einem Ausflug auffordern. Nachdem ich ihn dann seinem Vater übergeben hatte, sollten Louise und ich so unauffällig wie möglich aus Avignon verschwinden und nach Aix fahren, wo Richard ein gutes Hotel kannte. Dort sollten wir bleiben, bis Richard seinen Sohn zu Freunden gebracht hatte, zu den Dexters, die den Sommer in Hyères verbrachten, und wieder mit uns Verbindung aufnehmen würde.
»Jetzt, da ich einigermaßen gewarnt bin«, sagte er, »sollte es mir doch möglich sein, mit Mr. X fertig zu werden, vorausgesetzt, daß er allein ist. Sobald ich mit David im reinen bin und ihn den Dexters in Obhut gegeben habe, werde ich mir überlegen, wie ich vorgehen muß. Solange David noch nicht in Sicherheit ist, sind mir die Hände gebunden.«
»Das hört sich alles sehr schön und sehr einfach an, so wie du es darstellst«, sagte ich. »Hoffentlich klappt auch alles wunschgemäß. Wohin soll ich denn meinen Ausflug mit David machen, damit du ihn treffen kannst?«
»Wie wäre es mit der Kathedrale von Tarascon?«
»Du Schurke!« sagte ich voll Inbrunst. »Ich wünschte, ich wäre eine bessere Lügnerin. Erinnere mich lieber nicht daran.«
»Gut, dann sagen wir Arles, die Arena oberhalb des Haupteingangs. Ich werde um halb elf dort sein und, falls

nötig, den ganzen Tag auf euch warten. Vielleicht bringst du es ja fertig, Mr. X unterwegs abzuschütteln, aber geh lieber kein Risiko ein. Wenn irgend etwas schiefgehen sollte, rufst du das Légionnaire in Nîmes an und hinterläßt eine Nachricht für Richard Coleridge. Klar?«

»Klar.«

Er zahlte, und wir standen auf. Wieder ging ich wie im Traum durch die lärmenden, glitzernden Straßen. Die Menge schob sich an uns vorüber, aus den Cafés tönte Musik und Gelächter, aber trotz all der Lichter und des Rummels um uns herum gab es für mich nur eines, was wirklich war, Richards Hand, die ich auf meinem Arm spürte.

»Hier entlang«, sagte er und führte mich in eine halbleere, dunkle Straße. »Wo hast du deinen Wagen gelassen?«

Ich suchte in meiner Tasche nach der kleinen Karte. »Bergère Frères, 69, Rue des Pêcheurs. Aber ich habe nicht die leiseste Ahnung, wo das sein könnte.«

»Ich weiß, wo. Ich rufe dich morgen früh im Hotel an, sagen wir um halb neun. Dann frühstücken wir zusammen, und ich gehe mit dir zu deinem Wagen. Und dann fahren wir wieder hintereinander – zurück nach Avignon. Und wehe dir, wenn du mir wieder davonfährst!«

»Keine Bange, das tue ich bestimmt nicht.«

»In Cavaillon hast du mich beinahe hereingelegt. Wer in aller Welt hat dir eigentlich das Autofahren beigebracht? Du fährst, weiß Gott, nicht schlecht.«

»Johnny.«

»Ach ja, natürlich, wer denn sonst.«

»Es war sein Hobby«, sagte ich. »Er fuhr Rallyes, ehe er zur R.A.F. ging. Er hat gleich vom ersten Moment an, wo er die Fahrprüfung bestanden hatte, immer Rennwagen gefahren. Er fuhr wirklich großartig.«

»Er hat dir ein paar ganz gute Sachen beigebracht.«

»Hast du eigentlich meine Rechnung in Les Baux bezahlt?« fragte ich plötzlich. »Sonst müßte ich mal anrufen.«

»Es blieb mir gar nichts anderes übrig«, sagte er mit gespielter Grimmigkeit. »Schließlich hatte ich es ja so gewollt, oder nicht, nachdem ich die Nacht bei dir im Zimmer verbracht hatte? Ich habe der Frau erzählt, daß du im Augenblick geistig nicht ganz zurechnungsfähig seist und ...«

»Unverschämtheit!«

»Reg dich nicht auf. Du bist schon auf dem Wege der Besserung, aber hin und wieder erliegst du gewissen Impulsen ... Es war eine sehr gute Geschichte, und sie haben sie mir sofort geglaubt, erstens, weil es für sie das einfachste war, und zweitens mußte ich so oder so bezahlen. Die Franzosen sind Realisten. Mach dir also keine Sorgen mehr wegen Les Baux.«

»Ich werde es nie wagen, mich je in meinem Leben noch einmal dort blicken zu lassen.«

»Etwas, was mich völlig verwirrt hat«, sagte Richard, »war, daß du so mutterseelenallein dort hinfuhrst. Und daß du zudem noch mit einem Buch französischer Gesänge aus dem Mittelalter bewaffnet warst. Irgendwie paßte das einfach nicht in das Bild von Loraines Komplicin, daß du allein dort oben saßest und die *Chansons de toile* lasest. Und dann hast du auch noch den Sonnenaufgang bewundert, wie jeder gewöhnliche Tourist. Du bist eine vielseitige Frau, Charity, nicht? Hast du mittelalterliches Französisch auch von Johnny gelernt?«

»Ich war vor unserer Heirat Französischlehrerin«, gab ich zurück. »Und außerdem steht in dem Buch auch gleich die Übersetzung.«

»Ach so, ich dachte ...« Seine Stimme brach ab, und ich hörte, wie er rasch den Atem einzog. Seine Hand klammerte sich um meinen Arm, und ich fühlte, wie er erstarrte. Er blieb stehen.

»Was in aller Welt ...?« fragte ich erschrocken.

Niemand zu sehen! Wir befanden uns auf halber Strecke auf einer schlecht erleuchteten, engen Straße, die auf eine breite Querstraße zu führte. Hohe Häuser, die bessere

Tage gesehen hatten und die jetzt vor allem Büros, Garagen, Lager und einige Geschäfte beherbergten, standen zu beiden Seiten. Ich folgte Richards Blick. Er starrte auf ein niedriges, langes Schaufenster, das als einziges der ganzen Straße erleuchtet war und das mit einem reizvollen Durcheinander von Stühlen, Tischen, Geschirr und Elfenbeinfiguren vollgestopft war.
Ich las die Inschrift über dem Fenster. »*Werfel et Cie, Paris et Marseille, Objets d'art* ... Antiquitäten!« sagte ich vorwurfsvoll. »Richard, jagst du schon wieder ...«
Und dann sah ich es auch.
Es lag ganz vorn, auf Samt gebettet, und glitzerte im Schein der einzigen Lampe. Es war ein silbernes Armband, das, kunstvoll geschmiedet, das Wappen einer Adelsfamilie umgeben von Lilien und Vogelschwingen trug. Und dieses Armband hatte ich schon einmal gesehen.
Richards Griff lockerte sich, und er stieß einen Seufzer aus. »Wie eigenartig, es hier wiederzusehen!« bemerkte er. »Ich habe das Armband Loraine zu unserer Hochzeit geschenkt. Sie muß es wohl in Paris verkauft haben, und dann hat es seinen Weg hierher gefunden. Es überraschte mich, es plötzlich hier zu sehen, ich weiß auch nicht, weshalb.« Er wandte sich ab. »Na, meinetwegen. Soll es eben da liegen!«
»Wenn sie es verkauft hat«, sagte ich, »dann hat sie es heute in Marseille verkauft.«
Er fuhr herum. »Was soll das heißen?«
»Das soll heißen, daß ich es auch schon einmal gesehen habe – oder eines, das genauso aussieht.«
»Es ist einmalig«, sagte er kurz. »Italienische Arbeit aus dem fünfzehnten Jahrhundert. Es wurde für Lukrezia di Valozzi angefertigt, und es gibt kein zweites in der Art.«
»Dann hat Loraine es gestern früh noch getragen«, erwiderte ich.
Pause. Es ärgerte mich, daß ich am ganzen Körper zu zittern anfing. Wieder umklammerte Richard in höchster

Erregung meinen Arm. Seine Stimme war voll Angst, aber ich wußte, diese Angst galt nicht ihm selbst. »David«, sagte er. »Wir müssen sofort herausfinden, was mit David geschehen ist. Das bedeutet, daß Loraine bereits in Marseille ist.«

»Die Falle«, flüsterte ich bebend. »Die Falle ...«

»Zum Teufel mit der Falle«, entgegnete Richard heftig. »Die Chance, mich damit zu erwischen, ist viel zu gering, als daß sie sich darauf einlassen würden. Keiner von ihnen hat mich seit Nîmes gesehen, davon bin ich überzeugt, und Marsden sind wir heute auch nicht begegnet. Hör zu ...« Er zog mich von dem erleuchteten Fenster weg, und seine Stimme war leise und eindringlich. »Ich gehe jetzt hinein, um herauszufinden, wann und von wem dieses Armband verkauft wurde. Dein Hotel ist in der Straße um die Ecke, in der Rue Mirabelle, ungefähr fünfzig Meter weiter. Du gehst ins Hotel und rufst sofort deine Freundin im Hotel Tistet-Védène an. Frage sie, ob sie weiß, wann Loraine weggefahren ist, ob Marsden mit ihr zusammen weggegangen ist und David. Sie soll dir alles sagen, was sie überhaupt weiß. Du weißt, worauf es ankommt. Dann komm hierher zurück. Hast du Kleingeld?«

»Reichlich. Aber Richard, ich will nicht ...«

Drohend ragte er über mir im Dunkel. Sein Gesicht war zornig verschlossen und furchterregend, es war wieder das Gesicht meines früheren Feindes. Und seine Stimme klang hart und schneidend wie zuvor.

»Du tust, was ich dir sage«, befahl er mir, zog mich an sich und küßte mich leidenschaftlich.

Dann rannte ich die Straße hinunter und hörte noch, wie sich die Ladentür öffnete und gleich darauf wieder schloß.

Louises Stimme klang trotz der fünfundneunzig Kilometer langen und knatternden französischen Telefonleitung erstaunlich deutlich und wohltuend gelassen.

»Ach, Charity! Ich habe mich schon gefragt, ob du heute

zurückkommst. Wie ist das einsame Dorf mit den Geistern?«

»Gar nicht schlecht«, antwortete ich. »Louise, kann dich jemand hören?«

»Nur der Concierge, und der ist stocktaub«, antwortete Louise sehr verständnisvoll.

»Dann hör zu: Ich rufe aus Marseille an ...«

»Von wo?«

»Bitte komm nicht auf die Idee, es laut zu wiederholen, ich flehe dich an: Marseille. Hör zu, Louise, ich habe jetzt keine Zeit, dir alles zu erklären, aber du mußt mir ein paar Fragen beantworten. Es ist wahnsinnig wichtig ...«

Louises ruhige Stimme klang ganz nah. »Ist David bei dir?«

So stimmte es also. Sie hatte David fortgebracht. Diese verwünschte Frau hatte David fortgebracht.

»Charity, bist du noch da?«

»Ja.«

»Ist dir nicht gut? Du hörst dich so merkwürdig an.«

»Doch, mir ist gut. Willst du damit sagen, daß die Bristols nicht mehr im Hotel sind?«

»Genau das. Du kannst dir gar nicht vorstellen, was für eine Aufregung hier heute geherrscht hat«, sagte Louise gleichmütig. »Mrs. Bristol bekam einen hysterischen Anfall, und Mr. Palmer und die Deutschen und der hübsche Franzose machten sich sofort auf die Suche nach ihm ...«

»Louise! Soll das heißen, daß David durchgebrannt ist?«

»Ja, heute früh. Er hinterließ seiner Mama ein höfliches Briefchen und rückte aus, mitsamt seinem Hund. Sie fanden den Brief mittags. Er ist also nicht bei dir?«

»Aber nein, natürlich nicht!«

»Ich dachte ja nur«, meinte Louise. »Ihr wart doch so dick befreundet, und dann hast du plötzlich verkündet, daß du nach Lee Boo, oder wie das Nest heißt, fahren willst, und das kam mir irgendwie merkwürdig vor. Aber ich bin sehr beruhigt, daß du kein Kidnapper bist.«

Ich überlegte fieberhaft. »Louise, glaubst du, daß das stimmt? Ich meine, ist er wirklich durchgebrannt?«

»Bei Gott, ja! Das war keine Verstellung, als Mrs. Bristol heute zu mir kam und von mir wissen wollte, wo du bist. Sie war weiß wie ein Laken und ...«

»Hast du es ihr gesagt?«

»Nein«, antwortete Louise ruhig. »Ich kann mir nicht vorstellen, daß du jemanden ohne zwingende Gründe entführst, und ich mag die Frau sowieso nicht. Was ist eigentlich los?«

»Nichts«, sagte ich, »gar nichts. Louise, du bist das wundervollste Geschöpf auf der ganzen Welt!«

»Es war alles andere als komisch. Es war so schrecklich hier im Hotel, daß ich einfach für den Rest des Tages weggegangen bin.«

»Und weiter? Erzähl schon, wie es weitergegangen ist. Ist Mrs. Bristol noch da?«

»Nein. Es scheint, als ob sie den ganzen Nachmittag hier herumlamentiert hat, während die verschiedenen Herren in Autos und allem möglichen herumjagten, und dann ist sie noch vor dem Abendessen weggefahren.«

»Allein?«

»Soviel ich weiß, ja. Ich bin aber erst nach dem Essen zurückgekommen und muß sagen, daß ich sehr erleichtert war, daß sie alle weg waren.«

»Alle?« fragte ich. »Ist Mr. Marsden auch fort?«

»Ja. Er ging heute früh. Und die Deutschen ...«

»Ist er vor oder nach David fort?« Meine Hand klebte am Hörer.

»Das weiß kein Mensch. Er meldete sich ungefähr um zehn im Hotel ab, aber es hat ja niemand David weggehen sehen.«

»Ja, natürlich.« Ich lehnte gegen die Wand der Telefonzelle, preßte meine freie Hand gegen die Stirn und versuchte, mir über alles klarzuwerden. David war verschwunden. Und Marsden ebenfalls. Das sah nicht sehr gut aus. Aber, dachte ich verwirrt, Marsden konnte unmöglich mit David gegangen sein, sonst hätte sich doch Loraine Bristol nicht so aufgeregt und mich beschuldigt, David entführt zu haben.

»War die Rede davon, daß man die Polizei benachrichtigen wolle?« fragte ich.

»Ja, selbstverständlich«, sagte Louise. »Madame wollte es unter allen Umständen, aber Mrs. Bristol weigerte sich. Sie beruhigte sich dann nach einiger Zeit und sagte, sie habe einen Schock erlitten – was stimmte –, und entschuldigte sich, daß sie so über dich gesprochen hatte. Dann soll sie gesagt haben, sie könne sich denken, wo er hin sei, und es solle sich niemand mehr Gedanken über diesen Dummen-Jungenstreich machen. Sie werde ihn selbst zurückholen. Laut Mrs. Palmer packte sie ihre Sachen zusammen und nahm den Siebenuhrzug nach Marseille. Wenn ich du wäre, so käme ich so rasch wie möglich nach Avignon zurück, Charity.«

»Ja, das werde ich auch tun, so schnell wie möglich. Hat sonst noch jemand das Hotel verlassen?«

»Keine Ahnung. Zum Essen war ich nicht da, und als ich nach Hause kam, saßen nur die Palmers im Garten. Wie gesagt, ich kann nicht behaupten, daß ich traurig darüber war. Alles in allem war es ein recht anstrengender Tag. Hör mal, Charity?«

»Ja?«

»Weißt du von dieser ganzen Geschichte etwas Näheres?«

»Ja, ein wenig«, gab ich zu. »Aber ich habe nicht gewußt, daß David ausgerissen ist, und ich weiß auch nicht, wo er jetzt steckt. Ich wünschte, es wäre anders. Weißt du, ob er überhaupt Geld hatte?«

»Das ist es ja«, sagte Louise ruhig. »Er hatte keines. Deshalb hat er Mrs. Bristols Armband mitgenommen – und außerdem noch seinen Paß. In dem Brief, den er ihr hinterlassen hat, hat er ihr erklärt, daß er das Geld brauche und daß er ihr den Pfandschein schicken werde.«

»Ah – so!« Mein Herz hämmerte schmerzhaft. Zwei Tatsachen waren mir nun bekannt: David befand sich in Marseille, und Loraine war auf dem Weg hierher. Und Mr. X...

»Louise, ich muß jetzt auflegen. Nur noch eines – hat David sonst noch irgend etwas in seinem Brief gesagt?«

»Nein. Ich habe ihn selber gesehen, sie schwenkte ihn überall herum. Er schrieb nur, daß er fortgehe und das Armband mitnehme, weil sie es ohnehin nie gemocht habe, und damit lebe wohl. Charity, sag mal...«

»Geliebte Louise«, fiel ich ihr ins Wort. »Sei der unbeschreibliche Engel, der du immer bist, und sei mir nicht böse, aber ich kann dir jetzt nichts erklären. Frag mich bitte nichts, ich muß jetzt gehen. Ich rufe dich später wieder an. Leb wohl.«

Die Stimme im Telefon wurde ein ganz klein wenig lauter. »Ich wollte dich ja auch gar nichts fragen, was auch immer los sein mag. Aber sage mir bitte, wo du wohnst. Oder«, und jetzt klang Louises Stimme ein ganz klein wenig irritiert, »ist das auch ein Geheimnis?«

»Nein. In der Belle Auberge, Rue Mirabelle. Verstanden?«

»Jawohl. Danke. Wiedersehen!«

Und sie hängte ein.

## XX

Trotz der warmen Nachtluft fröstelte ich, als ich die Kabine verließ. Ich zögerte und überlegte, ob ich wohl noch Zeit hätte, meinen Mantel zu holen. Ich blickte auf die Uhr. Mein Gespräch hatte nicht länger als zehn Minuten gedauert. Mein Zimmer lag im dritten Stock, und die Lifttür stand offen. Es würde nicht länger als drei Minuten dauern, um schnell hinaufzufahren, meinen Mantel zu nehmen und wieder hinunterzufahren. Ich sagte dem Concierge höflich und, wie ich hoffte, ruhig gute Nacht und lief hinaus, bog um die Ecke und tauchte wieder in der halbdunklen Straße unter. Vorbei an der Boucherie Chevaline, an den Toren des Lagerhauses, vorbei an dem Haufen von Sand und Steinen an der Stelle, wo das Pflaster ausgebessert werden sollte – und dort auf der anderen Straßenseite war das niedrige, lange Schaufenster des Antiquitätengeschäftes mit dem Armband auf der Samtunterlage. Ich verlangsamte meinen Schritt und blieb im Schatten eines Tores stehen.

Als ich so dastand und über die Straße starrte, schien mir die Nacht auf einmal eisig kalt.

Das Armband lag noch immer dort, ich konnte es deutlich erkennen. Aber das Licht war gelöscht worden, und der Laden sah aus, als sei er geschlossen, leer und verlassen. Richard war nirgends zu erblicken.

Ich weiß nicht, wie lange ich so stand, stumpfsinnig zu dem Antiquitätenladen hinüberstarrte und immer wieder die Straße hinunterblickte, als könnte ich seine Gegenwart aus der Luft herbeizaubern. Ich ging sogar einmal den Weg, den ich gekommen war, zurück, um zu sehen, ob wir uns vielleicht in der Dunkelheit verfehlt hatten, aber dann schalt ich mich eine Närrin und bezog wieder meinen Posten im Schatten des Torbogens. Energisch suchte ich die eiskalte, unbestimmte Furcht zu verscheuchen, die sich immer stärker meiner bemächtigte. Ich war einfach übermäßig erregt, wollte ich mir einreden, ich hatte einen anstrengenden Tag hinter mir und eine furchtbare Nacht. Es bestand kein Grund zu der Annahme, daß irgend etwas Schlimmes passiert war. Ich mußte eben warten. Schließlich waren erst fünfzehn Minuten vergangen, seit ich ihn verlassen hatte, und wahrscheinlich – mit Erleichterung griff ich diese einleuchtende Erklärung auf – wahrscheinlich war Richard durch den Laden hindurch in ein Hinterzimmer, das Büro des Eigentümers, gegangen. Ich beugte mich etwas vor und lächelte dann über mich selbst. Im Hintergrund des Ladens sah man tatsächlich einen Lichtstreifen auf dem Boden, der unter einer Tür hervorzudringen schien.

Einen Augenblick zögerte ich. Richard hatte gesagt, ich solle hierher zurückkehren. Sollte ich nun hier warten, oder sollte ich auch in den Laden kommen? Unschlüssig stand ich im Schatten.

Ganz in der Nähe hörte ich den Straßenverkehr lärmen, hörte Türenschlagen, das Anfahren eines Autos und das Kreischen eines Getriebes beim Gangwechsel. Ich merkte, daß ich vor Kälte zitterte, und beschloß, keinen Moment länger hier auf der Straße zu bleiben.

Heute noch kommt es vor, daß ich davon träume, was geschehen wäre, wenn ich tatsächlich in dem Moment über die Straße gegangen wäre. Und manchmal gehe ich im Traum wirklich über die Straße und in den Laden hinein und, wenn ich Glück habe, wache ich dann laut schreiend auf.

Ich war gerade im Begriff, aus dem Schatten hervorzutreten, als mich das Hupen eines Autos, das in die kleine Straße einbog, instinktiv zurückweichen ließ. Das Auto, es war ein Taxi, raste die enge Straße hinunter und bremste unmittelbar vor meinem Versteck. Es hatte kaum gehalten, da öffnete sich schon die Tür, und eine Frau stieg aus. Sie warf dem Fahrer das Geld hin und eilte über die Straße zu dem Laden. Das Taxi fuhr aufheulend davon, und ich hörte gerade noch, wie die Ladentür hinter ihr ins Schloß fiel. Und dann sah ich, wie sie die Tür im Innern des Ladens öffnete und einen Moment auf der Schwelle stehenblieb, hell beleuchtet, wie auf einer Bühne. Es war Loraine.

Jetzt hatte ich nicht mehr das geringste Bedürfnis, meinen Zufluchtsort in dem Torbogen zu verlassen. Dankbar für meinen dunklen Mantel lehnte ich mich zurück und überlegte fieberhaft. Wie hatte Loraine nur so schnell Davids Spur gefunden? Ob Richard noch immer im Büro dort hinten war? Und wenn ja, was mochte sich jetzt dort abspielen?

Ich sollte es bald erfahren. Die Bürotür öffnete sich weit, und ich erblickte drei Menschen im Zimmer. Loraine konnte ich deutlich erkennen. Sie stand, mit einer Zigarette in der Hand, da und redete wild gestikulierend auf einen Mann ein, der mit dem Rücken zur Tür in einem tiefen Sessel saß. Ich konnte einen hellblauen Hemdärmel sehen und ein Bein, das in einer marineblauen Hose steckte. Das war keinesfalls Richard. Dann betrachtete ich den zweiten Mann, offenbar den Besitzer des Ladens, denn er war es, der die Tür geöffnet hatte. Er stand auf der Schwelle und machte eine Bemerkung zu Loraine, dann ging er durch den dunklen Laden auf mich zu. Er war groß und stattlich, und trotz seines grauen Haares war sein Gang nicht der eines alten Mannes.

Angstvoll drückte ich mich gegen die Wand im Schatten. Aber er kam nicht auf die Straße hinaus, sondern verriegelte bloß die Ladentür. Deutlich hörte ich das Klicken des Schlosses. Dann ging er zum Schaufenster und griff nach dem Rouleau, um es herunterzulassen. Langsam und umständlich kam es herunter und verbarg nach und nach den ganzen Mann dahinter. Nur die große, weiße Hand war noch zu sehen, die den Rand des Rouleaus festhielt. In diesem unbestimmten Licht sah die Hand, losgelöst vom Körper, wie ein bösartiges, weißes Meerestier aus, ein Tintenfisch oder ein Krake, der da im Trüben hinter dem Glase schwamm. Eine unheimliche, verunstaltete Erscheinung aus der Unterwelt. Verunstaltet ...!

Ich preßte meine zitternden Hände gegen den Mund und sank gegen die Wand, während mich heftige Übelkeit befiel. Sogar auf diese Entfernung und in diesem Licht konnte man es deutlich erkennen: Die Hand war verkrüppelt, und eine häßliche Narbe lief über sie hin, bis hinunter in den verbogenen Nagel des Zeigefingers.

Das Rouleau schnappte zu.

Das war die Falle.

# XXI

Ich glaube, ich dachte eine Zeitlang überhaupt nichts mehr. Jedenfalls tauchte keinerlei Plan in meinem Kopf auf. Ich stand bloß da und starrte auf den Laden. Es kam mir nicht in den Sinn, daß ich nicht die geringste Chance gegen sie alle hatte, daß ich eine Frau war, allein und unbewaffnet, und daß mir im übrigen eine Waffe auch nicht das geringste genützt hätte. Ganz flüchtig erwog ich die Möglichkeit, zur Polizei zu gehen, aber sogleich verwarf ich sie wieder. Die Vorstellung, in einer fremden Sprache einem ungläubigen Beamten diese ganz unglaubwürdige Geschichte erklären zu müssen, hielt mich davon ab. Außerdem hatte ich keine Zeit. Dort drin waren Richard und David, und man mußte sie herausholen.

Langsam ging ich über die Straße, auf den Laden zu.

Alles war wie ausgestorben, kein Laut drang aus dem verschlossenen Laden. Zwei Türen weiter sah ich ein halbzerfallenes Tor, dahinter einen engen Durchgang, der zu den Hinterhöfen der umliegenden Gebäude zu führen schien. Ich stieß das Tor auf, schlüpfte hindurch und tastete mich durch den Durchgang in eine Art Lagerhof, der ringsum von hohen Häusern umschlossen war. Überall waren Schachteln und Kisten aufgestapelt, mir gegenüber erkannte ich ein starkes Eisentor, und gleich daneben gähnte die dunkle Höhle einer offenen Garage.

Ich blieb noch ein paar Sekunden in dem dunklen Durchgang stehen, bis ich mich einigermaßen gefaßt hatte. Dann bemerkte ich zu meiner Linken ein einziges erleuchtetes Fenster, dessen Licht wie ein gelber Streifen in die Dunkelheit fiel.

Ich warf einen besorgten Blick auf das Fenster, hinter dem ich das Büro des Antiquitätenhändlers vermutete, dann schlich ich auf Zehenspitzen über den Hof. Die leere Garage schien mir das einzig sichere Versteck zu sein, und wie ein

Gespenst verschwand ich darin. Einige Ölbehälter und ein paar große Schachteln standen herum, sonst war sie leer. Ein schwacher Benzingeruch hing in der Luft, und siedendheiß fiel mir ein, daß ich ja vor kurzem ein Auto hatte wegfahren hören. Verzweifelt biß ich mich auf die Lippen. Vielleicht war Richard gar nicht mehr hier? Vielleicht lag seine – Leiche ... Ich versuchte, diesen entsetzlichen Gedanken zu verdrängen und Vernunft anzunehmen. Er war nicht tot. Er konnte nicht tot sein... Ich schickte schluchzend ein Stoßgebet zum Himmel, das mehr einer Drohung ähnlich war als einer Bitte, und wollte gerade die Garage verlassen, als mein Blick auf einen großen, dunklen Fleck auf dem Zementboden fiel.

Wie hypnotisiert starrte ich darauf. Seine Oberfläche schien dick und schleimig und glänzte schwach. Ich weiß nicht mehr, wie lange es dauerte, bis mir endlich klar wurde, daß es sich um Öl handeln mußte. Mit zitternden Knien beugte ich mich hinunter, steckte leicht meinen Finger hinein und roch dann daran. Öl, nichts weiter. Ich wollte mich gerade wieder aufrichten, da erblickte ich hinter einem der Ölbehälter etwas Helles, Eckiges auf dem Fußboden.

Jetzt war es an der Zeit, dachte ich mit dem letzten kleinen Rest von Galgenhumor, mit dem ich mich noch immer gegen den Ernst der Lage zu wehren versuchte – jetzt war es an der Zeit, daß das handgestickte Spitzentuch entdeckt wurde, auf das in blutigen Lettern eine Botschaft gekritzelt worden war, oder in öligen, verbesserte ich mich rasch. Ich hob den hellen Gegenstand auf und bemerkte sofort, daß es sich keinesfalls um ein Taschentuch handeln konnte, denn er war länglich, hart und ungefähr einen halben Zentimeter dick. Es schien ein Buch zu sein.

Und das war es tatsächlich – ein zerknittertes, fleckiges Exemplar von T. S. Eliots »Four Quartets«.

In wenigen Sekunden hatte ich den Hof überquert und kauerte nun hinter einem Stapel von Kisten unter dem erleuchteten Fenster, das ungefähr anderthalb Meter über meinem Kopf lag. Marsdens Buch hatte ich in die Manteltasche gesteckt. Der Verdacht war nun zur Gewißheit geworden: Marsden war in der Garage gewesen, Marsden war es vielleicht, den ich vor kurzem hatte wegfahren hören.

Aber diese letzte Annahme erwies sich schnell als unrichtig. Ganz deutlich vernahm ich aus dem Fenster über mir die Stimme des Mannes, den ich in jener Nacht auf dem Roc des Doms mit Loraine hatte sprechen hören.

»Was mußtest du dich denn aufführen, als sei die Hölle los, Loraine? Konntest du denn nicht ...«

Ich hatte anscheinend noch nicht viel versäumt, sie sprachen noch immer über Loraines hysterischen Anfall im Hotel. Ihre Stimme klang gereizt, als sie ihn unterbrach: »Es war die Hölle. Dieses Hotel – du kannst dir nicht vorstellen, wie es war ...«

»Nein? Ich habe doch selbst auch dort gewohnt.«

»Gut, aber du hattest etwas zu tun. Du mußtest auf diesen verdammten Jungen aufpassen. Aber ich – ich kann dir sagen ...«

»Trotzdem! Du hättest niemals so die Nerven verlieren dürfen.« Seine Stimme klang schneidend.

»Du hast gut reden, verdammt noch mal!« brauste sie auf. »Was meinst du eigentlich, was ich durchgemacht habe, all diese Monate? Du hast es dir wohl sein lassen, während ich – ich hatte nichts, keine Zerstreuung, keine Abwechslung, nichts zu tun, außer mich mit diesem – diesem griesgrämigen Eisberg herumzuschlagen, hol' ihn der Teufel! Dann die Affäre Tony, die Polizei – und jetzt noch diese Sache! Dieses ewige Warten! Und du wunderst dich, daß ich fertig bin? Ich will dir eines sagen: Ich habe getan, was ich konnte! Ich habe mein Bestes getan, laß mich jetzt um Himmels willen endlich in Ruhe, Jean!«

Jean. Jean Soundso, ihr Mann – John Marsden.

Eine neue Stimme ertönte, eine tiefe Stimme, die ein gut-

turales Französisch sprach, das ich nur mit Mühe verstehen konnte.
»Hört auf, ihr beiden! Loraine, nimm dich jetzt zusammen, und du, Jean, laß sie endlich in Ruhe! Sie hat sich idiotisch benommen, aber es ist ja weiter nichts Schlimmes passiert. Das, was heute geschehen ist, hat alle eure Fehler wieder wettgemacht.«
»Mein Gott! Das Glück, das wir hatten!« sagte Jean. »Wenn ich daran denke, wie der Junge plötzlich in voller Lebensgröße hier hereinkam und sein Vater gleich hinterher!«
»Na schön, wir haben Glück gehabt«, sagte der Antiquitätenhändler kurz angebunden. »Mir scheint, mein Glück muß eure Unvorsichtigkeiten wiedergutmachen.«
»Verdammt noch mal, Max . . .«
Max. Max Kramer. John Marsden. Die Teile fügten sich genau ineinander.
Ich hörte ein Krachen, als hätte jemand mit der Faust auf den Tisch geschlagen, und dann knurrte Kramer böse: »Lieber Gott, wollt ihr jetzt endlich aufhören? Jetzt ist nicht die Zeit, sich über Dinge zu streiten, die vorbei und passé sind. Für uns heißt es jetzt, die beiden zu beseitigen, und erst wenn ich die offizielle Mitteilung gelesen habe, daß sie bei einem Unfall ums Leben gekommen sind, ist diese Angelegenheit für mich erledigt. Wenn das vorbei ist, und nicht vorher, kriegt ihr euer Geld.«
»Und die Papiere«, warf Loraine mürrisch ein.
»Und die Papiere. Dann sind wir quitt. Ihr beide könnt dann zusammen ins Verderben rennen, soviel ihr nur wollt, und ich werde auch meiner Wege gehen. Verstanden?«
»Gut. Was sollen wir also tun?« Das war Jean.
Loraine bemerkte, immer noch mürrisch: »Ich weiß ja überhaupt nicht, was passiert ist. Sind sie tot?«
»Nein«, sagte Kramer, und ich spürte, wie sich meine Kehle zusammenschnürte. »Der Junge schläft fürs erste. Ich habe ihm genug gegeben, daß er ruhig sein wird, bis alles vor-

über ist.« Er lachte. »Ich hatte schon immer ein weiches Herz. Sein Vater hat auch etwas gekriegt, was ihn ruhig hält. Vielleicht ist es ihm nicht ganz so sanft verabreicht worden, aber Jean und ich waren schließlich nicht darauf vorbereitet. Er wird noch eine Weile bewußtlos sein, lange genug, wenn wir jetzt keine Zeit mehr verlieren.«
Er ließ die Stimme sinken, und ich horchte angestrengt. »Jetzt hört genau zu: Ich habe scharf nachgedacht, und ich weiß, wie wir die Dinge, so wie sie sich nun von selbst ergeben haben, am besten ausnützen können. Es paßt alles großartig zu unserem ursprünglichen Plan. Der Junge und sein Vater werden tot am Fuß jener Felsenklippe aufgefunden werden, wie wir es schon verabredet hatten. Sie werden zusammen in Byrons Wagen abgestürzt sein.«
»Hast du ihn denn?«
»Die Schlüssel waren in seiner Tasche zusammen mit dem Schein von der Garage.«
»Und die Geschichte wird so sein«, sagte Jean triumphierend, »daß der Junge durchbrannte, um sich mit seinem Vater zu treffen. Die beiden brachen zusammen auf – nach Italien zum Beispiel – und pff – ein Unfall in der Dunkelheit.«
»Genau«, sagte Kramer zufrieden. »Das Kind hat uns mit seinem Davonlaufen wirklich großartig in die Hände gespielt. Sogar seinen Paß hat er gestohlen und mitgebracht. Kein Mensch wird je auf die Idee kommen, daß es sich um einen Mord handeln könnte oder gar seine Leiche auf Drogen untersuchen.«
»Und irgendwelche Zeichen von Gewaltanwendung bei dem Mann wird man natürlich für ...«
»Genau«, wiederholte sich Kramer.
Dann schwand die eitle Selbstzufriedenheit aus seiner Stimme, und er fuhr hart und bestimmt fort: »André hat die beiden gefesselt und im Lastwagen fortgebracht. Er ist vor ungefähr einer Viertelstunde losgefahren. Wir werden ungefähr zur selben Zeit dort ankommen wie er. Er ist

ein Trottel, wie ihr wißt, und hat Angst vor Unannehmlichkeiten. Ich habe ihm gesagt, daß wir hier noch auf Loraine warten müßten, daß aber einer von uns ihm so bald wie möglich nachfährt. Jean ...«
»Ja?«
»Mein Wagen ist in der Garage auf der anderen Straßenseite. Hier hast du die Schlüssel.« Ich hörte ein Klimpern, als er sie ihm zuwarf. »Du fährst André auf direktem Wege nach. Paß auf, daß er gut außer Sicht parkt.«
»Jawohl. Und du?«
»Ich muß erst Byrons Wagen holen, es wird nicht lange dauern. Wenn einer von den beiden aufwacht oder Ärger macht ...«
»Ich weiß schon, was ich dann zu tun habe.«
»Na eben«, sagte der Deutsche.
»Und ich?« fragte Loraine. »Kann ich nicht mitkommen? Ich möchte dabeisein.«
»Als Hauptleidtragende?« fragte Jean amüsiert. »Was in aller Welt hat der arme Lump bloß mit dir gemacht, *ma belle?*«
»Du kommst mit mir«, sagte Kramer kurz. »Ich will, daß Jean mit dem Kopf bei der Sache ist. Hau jetzt ab, Jean.«
»Okay. Wirf mir meine Jacke rüber.«
Ich hörte die Sprungfedern ächzen, als er sich erhob, und das Klimpern der Autoschlüssel, als er sie in seine Tasche fallen ließ. Er ging. Sie machten sich auf den Weg, Richard und den kleinen David zu töten, und es gab nichts, was ich tun konnte. Nichts. Im Dunkel dieser Nacht, irgendwo an dieser unbarmherzigen Küste, würden Richard und sein Sohn gleich zu Tode stürzen, und ich würde nicht einmal wissen, wo sie lagen, ehe ich nicht die Schlagzeilen der Morgenblätter zu Gesicht bekommen hatte.
Ich nehme an, ich habe gebetet. Ich weiß nur noch, daß meine Wangen und Lippen naß waren und daß sich meine Hände um den Rand einer Kiste krallten, bis mir beinahe die Knöchel brachen. Lieber Gott, laß sie nicht sterben!

Richard nicht und nicht den kleinen David! Es muß etwas geben, was ich tun kann... Vielleicht doch noch zur Polizei? Es muß etwas geben. Wenn ich nur wüßte, wo sie hingebracht werden, dann könnte ich etwas tun, irgend etwas... Wenn ich nur wüßte, wo sie sind! Lieber Gott, willst du mir denn nicht sagen, wo sie sind?
»Max«, sagte da Jeans Stimme, ganz nebenbei, mit einem kleinen Lachen über mir, »ich kann mich mit dem besten Willen nicht mehr erinnern, ob es die erste oder die zweite Abzweigung hinter Aiguebelle ist.«
»Lieber Gott! Die zweite!« antwortete Kramer.» Die erste führt ja nur zu einem Bungalow in den Felsen. Der Weg, den ich meine, fällt gleich hinter dieser großen Piniengruppe zur Linken steil ab. Du hast ja wirklich Nerven, jetzt noch so etwas zu fragen!«
»Nicht wahr?« sagte Jean unverschämt und ging pfeifend in den Laden hinaus.
Ich hörte, wie Kramer sagte: »So, Loraine, jetzt aber rasch. Ruf sein Hotel an und...«, und da war ich auch schon über den Hof gelaufen und fingerte an dem Schloß des eisernen Tores herum, das in eine Seitenstraße führte. Ich wagte Jeans wegen nicht, die Vordertür zu benutzen. Ich mußte versuchen, von dieser Seitenstraße aus meinen Weg zur Rue Mirabelle zu finden und von dort aus zur Garage, wo mein Wagen stand. Die Strecke nach Italien, die Küstenstraße, hinter Aiguebelle ... Ich flüsterte wie wahnsinnig immer wieder vor mich hin: »Bergère Frères, 69, Rue des Pêcheurs... 69, Rue des Pêcheurs... meinen Wagen bitte, schnell, schnell... die zweite Abzweigung rechts gleich hinter Aiguebelle, nach der Piniengruppe zur Linken.« Und immer wieder, wie ein Refrain: »Bergère Frères...«
Der Riegel war verrostet, meine Finger rutschten immer wieder ab. Ich glaubte, die Vordertür des Ladens sich öffnen und schließen zu hören. Ich glaubte ein leises Pfeifen auf der Straße zu vernehmen. Und es gelang mir nicht, den Riegel zu bewegen. Obschon ich mich bis zum Äußer-

sten anstrengte, es gelang mir nicht. Und nun war es soweit, daß ich einfach nicht mehr konnte, daß ich aufgeben mußte. Alles war sinnlos, ich kam nicht hinaus. Richard wurde ermordet, und ich kam nicht hinaus.

Nur wenige Sekunden noch, und ich hätte tatsächlich aufgegeben. Ich hätte laut herausgeschrien, und Kramer hätte mich in seinem Hinterhof erwischt, wie ich verzweifelt mit den Fäusten gegen das Eisentor trommelte. Aber gerade als meine Panik zu explodieren drohte, öffnete sich wie durch Zauberei vor mir ein kleines Türchen – und ich war frei. Es war eines jener Türchen, wie man sie oft in großen Toren anbringt, damit nicht jedesmal, wenn ein Fußgänger hinein oder heraus will, erst mühsam das große Tor geöffnet werden muß. Weit schwang es auf und kreischte sogar ein bißchen in den Angeln. Ich bückte mich und trat in die dunkle Seitengasse hinaus.

In diesem Augenblick warf sich etwas auf mich und schlug mir so heftig gegen die Brust, daß ich zurücktaumelte. Das Gewicht meines Angreifers, dessen Atem ich auf meinem Gesicht spürte, preßte mich mit solcher Kraft gegen das Eisengitter, daß ich mich nicht mehr zu rühren vermochte.

## XXII

Ehe ich noch Luft holen konnte, gab mein Angreifer ein unterdrücktes Winseln von sich und begann mir das Gesicht zu lecken.

»Rommel!« Namenlose Erleichterung überflutete mich. Meine Beine zitterten plötzlich vor Schwäche, und gleichzeitig mußte ich mit aller Gewalt einen hysterischen Lachanfall bekämpfen. Beschwichtigend redete ich auf den Hund ein, der sich vor Freude wie toll gebärdete, und während ich ihm vorsichtshalber mit einer Hand die Schnauze

zuhielt, tastete ich mit der anderen nach seinem Halsband. Da hing sie tatsächlich noch, die unvermeidliche Schnur, wenn es auch nur noch ein kurzes, ausgefranstes Stückchen war. David hatte den Hund wahrscheinlich angebunden, ehe er in den Laden hineinging, und Rommel hatte sich später losgerissen, um nach seinem Herrn zu suchen.
Während ich jetzt mit ihm die dunkle Gasse hinunterjagte, fragte ich mich, was ich mit dem armen Tier anfangen sollte. Ich konnte ihn natürlich einfach laufenlassen, aber das brachte ich nicht übers Herz.
Ich konnte ihn vielleicht im Hotel abgeben – aber ich hatte jetzt keine Zeit zu langen Erklärungen. Fröhlich rannte er neben mir her, offensichtlich selig, endlich wieder einen Freund gefunden zu haben, und so sagte ich mir schließlich, daß vielleicht auch ich noch dankbar sein würde, ihn an meiner Seite zu wissen. In meiner jetzigen Lage war ich auf jede erdenkliche Hilfe angewiesen.
Rommel hatte auch gleich darauf Gelegenheit, mir das zu beweisen, als unvermutet ein betrunkener Neger vor uns auftauchte. Obwohl ich versuchte, ihm auszuweichen, torkelte er geradewegs auf mich zu und wollte mich eben am Arm packen, als Rommel ein gefährliches Knurren vernehmen ließ und ihn ansprang. Fluchend taumelte der Mann gegen die Hauswand, und wir flohen weiter, Rommel sehr befriedigt über das erfolgreich bestandene Abenteuer. Jetzt erst dachte ich wieder daran, welchen Gefahren ich in dieser verrufenen Gegend ausgesetzt war. Rommels freudig erregtes Keuchen und das Tapsen seiner Pfoten an meiner Seite hatten etwas unendlich Tröstliches.
Die Gasse mündete in eine breitere, besser beleuchtete Straße, die mir bekannt vorkam. Hier war ich auf meiner Flucht vor Richard Byron durchgekommen, und etwas weiter unten war ich dann in eine Seitenstraße gefahren und hatte die Garage Bergère Frères gefunden. Sie mußte also ganz in der Nähe liegen.
Ich blickte mich um. Der Zeitungskiosk an der Ecke war

geschlossen. Cafés sah ich keine, und Menschen schienen hier kaum unterwegs zu sein. Aber dort, nur ein paar Schritte entfernt, leuchteten die Lichter einer geöffneten Tankstelle. Dort wußte bestimmt jemand, wo die Rue des Pêcheurs war.

Der Tankwart war damit beschäftigt, Benzin zu pumpen, aber soeben tauchte ein zweiter auf, der einen Eimer trug. Atemlos wandte ich mich um und bat ihn um Auskunft. Langsam stellte er den Eimer hin, schob die Mütze zurück und kratzte sich am Kopf.

»Rue des Pêcheurs, Mademoiselle? Ja, die kenn' ich schon, aber ...« Er sah mich unschlüssig an, »da gehören Sie doch um diese Zeit nicht hin.«

»Aber ich muß hin!« Meine Stimme muß so erregt geklungen haben, daß seine Neugier erwachte. »Es ist ganz, ganz dringend. Wo geht es entlang?«

Er kratzte sich am Ohr und starrte mich noch immer an. »Ich will Ihnen den Weg schon zeigen, aber glauben Sie mir ...«

»Ich muß aber!« schrie ich ihn an. Sicherlich meinte er es gut mit mir, aber das Herz klopfte mir bis zum Halse, und das Geräusch jedes vorüberfahrenden Autos war für mich wie das unbarmherzige Ticken eines Sekundenzeigers, der mich darauf aufmerksam machte, daß schon wieder kostbare Zeit verstrichen war. Ich machte einen Schritt auf ihn zu. »Ich bitte Sie, Monsieur!«

Er musterte mich gründlich von Kopf bis Fuß, sah meine schmutzigen Hände, meine staubigen Sandalen, die Flekken auf meinem Mantel und die Verzweiflung in meinem Gesicht, und dann trat etwas in seine Augen, was mehr als Neugier war. »Ich mache Ihnen einen Vorschlag.« Er fuhr sich mit der Zunge einmal kurz über die Lippen und lächelte verbindlich. Ich fragte mich, ob er wohl daran dachte, die Polizei anzurufen. »Ich bin in zehn Minuten hier fertig«, fuhr er fort. »Wenn Sie so lange warten wollen, bringe ich Sie selber hin.«

Ich raffte meinen letzten Rest Geduld und Höflichkeit zusammen. »Monsieur, Sie sind die Güte in Person, aber ich wiederhole Ihnen: Ich habe es sehr eilig. Ich kann nicht so lange warten. Ich muß Marseille augenblicklich verlassen, und ich brauche meinen Wagen. Deshalb ...«
»Ihren Wagen?«
»Ja. Er steht in der Garage Bergère Frères, an der Rue ...«
»Ich weiß, die kenne ich«, unterbrach er mich. »Aber die ist doch jetzt geschlossen.« Sein Interesse an mir war geschwunden, er hob seinen Eimer auf und wandte sich zum Gehen.
»Geschlossen?« Einen Augenblick stand die Welt für mich still, dann begann sie sich langsam wieder zu drehen. »Sind Sie sicher?«
Er zuckte die Achseln. »*Mais certainement*. Es ist eine Reparaturwerkstatt. Sie schließt um acht.«
»Vielleicht ist noch jemand – es ist sehr wichtig ... Wo wohnt denn der Besitzer?« Mein Französisch ließ mich vollkommen im Stich. Ich stotterte nur noch und suchte nach Worten, während mein Hirn fieberhaft arbeitete. »Vielleicht kann ich ihn zu Hause ...«
Er wurde ein bißchen freundlicher. »Ich weiß nicht, wo er wohnt. Vielleicht kann man Ihnen in der Nähe der Garage Auskunft geben.«
Eine Straßenbahn ratterte vorbei, als wollte sie mich mit ihrem Tempo verhöhnen. Ein Wagen bremste vor der Tankstelle, das Schwirren der Reifen auf dem Kies jagte mir ein Frösteln über den Nacken. Ich ließ Rommels Schnur los, stellte einen Fuß darauf, um ihn festzuhalten, und fing an, mit fliegenden Händen in meiner Tasche zu wühlen.
»Nein, das hat doch alles keinen Sinn. Ich muß jetzt gehen. Ich habe keine Zeit mehr, ich muß mir einen Wagen mieten. Bitte holen Sie mir sofort einen heraus und füllen Sie ihn ganz auf. Wieviel –?«
»Wir haben keine Wagen zu vermieten.« Noch immer las ich Interesse, Neugier, ja vielleicht auch Mitleid in seinen

Augen, aber vor allem las ich Mißtrauen darin. Und bei Gott, ich konnte es ihm nicht verdenken. Wenn er nur annähernd so gut in meinem Gesicht zu lesen verstand wie ich in seinem, mußte er merken, daß hier etwas nicht stimmte. Mein ganzes Benehmen mußte meine entsetzliche Angst preisgeben. Ich zog eine Handvoll Geldscheine heraus und hielt sie ihm hin. »Einen Wagen, Monsieur, um alles in der Welt...«

Er blickte auf die Scheine, nahm sie aber nicht. »Es tut mir leid, Madame, aber es ist nicht zu ändern, wir haben keine Wagen zu vermieten.« Sein bedauerndes Achselzucken war überzeugend und endgültig. Er ging hinein.

Wie betäubt blieb ich stehen, die zerknitterten Geldscheine in der Hand, und langsam erstarb in mir die Hoffnung, die ja nie eine wirkliche gewesen war. Es half alles nichts. Richard war tot. Ich konnte jetzt noch zur Rue des Pêcheurs gehen, konnte an alle Türen klopfen, drängend, atemlos, verzweifelt nach Worten suchend. Ich konnte Monsieur Bergère finden, ihm alles erklären, ihn dazu bringen, seine Werkstatt aufzuschließen. Ich konnte meinen Wagen herausholen und der Küste entlang nach Aiguebelle fahren, bis zur großen Piniengruppe auf der linken Straßenseite. Und wenn ich dort ankam, würde nichts mehr im Mondlicht zu sehen sein, außer vielleicht ein paar Reifenspuren im Staub, und nichts zu hören als das ewige Zerschellen der Wogen unten am Fuße der Felsklippen. Ich kam zu spät...

Rommel drehte den Kopf und wedelte mit seinem albernen Schwanz. Hinter mir sprach jemand.

»Mrs. Selborne.«

Wie im Traum wandte ich mich um. Ein hochgewachsener Mann in einem dunklen Anzug stand neben der Tanksäule und blickte mich an. Wieder sagte er etwas, und dann trat er näher.

»Sie sind doch Mrs. Selborne, oder nicht?« fragte er auf englisch.

Jetzt erkannte ich ihn. Es war der hübsche Franzose aus dem Tistet-Védène. Ich lächelte mechanisch. »Monsieur – Véry?«
Er erwiderte mein Lächeln und verneigte sich leicht. »Ich hätte niemals erwartet, Sie hier wiederzusehen, Madame. Was für eine reizende Überraschung!« Während ich irgend etwas Zusammenhangloses stotterte, fiel sein Blick auf Rommel, und in seine Augen trat ein halb überraschter, halb spöttischer, auf jeden Fall aber höchst amüsierter Ausdruck.
»Sie waren es also?« fragte er. Ich antwortete nicht, aber er schien mein Benehmen nicht als sonderbar zu empfinden. Er lachte. »Sagen Sie bitte, wo haben Sie ihn denn versteckt – den kleinen Jungen, den Sie gestohlen haben?«
»Ich – ich ...«
Er machte eine vielsagende Geste, und seine Augen funkelten vor Vergnügen. »Sie können sich nicht vorstellen, Madame, wie es heute früh im Hotel zugegangen ist! Dieses Geschrei, diese Tränen ...«
»Tränen?« wiederholte ich stumpf. Ich nahm alles gar nicht wirklich auf. Meine ganze Aufmerksamkeit war einzig und allein darauf gerichtet, die Noten säuberlich zusammenzufalten und wieder in meine Tasche zu stecken.
»Nun, Tränen ist vielleicht etwas übertrieben.« Er schnitt eine kleine Grimasse. »Sehr groß scheint die Liebe ja nicht gewesen zu sein, nein? Aber daß Sie die Schuldige sind!« Seine Augen tanzten förmlich hin und her. »Bitte verraten Sie mir, weshalb haben Sie es getan? War er denn unglücklich, der Kleine? Hat er Ihnen etwas erzählt, das vielleicht ...«
»Nein – nein. Ich habe ja gar nicht ...«
»Aber Sie sind noch nicht erwischt worden, oder?« Er lachte in sich hinein. »*Bon.* Sie haben zwar eine fürchterliche Verwirrung angerichtet, aber es war trotzdem äußerst amüsant. Ich fürchtete schon, das Ende nicht mehr mitzuerleben, weil ich heute nach Nizza fahren mußte, und nie

zu erfahren, wie die Sache ausgegangen ist. Und jetzt treffe ich Sie, durch puren Zufall, hier!« Er wies auf die Tankstelle. »Und dazu noch mit dem Indizienbeweis, mit ›blutbesudelten Fingern‹ – oder heißt es ›blutbesudelten Händen‹?«

Aber ich hörte nicht zu. Mein Blick war mechanisch seiner Handbewegung gefolgt, und ich war nur noch erfüllt von dem, was ich sah.

Ich sah, wie der Tankwart eben den Benzintank von Paul Vérys Wagen wieder zuschraubte. Aber was war das für ein Wagen! Lang, niedrig, offen, »Geschwindigkeit« in unsichtbaren Lettern quer über die glänzende Karosserie geschrieben, lag der Mercedes vor der Tankstelle, wie ein Hochseedampfer vor einem kleinen Fischerhafen.

»Monsieur Véry ...«, da regte sich wieder diese wahnwitzige Hoffnung in mir, die nicht sterben wollte. Mein Herz dröhnte, als wollte es zerspringen.

Irgend etwas an mir mußte ihn nun doch befremdet haben, denn der Ausdruck von Heiterkeit verschwand jäh, wie eine abgenommene Maske, von seinem Gesicht, und seine Augen sahen mich ernst und prüfend an. »Verzeihen Sie bitte, ich hätte mich nicht über Sie lustig machen dürfen. Sie scheinen in Not zu sein.«

»Ja.« Ich streckte zitternd die Hand nach ihm aus. »Sie sagten, Sie fahren nach Nizza. Könnten Sie – würden Sie mich ein Stück mitnehmen?«

»Aber selbstverständlich. Ist der Junge ...?«

»Ja, es hat etwas mit dem Jungen zu tun«, stammelte ich. »Ich weiß, wo er ist. Bitte, glauben Sie mir, es ist ganz furchtbar dringend. Ich werde ihnen unterwegs alles erklären – ich – es ist sehr, sehr dringend ...«

Für einen kurzen, beruhigenden Augenblick schloß sich seine Hand um meine.

»Machen Sie sich keine Sorgen, *ma belle*. Wir werden uns beeilen. Dieser Wagen – wissen Sie, man kann kaum anders als schnell damit fahren.«

Zwei Minuten später hatte sich der Mercedes bereits aus dem Verkehrstrubel auf der Canebière herausgewunden und flitzte nach Osten.

## XXIII

Fast augenblicklich, so schien es mir, verstummte der Marseiller Straßenlärm um uns herum, und schon fuhren wir durch die stillen, dunklen Vororte der Stadt. Wenn es hier so etwas wie eine Geschwindigkeitsbegrenzung gab, so hielt sich Paul Véry jedenfalls nicht daran. Er fuhr schnell und rücksichtslos über alle Kreuzungen und durch jedes Verkehrshindernis hindurch, ohne auch nur einmal ein warnendes Hupzeichen zu geben. Einesteils war ich froh über sein Tempo, andernteils fragte ich mich, ob er sich wohl darüber klar war, welches Risiko er einging. Wenn uns die Polizei aufhielt... Der Mercedes jagte dahin wie ein Tiger durch den nächtlichen Dschungel.
Wir hatten die letzten Häuser hinter uns gelassen und befanden uns auf dem freien Land. Ein stürmischer Wind hatte sich erhoben, der Mond war hinter den Wolken verschwunden, nur ein paar Sterne glitzerten am dunklen Himmel. Der Gegenwind peitschte über die Windschutzscheibe und rüttelte am Verdeck, als wir mit zunehmender Geschwindigkeit über die Straße flogen. Die Nacht selbst schien wie ein brausender, dunkler Wind, der uns davontrug.
Plötzlich wand sich die Straße wie eine Schlange, die Reifen kreischten auf, einen Augenblick lang schien die ganze Welt kopfzustehen.
Aber schon hatte der Wagen sich wieder gefangen, und weiter rasten wir wie besessen durch die Dunkelheit.
Paul Véry warf mir einen Seitenblick zu. »Schnell genug?«
»Nein«, antwortete ich.

Im schwachen Licht des Schaltbrettes konnte ich den fast betretenen Ausdruck auf seinem Gesicht wahrnehmen, und ich begriff, daß er erwartet hatte, mich mit seinem Tempo zu erschrecken. Sogar jetzt belustigte es mich beinahe, daß man von einem Menschen, der einmal mit Johnny zusammengelebt hatte, annehmen konnte, er würde sich jemals wieder bei hoher Geschwindigkeit ängstigen. Johnny war nie anders als wie vom Teufel gehetzt gefahren, aber Johnny war ja auch Johnny gewesen. Ich mußte zugeben, daß die Art und Weise, in der wir uns aus Marseille herausdrängten, einige Zweifel in mir geweckt hatte. Ich kannte diese Sorte Autos gut genug, um zu wissen, was sie anrichten konnten, wenn man sie nur eine halbe Sekunde von der Kette ließ.

»Trotzdem«, sagte Paul Véry und senkte das Tempo etwas, »er ist ebenso sicher wie schnell.« Also hatte auch er gespürt, daß er in der Kurve beinahe die Herrschaft über den Tiger verloren hätte.

»Entschuldigen Sie«, sagte ich, »ich mache mir solche Sorgen. Ich halte die ganze Zeit nach einem bestimmten Schlußlicht Ausschau und habe geredet, ohne zu denken. Ich bin Ihnen unendlich dankbar, daß Sie mich überhaupt mitgenommen haben.«

»Es ist mir ein Vergnügen.« Er begleitete diese konventionelle Phrase mit einem so bezaubernden Lächeln, daß ich trotz meiner entsetzlichen Angespanntheit zurücklächelte und ihn verstohlen beobachtete, wie er sich etwas bequemer zurücklehnte und den Wagen jetzt in gleichmäßigem Tempo weiterlaufen ließ. Seine Augen waren so konzentriert auf die Fahrbahn gerichtet, daß sein Gesicht wie eine schöne Maske wirkte, vollkommen unbewegt.

Unaufhaltsam raste die Straße auf uns zu und unter unseren Rädern hinweg. Einmal schlug mir das Herz bis zum Halse, als plötzlich in der Dunkelheit ein rotes Schlußlicht vor uns auftauchte, aber es war nur ein Zweisitzer, der am Straßenrand parkte, mit einem Liebespaar darin. Mit

einem Seufzer sank ich zurück, während langsam das Blut wieder zu meinem Herzen floß.
Paul Véry hatte mir einen kurzen Blick von der Seite zugeworfen, dann sagte er: »Das war wohl nicht das Schlußlicht, auf das Sie warten, nehme ich an.«
»Nein.« Ich lächelte ihn etwas unsicher an. »Sie werden sich bestimmt wundern, was das alles zu bedeuten hat.«
Er blickte wieder geradeaus auf die Straße. »Selbstverständlich. Sie sagten etwas von großer Eile, und Sie scheinen sehr erregt zu sein – wer würde sich da keine Gedanken machen, Madame? Glauben Sie mir, ich möchte Ihnen gerne helfen. Aber Sie brauchen sich natürlich nicht im geringsten verpflichtet zu fühlen, mir Ihre Sorgen anzuvertrauen, wenn Sie nicht wollen.«
»Sie sind sehr freundlich. Wie ich Ihnen schon vorhin sagte, hat es etwas mit dem Jungen, mit David, zu tun.«
»Ja, und?«
»Ich habe ihn nicht entführt, wirklich nicht, aber ich weiß, wo er ist. Und ich muß jetzt dorthin.«
Seine Hände zuckten auf dem Steuer, als hätte ich ihn überrascht, und sogleich kam der Wagen ins Schleudern. Er stieß einen kaum hörbaren Fluch aus.
»Entschuldigen Sie«, bat ich. »Ich wollte Sie nicht erschrekken. Aber der Rest meiner Geschichte ist noch viel schlimmer. Ich habe Ihnen vorhin gesagt, daß ich in Bedrängnis bin – das stimmt, ich bin sogar in ganz entsetzlicher Bedrängnis.« Meine Stimme schwankte, als der Grund meiner Verzweiflung wie ein Phantom aus der Dunkelheit vor mir aufstieg. »Es geht um Leben und Tod«, sagte ich aufschluchzend.
»Und Sie brauchen Hilfe – dringend Hilfe.« Das klang fast wie eine Frage, sehr leise, und er sah mich dabei nicht an. Aber seine Stimme hatte einen Klang, der mich aufhorchen ließ. Ich unterdrückte ein Schluchzen und blickte ihn an. Hilfe – natürlich brauchte ich Hilfe. Bis zu dieser Minute war Paul Véry für mich nur eine wunderbare, unverhoffte

Gelegenheit gewesen, doch noch zu der Stelle hinter Aiguebelle zu gelangen. Weiter hatte ich überhaupt nicht nachgedacht. Aber nun, nun war ein Wunder geschehen: Rommel und ich waren nicht länger allein, wir hatten einen Verbündeten gewonnen, und im Augenblick sah es sogar aus, als seien wir zudem im Vorteil. André war mit Richard und David vorausgefahren, aber noch war er allein, denn es war fast ausgeschlossen, daß Jean ebenfalls vor uns lag. Er hätte ohnedies nur einen geringen Vorsprung vor uns gehabt, und bei unserem Tempo mußten wir jeden Wagen auf der Strecke längst überholt haben.
André war allein, und wir waren zu zweit – und hatten Rommel.
Das Herz wurde mir ein bißchen leichter, und voll Dankbarkeit wandte ich mich meinem Begleiter zu. Er lächelte. Er sah nicht nur fabelhaft aus, dachte ich, sondern er strahlte auch etwas aus.
»Und wo sollen *sie* ihn hinbringen, den kleinen Jungen? Und wer sind *sie* überhaupt?« Wieder dieser besondere Klang der Stimme, und jetzt merkte ich auf einmal, daß es reine unverhohlene Freude am Abenteuer war, die in seiner Stimme mitschwang. Sie klang gespannt, amüsiert und überhaupt nicht besorgt. Natürlich hatte er auch nicht die geringste Ahnung von der Gefährlichkeit der Lage, für ihn hatte ganz einfach das Ungewöhnliche der Situation, meine Hilflosigkeit, diese Raserei durch die Nacht etwas Aufregendes, das seine Abenteuerlust weckte. Aber ich wußte auch, als ich ihn jetzt mit neuen Augen betrachtete, daß nichts, keine Angst und keine Gefahr, jemals diese Unternehmungslust zerstören konnte.
Seine unbekümmerte Heiterkeit war beinahe ansteckend, und der Gedanke, einen Verbündeten zu haben, der nicht nur hilfsbereit, sondern auch stark und furchteinflößend war, gab mir etwas Mut.
Und furchteinflößend war wirklich kein übertriebener Ausdruck. Es ging eine unbezwingliche Kraft von ihm aus, eine

Energie, die nur mühsam gebändigt schien. Die ganze Persönlichkeit dieses Mannes war, so aus der Nähe betrachtet, einfach überwältigend. Ich hatte, das merkte ich jetzt, Monsieur Paul Véry ganz falsch eingeschätzt, und es war nicht der starke Gegenwind allein, der mir den Atem nahm, als ich mit meiner Erklärung begann.

»Es ist eine lange Geschichte, und sie ist überdies ziemlich scheußlich«, begann ich. »Und wahrscheinlich habe ich nun gar nicht mehr die Zeit, Ihnen alles zu erzählen. Aber das wichtigste ist, daß David, der in Wirklichkeit David Byron heißt, heute nacht zusammen mit seinem Vater umgebracht wird, wenn es uns nicht gelingt, das zu verhindern.«

Er warf mir einen entsetzten Blick zu. »Aber ...«

»Ich weiß!« schrie ich auf. »Es klingt völlig verrückt. Aber passen Sie auf, ich will versuchen, es Ihnen zu erklären ...«

Hastig und stotternd erzählte ich ihm alles, was ich über Kramer, Richard und Loraine wußte. Er hörte mir schweigend zu, aber als ich ihm sagte, welche Rolle Marsden in der Geschichte spielte, unterbrach er mich höchst belustigt.

»Monsieur Marsden? Der soll ...? Alles übrige will ich Ihnen ja gerne glauben, Madame, nach allem, was Sie mir erzählt haben und weil ich sehe, daß Sie wirklich in einer üblen Klemme stecken. Aber daß der gute Monsieur Marsden ein Mörder ist, das kann ich mir beim besten Willen nicht vorstellen. Außerdem ist er Engländer.«

»Er behauptet, Engländer zu sein«, sagte ich heftig. »Aber glauben Sie mir, er ist der Mann, und er wird von Kramer bezahlt. Sie müssen mir glauben! Der gute Monsieur Marsden, wie Sie ihn nennen, ist in diesem Augenblick auf dem Weg, Richard und David Byron zu töten – wenn wir ihn nicht daran hindern!«

Ich sah, daß er zwar immer noch lächelte, aber ungläubig die Stirn runzelte.

»*Mais, ma belle ...*«

So sollte mir denn nichts erspart bleiben. Zu allem übrigen

mußte ich nun auch noch die Qual erdulden, daß man mir nicht glaubte. Trotz meiner wilden Verzweiflung mußte ich jetzt also auch noch versuchen, möglichst ruhig die ganze irrsinnige Logik aufzudecken, die hinter alldem steckte, nur damit dieser Mann mir glaubte und mir half. Ich preßte die Hände zusammen und überlegte, wie ich vorgehen sollte. Aber der einzige klare Gedanke, den ich fassen konnte, war der dringende Wunsch, Paul Véry möge mich endlich nicht mehr *ma belle* nennen.

»Hören Sie, Monsieur«, sagte ich mühsam. »Ich kann Ihnen nichts anderes erzählen als das, was ich weiß. Wir haben keine Zeit mehr, von vorne anzufangen. Ich kann Ihnen nur sagen, was jetzt, heute nacht, geschehen wird, und Sie anflehen, mir zu glauben. Ich weiß nicht genau, weshalb Marsden und Loraine für diesen Mann, diesen Kramer, einen Mord begehen, aber ich nehme an, es hängt mit etwas zusammen, das im Krieg passiert ist, etwas ganz Schreckliches, das Richard und sein Freund Tony mit angesehen haben und bei dem Kramer eine entscheidende Rolle gespielt hat.«

»Das ist jetzt Nebensache.« Auf einmal klang seine Stimme scharf und ungeduldig. »Ich habe Ihnen gesagt, daß ich Ihnen glaube. All dies Gerede über den Krieg – zu so etwas haben wir jetzt keine Zeit. Sagen Sie mir, was dieser Mann Ihrer Ansicht nach heute nacht zu tun beabsichtigt – und was Sie selbst dagegen unternehmen wollen.«

Meine Erleichterung war so groß und kam so unerwartet, daß alles rings um mich verschwamm und ich betäubt meine Hände gegen die Augen drückte. Als ich sie wieder sinken ließ, sah ich, daß wir zwischen Häusern hindurch fuhren. Straßenlaternen brannten, eine Straßenbahn bog vor uns ein, und auf einmal befanden wir uns im Gewühl einer Hauptstraße mit Neonlichtern, Cafés, Menschen und Autos.

»Toulon«, sagte Paul Véry. »Weiter, erzählen Sie mir Ihren Plan.«

»Also gut«, stimmte ich zu. »Irgendwo an dieser Straße liegt ein Ort namens Aiguebelle. Etwas dahinter steht auf der linken Straßenseite eine große Piniengruppe, und ihr gegenüber zweigt ein Weg ab, der über die Felsen führt. Dort wartet ein Mann namens André mit einem Lastwagen – falls wir ihn nicht vorher überholen. In dem Lastwagen befinden sich Richard und David Byron; wahrscheinlich sind sie gefesselt und betäubt. André hat Befehl, auf die anderen zu warten, und dann soll ein Unfall vorgetäuscht werden. Kramer kommt in Rich ... in Byrons Wagen nach und bringt Loraine mit. Aber Marsden ist schon eher weggefahren. Bei Ihrem Tempo hat er kaum die Chance, uns zu überholen, aber er wird nicht weit hinter uns sein.« Ich seufzte tief auf. »Er wird sich natürlich sehr beeilen«, fügte ich hinzu, »denn André ist allein und offenbar ein ziemlicher Trottel.«
Ich hielt inne, und es entstand eine Pause, in der man nur den Wind singen hörte. Die Stadt lag hinter uns, und wieder fuhren wir durch die einsame Nacht. Ich wagte nicht, Paul Véry anzublicken. Ich wußte, es war mir nicht gelungen, meine Sache überzeugend darzustellen. Meine einzige Entschuldigung war, daß Angst, Erschöpfung und Verzweiflung stärker waren als ich. Ich biß mir auf die Lippen und wartete.
Seine Reaktion kam für mich völlig unerwartet. Ich hörte ihn einen langgezogenen, erstaunten Pfiff ausstoßen, dann folgte ein fast unhörbarer Fluch, und endlich lachte er. Doch als ich gerade den Mund aufmachen wollte, legte er rasch seine Hand auf meine.
»Verzeihen Sie, ich wollte wirklich nicht lachen, aber Sie scheinen ja so ungeheuer vertraut mit den Absichten dieser Mörderbande. Woher wissen Sie nur das alles?«
Ich zog behutsam meine Hand zurück und begann, in meiner Tasche nach einer Zigarette zu suchen. Wenigstens schien er nicht im geringsten beunruhigt zu sein, dachte ich.

»Ist das jetzt so wichtig?« fragte ich. »Wie Sie schon selbst sagten, sollten wir jetzt, glaube ich, lieber überlegen, was wir tun wollen.«
»Ja.« Er griff in seine Tasche und holte ein flaches, silbernes Zigarettenetui hervor, das er mir reichte, ohne mich dabei anzusehen. Er schien auf einmal ganz in Gedanken versunken, als habe er mich völlig vergessen, als überlege er nur, was als nächstes zu tun sei. Als er endlich wieder sprach, klang seine Stimme fern und zerstreut, und er redete zum erstenmal in seiner Muttersprache.
»Warum sind Sie denn nicht... Zünden Sie mir bitte auch eine an, *ma belle?* Warum sind Sie denn nicht zur Polizei gegangen?«
»Dazu hatte ich keine Zeit mehr«, antwortete ich ihm auf französisch. Ich nahm eine Zigarette aus dem Etui und duckte mich dann tief hinter die Windschutzscheibe, ehe ich das Feuerzeug aufschnappen ließ.
»Und der Hund? Wie sind Sie zu dem Hund gekommen?«
Das Feuerzeug erlosch, und ich mußte es mehrere Male aufschnappen lassen, ehe es wieder brannte. Ich kauerte mich noch tiefer in den Wagen hinunter, bis ich eine Art windgeschützter, dunkler Höhle um mich hatte, und versuchte es von neuem. Ich gab ihm keine Antwort, aber er schien es nicht zu bemerken. Es war, als spreche er zu sich selbst, immer noch mit dieser zerstreuten, fernen Stimme.
»Und dieser Marsden? Wieso sind Sie so sicher, daß er Loraines Mann ist?«
Die Flamme des Feuerzeugs zuckte auf, und endlich brannte es richtig. Ich zündete die Zigarette an und reichte sie ihm hinauf. Dann tastete ich in dem offenen Etui auf meinen Knien nach einer zweiten Zigarette. »Ist das so wichtig?« wiederholte ich. »Hören Sie, haben Sie vielleicht zufällig einen Revolver bei sich?«
»Zufälligerweise habe ich tatsächlich einen bei mir«, antwortete Paul Véry, und am Klang seiner Stimme merkte ich, daß er wieder lächelte. »Aber nun verraten Sie mir,

wieso Sie überhaupt in Marseille waren. Und was haben Sie denn mit diesem Byron zu schaffen?«
Ich hielt das Feuerzeug an meine Zigarette und zog den Rauch tief ein. Der schwache Schein des Flämmchens erhellte für einen Augenblick meine dunkle Höhle und flakkerte über das aufgeklappte Zigarettenetui. Und dann setzte mein Herzschlag aus. In den Deckel war in zierlichen Buchstaben eine Widmung eingraviert. Nur sein Name und ein Datum.
Es hieß: *Jean-Paul. A jamais, L. 17. 8. 42.*
Das Feuerzeug erlosch. Über mir ertönte seine Stimme in der Dunkelheit, spöttisch und heiter. »Machen Sie sich keine Sorgen, *ma belle.* Es wird alles wieder gut. Sie können sich auf mich verlassen. Sie haben doch Vertrauen zu mir, oder?«
Derselbe Satz, auf französisch, leise und zärtlich, im Dunkeln geflüstert... Die Stimme vom Roc des Doms... Die Stimme, die ich vor weniger als einer Stunde noch in Kramers Büro gehört hatte! Und wie ein geisterhaftes Echo vernahm ich – viel zu spät! – Louises Stimme: »Paul Véry. Hat irgend etwas mit Antiquitäten zu tun...«
»Sie haben doch Vertrauen zu mir, nicht wahr?« wiederholte Jean lächelnd seine Frage.

## XXIV

Es war kühl geworden. Der nächtliche Mittelmeerwind, der nach Salzwasser und Pinien duftete, streifte meine Wange wie eine warme dunkle Woge. Trotzdem zitterte ich vor Kälte, als ich mich nun in meinen Mantel kuschelte und verbissen gegen die vor Verzweiflung in mir aufwallende Hysterie ankämpfte.
War ich denn von Sinnen gewesen? Ich hatte doch gehört,

wie Loraines Mann – für mich war er immer noch Paul Véry – Anstalten machte, Kramers Wagen zu holen. Während ich dann aus dem Hinterhof geflohen und zur Tankstelle gelaufen war, hatte er selbst Zeit gehabt, den Wagen zu holen und zu der Tankstelle zu fahren. Und obschon er auch im Tistet-Védène gewesen war und er als einziger wirklich als Mann für Loraine in Frage kam, hatte ich nie den geringsten Verdacht gehabt. Dankbar war ich auf ihn zugetaumelt und hatte unsere letzte, klägliche Chance ausgerechnet in seine Hände gelegt. Mörderhände!
Die Lichter von Hyères tauchten vor uns auf, schwirrten vorüber und versanken wieder in der Dunkelheit. Ich rutschte tiefer in meinen Sitz hinunter und sah verstohlen zu ihm auf. Jetzt, nachdem ich Bescheid wußte – o ja, jetzt verstand ich es, dieses amüsierte Glitzern unter den hochmütigen Lidern. Dieser arrogante Schwung seines Kinns! Diese ganze erschreckende Selbstsicherheit dieses Mannes. Und seltsamerweise verspürte ich wieder dieselbe Erregung wie schon zuvor: Unter dieser hübschen, glatten Oberfläche lauerte etwas Gefährliches, etwas, was nur mühsam gebändigt schien.
Auf der dunklen Straße leuchteten zwei Augen auf, starrten uns an und tanzten dann wie zwei Glühwürmchen hin und her, als der Hase zu fliehen versuchte. Mit einem kurzen Lachen drückte Paul Véry den Gashebel hinunter. Ich hörte das Quieken des Hasen, als wir ihn überfuhren. Auf dem Rücksitz stieß Rommel ein Winseln aus.
»Angst?« fragte Paul Véry lachend.
Diesmal konnte ich ihm die Antwort geben, die er erwartete. »Ja. Müssen wir so schnell fahren?«
Er lächelte über meine schwankende Stimme, aber zu meiner Überraschung senkte er die Geschwindigkeit etwas.
»Und mußte das sein?« fragte ich.
»Was?«
»Daß Sie diesen armen Hasen überfahren haben.«
Wieder lachte er, ein charmantes, vergnügtes Lachen. Er

sah wirklich großartig aus. »Macht es Ihnen keinen Spaß zu töten?«
»Nein. Natürlich nicht.« Ich hoffte inbrünstig, daß meine Stimme nur streng und mißbilligend geklungen hatte und nichts von der eiskalten Angst verriet, die mich lähmte.
Die Geschwindigkeit des Wagens verringerte sich immer mehr. Paul Véry nahm eine Hand vom Steuer und legte sie auf meine. Diese Berührung, warm, lebendig und von spöttischer Zärtlichkeit, traf mich wie ein elektrischer Schlag. Von diesem Mann ging wirklich etwas aus, das man nicht erklären konnte.
»Und Sie?« fragte ich und wußte die Antwort im voraus.
»Wenn einem etwas in den Weg läuft, ist es doch selber schuld, wenn es dann sterben muß, finden Sie nicht auch, *ma belle?*« Er hielt meine Hand warm und kraftvoll umschlossen, wandte den Kopf und lächelte mir zu. »Keine Angst mehr, nein?«
Ich verneinte so kühl wie möglich und zog mit zitternden Lippen an meiner Zigarette, als könnte sie mir Halt geben. Denn jetzt wußte ich, was mir bevorstand. Ich würde ebenso umgebracht werden wie Richard und David, das stand fest. Ähnlich wie der Hase war auch ich ihm in den Weg gelaufen. Paul Véry war der geborene Mörder, er genoß es zu töten, das war mir nun vollkommen klar. Diese irrsinnige Raserei durch die Nacht, auf das furchtbare Endziel zu, hatte seine Mordlust nur noch mehr erregt, und meine Nähe schürte noch seine Wonne an dem grausamen Spiel. Nacht, Tempo, Gefahr, Mord – und eine Frau! Jetzt hatte Paul Véry alles, was er sich wünschte.
Der Mercedes verlor immer mehr an Geschwindigkeit. Im Zwanzigkilometertempo schlichen wir durch eine dunkle Allee. Paul Véry hatte seine Zigarette weggeworfen und den Arm um meine Schulter gelegt. Auf mein unwillkürliches Zurückweichen hin wurde sein Druck hart und brutal, und ich sah ein drohendes Aufblitzen in den Augen über mir.

Ich gab meinen Widerstand auf und schloß die Augen, als er mich an sich zog. Fast nebenbei streifte mich der Gedanke, ob er mich wohl jetzt sofort umbringen werde oder ob ich zusammen mit Richard über die Felsen gestürzt werden würde. Ich ertappte mich sogar dabei, daß ich hoffte, er werde die Straße nicht aus den Augen lassen, während wir langsam weiterfuhren.

Sein rascher Atem brannte auf meiner Wange, und seine dunkle Stimme klang erregt, als er zärtlich flüsterte: »*Ma belle!*« Ich fühlte, wie seine Lippen meinen Mund suchten, und riß wieder den Kopf zur Seite. Überrascht und vorwurfsvoll wiederholte er: »*Ma belle* ...«

Gerade als ich mich voll Bitterkeit fragte, wie man von einem Opfer erwarten konnte, daß es bereit sei, seinen Mörder zu küssen, dämmerte mir in meiner Todesangst die Erkenntnis: Er ahnte ja nicht, daß ich wußte, wer er war. Sein beleidigter Vorwurf war absolut ohne Hintergedanken. Er dachte im Augenblick nicht daran, sich über mich lustig zu machen. Er sah nun einmal so verdammt gut aus, daß sich bestimmt noch nie eine Frau ernstlich seinen Küssen widersetzt hatte.

Es war meine einzige Waffe, daß ich wußte, wer er war. Es war zwar nur eine jämmerliche Waffe und auch keine besonders faire, aber es war alles, was ich besaß. Ich zögerte nicht länger. Ich öffnete die Augen und lächelte ihn verführerisch an. »Es ist nur – passen Sie bitte beim Fahren gut auf«, flüsterte ich.

Ich hörte ein leises triumphierendes Lachen, als er den Kopf wandte und wieder auf die Straße blickte. Ich ließ mich gegen seine Schulter sinken, und sein Arm preßte mich an sich, während er den Wagen an den Straßenrand lenkte.

Mit meiner freien Hand warf ich die Zigarette hinaus.

»Verflucht noch mal!«

Der Wagen hielt.

»Was ist denn los, *chérie?*«

»Meine Tasche«, sagte ich ärgerlich. »Sie ist mir eben herausgefallen, als ich die Zigarette wegwarf.« Ich setzte mich auf und versuchte, mich von ihm zu befreien.
Er zog die Handbremse an und nahm mich in die Arme. »Ist das jetzt so wichtig?« Die dunkle Samtstimme, zärtlich und unwiderstehlich, so drängend, daß es mir schmeicheln mußte. Er hatte vergessen, die Zündung abzustellen.
Ich lehnte mich zurück und schmollte wie ein kleines Mädchen: »Aber ja, natürlich ist es wichtig! Ach, bitte, seien Sie doch so nett und holen Sie sie mir wieder.«
»Später«, sagte er mit rauher Stimme. Sein Mund preßte sich auf meine Lippen, ich seufzte auf und schlang die Arme um seinen Hals. Ich fragte mich, wie lange es dauern konnte, bis uns Kramer eingeholt hatte ...
Es schien mir eine Ewigkeit zu dauern, bis er endlich seine Umarmung etwas lockerte. »Sie zittern, *ma belle?*«
Ich brachte ein atemloses kleines Lachen zustande, das sogar beinahe echt war. In seinem Gesicht spiegelte sich selbstgefällige Eitelkeit. Er zweifelte keinen Augenblick an meiner Hingabe, und ich beeilte mich, ihn in diesem Glauben noch zu bestärken.
»Paul?«
*»Chérie?«*
»Gefalle ich Ihnen?«
»Was für eine dumme Frage, *ma belle!*«
Als ob ich das nicht wüßte, dachte ich, fuhr aber fort: »Auch wenn ich so aussehe wie jetzt?«
Er lachte: »Wie immer Sie auch aussehen, Madame! Sagen Sie mir – was haben Sie denn mit diesem Richard Byron?«
Er mußte gespürt haben, wie ich in seinen Armen zusammenzuckte, aber er nahm wohl an, daß ich mich nur plötzlich an etwas erinnerte. »Nein, wie schrecklich von mir!« rief ich aus. »Ich hätte es beinahe ganz vergessen!« Ich versuchte, ihn von mir fortzustoßen. »Monsieur Véry, sollten wir nicht lieber weiterfahren? Ich weiß gar nicht, was ich mir dabei gedacht habe!«

»Nein, wirklich nicht?« Wieder lachte er, und ich mußte mich sehr beherrschen, um ihm nicht mitten in sein schönes stolzes Gesicht zu schlagen. »Antworten Sie mir, *ma belle.* Dieser Richard Byron ...«

»Ich kenne ihn überhaupt nicht«, beeilte ich mich zu antworten. »Ich mache mir nur um den kleinen Jungen, um David, Sorgen. Lassen Sie uns bitte weiterfahren, Monsieur Véry.«

»Eben haben Sie mich noch Paul genannt!«

»Gut – Paul. Wenn wir nicht rechtzeitig hinkommen ...«

»Wir haben eine Menge Zeit.« Wieder zog er mich an sich, und ich gab scheinbar hilflos nach. Ich wußte, daß er durchaus nicht die Absicht hatte, weiterzufahren, und ich hatte Angst, sein Mißtrauen zu erwecken, wenn ich mich zur Wehr setzte. Lange, todesbange Minuten verstrichen, während ich in seinen Armen lag und angestrengt horchte, ob man schon den Bentley mit Kramer und Loraine hören konnte. Aber alles war totenstill hier unter den Bäumen. Nur das leise Zittern des Mercedes verriet, daß der Motor noch immer lief. Entweder störte es Paul Véry nicht, oder er war so abgelenkt, daß er es überhaupt nicht merkte. Ich fragte mich, wie lange es noch dauern würde, bis alles vorüber war, wahrscheinlich nicht mehr sehr lange. Ob ich wohl erwürgt würde wie Tony? Oder –

Ich stieß einen tiefen Seufzer aus und löste mich von ihm. »Wir müssen weiter«, sagte ich heiser. »Der kleine Junge – Paul, chéri, wir dürfen ihn nicht vergessen. Das würde ich mir nie verzeihen, wenn ihm etwas zustoßen würde, weil wir ...« Ich brach ab und streichelte seine Wange. »Fahren wir weiter, Paul.«

Sein Atem war fast unnatürlich rasch und heftig. Seine Augen hatten einen seltsamen Ausdruck, ein kaltes unheimliches Glühen, ein leeres Starren, von dem ich plötzlich wußte: Das war der Blick des Mörders. Seine Hände bewegten sich ziellos. Bald würde ich unterliegen.

Ich schob seine Hände sanft zur Seite. »Bitte, Paul!« sagte

ich. »Holen Sie mir meine Tasche, und dann fahren wir weiter.«
Er saß unbeweglich da, den Blick auf mich gerichtet.
Ich lächelte ihn an. »Dann eben nicht«, sagte ich. »Aber trotzdem möchte ich meine Tasche haben. Ich weiß, daß ich grauenvoll aussehen muß. Ich brauche dringend einen Spiegel.«
Ich beugte mich vor und küßte ihn innig. Dann griff ich über ihn hinweg nach der Tür und öffnete sie. Einen Augenblick zögerte er, dann zuckte er die Achseln und stieg aus. Die Tasche mußte ungefähr zwanzig Meter hinter uns liegen. Er ging die Straße zurück und blickte suchend auf die dunkle Böschung. Ich zählte seine Schritte, während ich geräuschlos die Handbremse lockerte. Ich hielt den Hebel fest und wartete.
Fünf, sechs, sieben – er blieb stehen.
»Finden Sie sie nicht?« rief ich. »Soll ich auch kommen?«
»Nein, es geht schon.« Langsam ging er weiter.
Acht, neun ...
Ich tastete mit dem Fuß nach der Kupplung und drückte sie durch, dann schaltete ich vorsichtig in den zweiten Gang. Glücklicherweise war die Straße etwas abschüssig.
Zehn, elf ...
»Da ist sie«, rief er und bückte sich.
Wie der Blitz war ich hinter dem Steuer, löste die Handbremse vollends, trat auf das Gaspedal, daß der Motor aufheulte, und ließ die Kupplung los. Hinter mir hörte ich einen überraschten, wütenden Aufschrei, und schon kam Paul Véry auf den Wagen zugelaufen. Der Mercedes schnellte heftig nach vorn – zu heftig. Einen Augenblick lang befürchtete ich, den Motor abzudrosseln, und trat nochmals die Kupplung durch. Dann schwenkte ich zur Straßenmitte und schaltete in den dritten Gang.
Aber meine kurze Unsicherheit beim Starten kam mich teuer zu stehen.
In dem Augenblick, da der Mercedes aufbrüllend losjagte,

ging es wie ein Ruck durch den Wagen. Paul Véry war es geglückt, sich im allerletzten Moment noch aufs Trittbrett zu schwingen. Deutlich hörte ich sein schweres Keuchen in meinem Rücken.
»Rommel!« schrie ich. »Pack ihn, Rommel!«
Doch der Hund bellte zwar aufgeregt, machte aber keinerlei Anstalten anzugreifen. Schließlich hatte ich ja noch vor wenigen Minuten diesen Mann geküßt. Da fiel mir ein, daß Paul Véry einen Revolver hatte, und noch einmal schrie ich, um den Hund vor ihm zu schützen, mit aller Eindringlichkeit: »Ruhig, Rommel! Ganz ruhig!« Paul Véry ließ ein atemloses, bösartiges Lachen hören.
Unablässig steigerte der Mercedes seine Geschwindigkeit. Trotz des Heulens der Maschine hörte ich, wie Paul Véry, der hilflos auf dem Trittbrett zusammengekauert war, wütend vor sich hin fluchte. Wir schossen aus dem Dunkel der Allee, wurden in schwindelerregendem Schwunge einen Hügel hinaufgetragen, und dann ging es weiter durch den hellen Tunnel, den der Lichtkegel der großen Scheinwerfer im Dunkel der Nacht bildete.
Jetzt spürte ich, daß mir der Wagen vollständig gehorchte, und nun überkam mich eine herrliche, eiskalte Gelassenheit. Die Nadel schlug immer weiter nach rechts aus. Wir rasten durch einen winzigkleinen Ort. Eine Sekunde lang tauchte im Licht der Scheinwerfer der Name Euzès auf, nur um sofort wieder zu verschwinden, während ich mir noch mit gerunzelten Augenbrauen die Landkarte ins Gedächtnis zurückzurufen versuchte. Aus den Augenwinkeln sah ich, wie Paul Véry auf einmal alle Muskeln anspannte, sich mit großer Anstrengung aufrichtete und versuchte, über die Tür ins Wageninnere zu klettern.
Ich wartete, bis er gerade ein Bein hineinschwingen wollte, dann riß ich das Steuer so heftig herum, daß der Wagen quer über die Straße schleuderte. Er schrie auf, verlor das Gleichgewicht und taumelte zurück. Aber irgendwie gelang es ihm, sich noch einmal festzuklammern. Geduckt kau-

erte er hinter mir und stieß die unflätigsten Beschimpfungen gegen mich aus.

Ich ließ ihm etwas Zeit, dann probierte ich es noch einmal. Obwohl die Reifen laut aufquietschten, blieb ich ganz ruhig. Wenn ein Reifen platzte, konnte ich es nicht ändern. Ob ich nun so ums Leben kam oder durch Paul Vérys Revolver, spielte jetzt keine Rolle mehr. Ich trat aufs Gas und riß das Steuer noch einmal herum, aber diesmal blockierten plötzlich die Hinterräder, und der Mercedes bockte wie ein widerspenstiger Hengst. Die Scheinwerfer tanzten über die Felder, und es war, als hülle die Dunkelheit uns voll und ganz ein. Einen Augenblick lang dachte ich, ich sei tatsächlich zu weit gegangen und hätte die Herrschaft über den Wagen verloren. Aber da schoß er auch schon, wenn auch schwankend, im selben teuflischen Tempo weiter, und die Scheinwerfer warfen wieder ihr Licht geradeaus auf die Straße. Zwei Pinien tanzten wie Gespenster vorüber, und dann auf einmal fiel der Lichtschein ins Nichts.

Die Straße bog hier unvermutet scharf nach links ab. Ich sah die Böschung in rasender Geschwindigkeit auf uns zukommen, und dahinter sah ich nichts als eine merkwürdig bewegte, leuchtende Dunkelheit – das Meer.

Diesmal war es Ernst. Ich riß den Mercedes mit aller Kraft herum, daß das Steuer wie ein Lebewesen in meinen Händen zuckte. Wir streiften den Felsen in der Kurve nur deshalb nicht, weil beide Räder über eine Handbreit vom Boden entfernt waren. Eine riesige Staubwolke stieg hinter uns auf. Dann waren wir herum. Ich spürte Blut auf meinen Lippen, aber ich fühlte mich merkwürdig wohl.

Doch jetzt merkte ich mit Schrecken, daß die starke Seitenlage des Wagens es Paul Véry endlich ermöglicht hatte, hineinzuklettern. Keuchend und fluchend ließ er sich auf den Rücksitz fallen, und ehe ich noch wußte, wie mir geschah, war er nach vorn gekrochen und auf den Sitz neben mir gerutscht. Langsam ließ er die Hand in seine Jackentasche gleiten.

## XXV

»Los!« befahl er drohend. »Sofort anhalten – oder du kannst was erleben! Was glaubst du wohl, wozu ich einen Revolver bei mir habe?«

Ich sah ihn nicht an. Die zweite Abzweigung hinter Aiguebelle, dachte ich, bei der Piniengruppe ...

»Ich hau ihn dir mitten in die Fresse«, brüllte er und fügte ein gemeines Schimpfwort hinzu.

Ich lachte. Auf einmal war ich völlig kühl und unbewegt, und meine Angst war verflogen. Das Steuer dieses wunderbaren Wagens zwischen meinen Händen war wie ein Schwert, mit dem ich endlich kämpfen konnte, nachdem ich so lange unbewaffnet gewesen war. Und, bei Gott, ich würde kämpfen!

Paul Véry hatte Angst, das war mir klar. Schließlich hatte ich ja miterlebt, wie seine Nerven bis zum äußersten gereizt wurden. Erst die besessene Freude auf die mörderische Aufgabe, die ihn erwartete, dann sein wilder Triumph darüber, daß ich ihm auf den Leim gegangen war, die Raserei durch die Nacht, endlich die Aussicht auf ein unverhofftes, grausames Finale ... Und jetzt dies! Der Mann war am Ende. Es war mir aufgefallen, wie ihn sein eigenes Tempo erschreckt hatte, als er so schnell gefahren war. Ich war nun sicher, daß es für ihn eine Art köstlichen Nervenkitzels bedeutet hatte, mir durch seine Geschwindigkeit Angst einzujagen, obwohl er sich im Innersten selbst fürchtete. Kein erstklassiger Fahrer – hörte ich Johnny sagen – läßt sich je von seinem Tempo berauschen. Fahren ist eine Arbeit wie jede andere, und man kann es sich nicht leisten, gleichzeitig mit dem Motor auch seinen Verstand durchgehen zu lassen. Und dann hatte er immer sein ganz besonderes Lächeln gelächelt, während die Hecken am Straßenrand wie ein einziges graues Band an uns vorüberrollten. Sobald man in Ekstase gerät, pflegte er leicht

dozierend hinzuzusetzen, folgt gleich die Angst auf dem Fuße.
Und jetzt saß die Angst mit uns im Wagen. Ich hörte sie aus seiner Stimme heraus, ja, ich roch sie förmlich.
Und in meinen Händen ruhte die Waffe, mit der ich ihn schlagen mußte. Wenn es mir gelang, ihn völlig zu zermürben, noch ehe wir die Piniengruppe erreicht hatten, wenn es mir gelang, ihm den Revolver zu entwenden...
Lachelnd ließ ich meine prachtvolle, glänzende Waffe durch die Nacht sausen.
»Tun Sie das Ding doch weg«, sagte ich verächtlich. »Wenn Sie mich zusammenschießen, was soll dann aus dem Wagen werden – und aus Ihnen?«
Ich hörte das pfeifende Geräusch, mit dem er Luft holte, und einen Moment lang befürchtete ich, er werde ohne Überlegung abdrücken. Aber er tat es nicht. Er rückte nur näher an mich heran, und ich spürte durch meinen Mantel hindurch, wie sich etwas Hartes gegen meine Rippen drückte. Es zitterte leicht.
»Es ist mein Ernst«, sagte er rauh. »Ich mach' dich fertig, du –! Halt an, hörst du, oder ich jage dir ein Loch in den Bauch und stoppe den Wagen selbst!«
Endlos lang und gerade lag die Straße vor uns. Ich trat mit dem rechten Fuß ganz durch, die Nadel des Geschwindigkeitsmessers sprang nach rechts, bis sie nicht mehr weiter konnte, und der Mercedes jagte aufbrüllend weiter.
»Ziemlich unmöglich«, sagte ich spöttisch. »Aber versuchen Sie es ruhig. Immerhin ist es ja Kramers Wagen, und er ist ja wirklich ein Idiot, ihn Ihnen zu borgen, wo er doch wissen muß, daß Sie ein miserabler Fahrer sind.«
Der Revolver bewegte sich. »Wenn Sie mich bei diesem Tempo immerzu mit dem Ding da kitzeln«, fügte ich hinzu, »stehe ich für keine Folgen ein.«
Der Revolver wurde zurückgezogen. Vor uns lag eine Kurve, ich drosselte ein wenig die Gaszufuhr. Durch das Motorengeheul hindurch drang sein Fluchen zu mir. »Wenn

ich geahnt hätte, daß du etwas weißt, du – wenn ich geahnt hätte ...«, stieß er zwischen den Zähnen hervor und ließ mich wissen, was er dann mit mir getan hätte. Er sprach jetzt Französisch, und zwar ein recht ordinäres Französisch, so daß mir die Hälfte seiner Verwünschungen entging, aber ich mußte dem trotz allem ein Ende machen, damit es mich nicht länger beim Fahren störte.

»Aber es war doch ganz klar, daß ich es wußte«, stoppte ich diesen Strom von Unflat brüsk.

Das brachte ihn außer Fassung. »Wieso?«

Ich bemühte mich, eiskalten Spott in meine Stimme zu legen. »Glauben Sie denn wirklich, ich hätte mich so von Ihnen abknutschen lassen, weil es mir Spaß machte? Mein lieber Monsieur Véry, als Liebhaber sind Sie doch wirklich unter aller Kritik!«

Da warf er sich auf mich. Ich war zu weit gegangen, diese Kränkung vertrug seine Eitelkeit nicht. Ich glaubte, er werde schießen, aber statt dessen griff er nach dem Steuer. Einen Moment lang dachte ich, er habe es bereits in der Hand und wir würden jetzt über die Klippen hinunterstürzen, doch er hatte ins Leere gegriffen und fiel gegen mich. Er krallte sich an mir fest.

Ich riß das Steuer herum, trat auf die Bremse und ließ das Heck des Wagens nach links hinüber schleudern. Automatisch wurde Paul Véry von mir weg und gegen die Wagentür geworfen.

»Lassen Sie gefälligst Ihre Hände von mir!« sagte ich, etwas außer Atem, und brachte den Mercedes wieder auf seine Bahn.

Er gab keine Antwort. Schwer atmend lag er zusammengesunken in seiner Ecke, während hinter uns der arme Rommel ängstlich winselte. Ich fragte mich, wie lange wohl die Reifen diese fortgesetzte Überbeanspruchung noch aushalten würden.

Und in diesem Augenblick fuhren wir an einer Abzweigung vorüber.

Die erste Abzweigung rechts. Nicht mehr weit jetzt. Zum ersten Mal blickte ich zu Paul Véry hinüber und war entsetzt über das, was ich sah.

Er für seinen Teil hatte mehr einstecken müssen, als er vertragen konnte. Verschwunden war der untadelige Franzose aus dem Tistet-Védène, verschwunden der Don Juan mit der Samtstimme; an seiner Stelle kauerte dort ein Mann mit verkrampften Händen, dem der Angstschweiß über das Gesicht lief. Nichts würde jemals imstande sein, Paul Vérys ungewöhnlich gutes Aussehen zu beeinträchtigen, aber in meinen Augen war seine Schönheit irgendwie billig geworden. Der Mann, der jetzt voll Todesangst auf die Straße starrte, konnte ohne weiteres aus der Pariser Gosse stammen.

Keine Rede mehr von ›furchteinflößend‹. Die Stärke und Überlegenheit, die dieser Mann noch vor gar nicht langer Zeit ausgestrahlt hatte, waren verschwunden. Seine Niederlage – dazu noch gegenüber einer Frau – hatte ihm jeglichen Halt geraubt. Aber er war noch immer gefährlich, nur war die Bedrohung jetzt eine andere. Aus dem sicheren, rücksichtslosen Spieler war ein gemeiner, unberechenbarer Verbrecher geworden.

Und was noch schlimmer war, dachte ich, ein dummer Verbrecher. Nur ein dummer Mann konnte so wie er zu mir sprechen und solche Risiken eingehen, nur um seine Eitelkeit zu befriedigen.

All diese Vermutungen in dem kurzen Augenblick, ehe ich meine Aufmerksamkeit voll auf die Straße konzentrierte, führten mich zu der Erkenntnis, daß es sinnlos war, Paul Véry noch länger zu quälen. Indem ich vorsätzlich versucht hatte, ihn völlig zu zermürben, war ich ein größeres Risiko eingegangen, als es mir bewußt gewesen war. Er war wirklich so dumm, daß er ohne weiteres imstande gewesen wäre, mich während der Fahrt in blinder Wut zu erschießen. Er hatte es ja bewiesen, als er sich aus verletzter

Eitelkeit auf mich stürzte und mir das Steuer aus der Hand reißen wollte. Wenn er in diesem Augenblick den Revolver in der Hand gehabt hätte ...

Mein Herz krampfte sich zusammen, und dann war mir, als fließe eiskaltes Blut durch meine Venen, so daß es mir in den Fingerspitzen kribbelte.

Wenn er einen Revolver gehabt hätte ...

Ganz deutlich hörte ich wieder seine Stimme in Kramers Büro, als er sagte: »Wirf mir meine Jacke rüber.« Hätte er das so gleichgültig gesagt, wenn in der Jackentasche ein Revolver gewesen wäre? Und dann sah ich ihn wieder vor mir, wie er schlank und dunkel in seinem tadellos sitzenden Anzug bei der Tanksäule gestanden hatte. Keine ausgebeulten Taschen hatten den vorbildlichen Sitz dieses Anzuges beeinträchtigt.

Ich warf ihm einen raschen Blick zu, während ich meinen Fuß etwas vom Gashebel zurücknahm. Immer noch starrte er wie hypnotisiert auf die Straße.

Vorsichtig zog ich meine linke Hand vom Steuer und ließ sie mit einem Seufzer, der mehr ein Stoßgebet war, zur Seite fallen. Im Innern der Wagentür war eine Tasche angebracht. Ich griff hinein.

Kalt, tödlich und unendlich beruhigend glitt der Revolver in meine Hand.

Und da sah ich auch schon, wie eine große graue Wolke im Scheinwerferlicht, die Piniengruppe vor uns auftauchen.

## XXVI

Wie der Blitz löschte ich die Scheinwerfer, aber Paul Véry hatte es bereits bemerkt. Ich sah, wie er sich aufrichtete und wie sein Kopf, gleich dem eines Raubvogels, ruckartig nach vorn fuhr.

Jetzt gab es nur eines. Ich mußte die Abzweigung passieren, meinen Begleiter irgendwie unterwegs unschädlich machen, dann umkehren und mich allein mit André auseinandersetzen. Es ist merkwürdig, daß es mir nicht einen Augenblick in den Sinn kam, Paul Véry zu erschießen, vielleicht aber auch nicht, schließlich hatte ich in meinem ganzen Leben noch nie einen Revolver in der Hand gehabt.

»Hören Sie zu«, sagte ich hastig. Wir waren beinahe angelangt. Die Pinien standen etwas abseits der Straße, ein kleiner Hain, der wie ein Zelt wirkte. »Ich muß ...«

Aber es war schon zu spät. Als ich noch sprach, hatten wir bereits die ersten Pinien erreicht, und ich sah im spärlichen Schein meiner abgeblendeten Lichter die Umrisse eines Lastwagens gleich neben der Straße und vor dem Lastwagen einen Mann. André, der ein Trottel war, hatte nicht außer Sicht geparkt.

*»André! Ici Jean! Au secours!«* schrie Paul Véry gellend.

Ich blendete wieder vollständig auf und trat den Gashebel ganz hinunter. Der Scheinwerferkegel schoß auf den Mann zu, der im Schatten der Pinien auf uns zurannte.

Es war Marsden. Er hielt einen Revolver in der Hand.

*»A moi! André!«* rief Paul Véry. Er war aufgestanden und lehnte sich weit aus dem Wagen.

Marsden hatte den Straßenrand erreicht, lief auf die Straße. Ich drückte auf die Hupe, und dann fuhr ich, aus Abscheu und Entsetzen aufschluchzend, direkt auf den Mann zu.

Ich sah ihn ausweichen – wenigstens glaube ich, daß ich es sah, denn die folgenden paar Sekunden waren ein einziges wüstes Chaos. Ich erinnere mich an Marsdens weißes Gesicht im hellen Scheinwerferlicht. Sein Mund war ein klaffendes Loch. Er schrie laut auf. Dann an das Aufleuchten einer scharlachroten Flamme, gleich darauf noch einmal. Dann stieß der Wagen gegen irgendein Hindernis, und auf einmal überschlug sich die ganze Welt in einem fürchter-

lichen Wirbel. Es war, als steige der Mercedes erst kerzengerade in die Luft und als schlügen die Scheinwerfer einen leuchtenden Bogen über den Himmel. Dann erloschen sie, und tiefe Finsternis hüllte uns ein. Geblendet, halb betäubt, klammerte ich mich mechanisch an das zuckende Steuerrad, immer noch bemüht, den Wagen wieder in meine Gewalt zu bekommen. Eine letzte taumelnde Umdrehung, dann begann die Nacht zu kreisen, fing an zu bersten, hing noch einen Augenblick, der mir wie Millionen Jahre schien, unbeweglich in der Schwebe, ehe sie in Flammensplittern zerstob. Und dann tiefe Stille, nur unterbrochen vom leisen Geklirr fallenden Glases.
Ein Schrei ertönte, rasche Schritte näherten sich. Die Wagentür wurde aufgerissen, Hände zogen mich aus der Finsternis.
Ein merkwürdiges Dröhnen und Sausen war in meinen Ohren, und ich hatte das Gefühl, als stürze die Nacht mit ihren Sternen in einem riesigen Trichter auf mich herunter. Von irgendwoher, weit außerhalb dieses Trichters, hörte ich einen zornigen Ausruf, dann noch einen – drängende, heftige Stimmen, aus welchen Angst sprach. Hände fuhren über meinen Körper, tastend, suchend. Jemand hielt meinen Kopf fest und zwang eine Flüssigkeit zwischen meinen Zähnen hindurch.
Ich würgte, keuchte, schnappte nach Luft, und langsam kam dieses kreisende Universum wieder zum Stillstand und fand in seine ursprüngliche Lage zurück. Die Sterne nahmen, nur noch leise schwankend, wieder ihre alten Plätze am Himmelszelt ein. Zwei Männer standen neben dem Wagen, der eine hielt mich fest, der andere bückte sich zu mir nieder und sah mich an. Trotz der Dunkelheit erkannte ich sein Gesicht. Es war Marsden. Meine allererste Regung war tiefe, echte Erleichterung darüber, daß ich ihn doch nicht getötet hatte. Dann aber versuchte ich krampfhaft, mich aus den Armen zu befreien, die mich festhielten.

»Ich habe einen Revolver«, sagte ich entschlossen.
Erstaunlicherweise lachte jemand, und die Arme hielten mich nun noch fester.
»Bleib liegen, du kleiner Feuerfresser. Hast du heute nacht noch nicht genug vollbracht?«
Ich wandte den Kopf und blinzelte benommen. »Richard! Aber – aber du liegst doch gefesselt im Lastwagen. Ich wollte dich retten.«
Wieder lachte er, wenn auch etwas mitgenommen. »Ja, ich weiß, mein Liebling. Aber das ist kein Grund, die Polizei über den Haufen zu fahren.«
»Die Polizei?«
Marsden grinste auf mich hinunter. »Streng vertraulich, Madam. Aber Scotland Yard in Person!«
»Ich – es tut mir leid«, sagte ich schwach. »Ich dachte, Sie wären André oder jedenfalls einer von ihnen. Und Sie haben doch auf mich geschossen!«
»Wir haben beide geschossen«, sagte Marsden reuevoll. »Ich wußte, daß dies Kramers Wagen ist, und ich dachte, der Kerl habe mich gesehen und versuche zu fliehen.«
»Aber er hat doch um Hilfe geschrien.«
»Ach, wissen Sie, mein Französisch ist nicht besonders gut«, gab Marsden unumwunden zu. »Außerdem konnte ich ihn auch nicht richtig hören. Ich hatte auch gar keine Zeit, in Ruhe nachzudenken.«
»Tut dir etwas weh, Charity?« fragte Richard. »Du mußt jetzt unbedingt aus dem Wagen heraus. Er steht ohne Übertreibung an einer recht unsicheren Stelle.«
Ich richtete mich auf und bewegte vorsichtig meine Glieder. »Ich glaube, ich bin ganz in Ordnung.« Mit ihrer Hilfe kletterte ich aus dem Wagen. Jetzt, nachdem sich meine Augen an die Dunkelheit gewöhnt hatten, konnte ich im Sternenlicht alles deutlich erkennen. Der Mercedes war von der Hauptstraße abgekommen und stand jetzt – in der Richtung, aus der wir gekommen waren – am Ende eines kleinen Pfades, der über die Felsen führte. Erst verstand

ich nicht ganz, was Richard gemeint hatte, aber dann begann sich alles zu drehen, und ich war froh, daß Richard mich stützte. Nur ein halber Meter trennte die Hinterräder noch vom Abgrund.
»Ich – ich habe noch einmal Glück gehabt, nicht?« fragte ich zitterig. »Wo bin ich denn gegengefahren?«
»Nirgends. Marsden hat einen der Vorderreifen getroffen. Du hast dich zweimal im Kreise gedreht und bist dann rückwärts hier heruntergerutscht. Der Wagen ist bis auf eine Lampe überhaupt nicht beschädigt worden. Und die Lampe war mein Werk.«
Ich strich mir die Haare aus der Stirn und atmete tief die köstliche Nachtluft ein. Jetzt, wo sich alles um mich herum wieder etwas beruhigt hatte, fühlte ich mich wieder halbwegs normal. Richard und Marsden brachten mich über die Straße in das schützende Dunkel der Pinien.
»Es scheint eine ganz schöne Schießerei gewesen zu sein«, sagte ich, und plötzlich erinnerte ich mich wieder. »David!« schrie ich auf. »Wo ist David?«
»Alles in Ordnung! Er schläft noch. Er ist völlig in Sicherheit, er liegt in einem Graben dort hinten, ganz außerhalb der Gefahrenzone.«
»Und – und Paul Véry?«
»Lebt«, sagte Marsden grimmig. »Er ist bewußtlos, und ich weiß noch nicht, wie schwer er verletzt ist. Ich habe mich noch nicht um ihn gekümmert. Byron hat ihn herausgeholt. Er liegt jetzt neben dem Wagen. Ich gehe gleich mal nachsehen.«
»Gut«, sagte Richard, »aber erst muß uns Charity wenigstens das Wichtigste erzählen, bevor alles Weitere seinen Lauf nimmt. Wieso bist du mit diesem Mann in Kramers Wagen gewesen? Und wo ist Kramer? Marsden sagte, Kramer werde in seinem Auto nachkommen.«
»Kramer kommt auch, zusammen mit Loraine, und zwar in deinem Wagen. Ihr, du und David, solltet dann darin über die Felsen hinuntergestürzt werden.«

»In meinem Wagen?« Seine Stimme klang hart. »Darauf hätten wir kommen müssen, Marsden. Und dieser Gangster, den ich gerade herausgeholt habe, wird wohl Loraines Mann sein, nehme ich an?«

»Ja.«

»Der Mann, der Tony ermordet und David niedergeschlagen hat.« Ein böser Ausdruck erschien auf seinem Gesicht, war aber schon wieder verschwunden, als wir den Schutz der Pinien erreichten. Wir ließen uns hinter einem dicken Baumstamm nieder, den Lastwagen zwischen uns und der Straße, und dann erkundigte sich Richard noch einmal: »Bist du auch wirklich ganz in Ordnung?«

»Ja, wirklich, mach dir meinetwegen keine Sorgen. Erzähl mir – oh!« Meine Hand flog an meinen Mund. »Rommel!« stöhnte ich entsetzt auf.

»Was?«

»Rommel, der Hund. Er saß auf dem Rücksitz. Ich würde es mir nie verzeihen, wenn er verletzt oder gar tot wäre!«

»Im Wagen war kein Hund.«

»Aber es muß doch ...«

»Glaub mir, es war keiner da.«

Ich war schon wieder auf den Beinen und hielt mich schwankend am Baumstamm fest.

»Dann muß er herausgeschleudert worden sein. Er muß irgendwo liegen, vielleicht ist er verletzt ...«

Seine Hand hielt mich fest. »Wir werden gleich nachsehen. Jetzt setz dich wieder hin und trink noch einen Schluck Kognak.«

»Nein, danke.«

»Komm schon, tu, was dir gesagt wird.«

Ich gehorchte. »Mir scheint, du verbringst deine Zeit hauptsächlich damit, mir Schnaps einzuflößen, Richard.«

Er entkorkte die Reiseflasche und stellte sie neben mich hin. »Und mir scheint, daß du dich viel mehr um diesen Hund sorgst als um deinen Freund Paul.«

»Es ist Davids Hund. Außerdem hat Paul Véry einen Ha-

sen überfahren«, sagte ich, als wäre dies eine einleuchtende Erklärung.
»Was...«, begann Richard, dann unterbrach er sich und sagte kurz: »Jetzt hör mal zu! Kommen Loraine und Kramer allein in meinem Wagen?«
»Soviel ich weiß, ja.«
»Und wie weit waren sie wohl hinter euch?«
»Das weiß ich nicht. Er mußte erst noch zu der Garage und den Wagen holen.«
»Ach so. Na ja, das war nicht sehr weit weg. Du bist sehr schnell gefahren, habe ich das Gefühl.«
»Ja, ziemlich. Wir haben einmal unterwegs gehalten, damit hatten wir viel Zeit verloren.«
»Ihr habt angehalten? Warum denn das?«
»Kleines Liebesspiel«, antwortete ich gleichmütig.
»Aha.« Er schwieg einen Augenblick. »Natürlich, ich verstehe. Dabei habt ihr dann die Plätze gewechselt, ja?«
»Ja. Aber, Richard, ich bitte dich, erzähl doch. Dieser Marsden...«
»Später. Hör zu. So wie die Dinge stehen, haben wir alle Aussichten, den Kampf zu gewinnen. Sie werden anhalten, sobald sie den Lastwagen und den Mercedes sehen, und wir sind zwei bewaffnete Männer. Außerdem sind sie nicht auf uns gefaßt. Du wirst sehen, es wird alles in Nullkommanichts vorüber sein.«
»Was hast du denn vor?«
Er lachte etwas. »Ich weiß noch nicht. Aber ich bin sicher, daß mir schon etwas einfallen wird, wenn es darauf ankommt.«
»Wo ist Mr. Marsden?«
»Er kümmert sich um unseren Freund Paul... Still, da kommt ein Wagen!«
Wir erstarrten und horchten mit angehaltenem Atem in die Nacht hinaus. Ich hörte nur das sanfte Murmeln des Meeres und das Rauschen der Pinien über uns.
»Nein«, flüsterte ich endlich. »Ich höre nichts.«

Eine Weile lauschte er noch mit abgewandtem Kopf, dann entspannte er sich wieder. Ich sah in seiner Hand einen Revolver glänzen.
»Im Wagen war ein Revolver«, sagte ich schnell. »Er lag auf meinen Knien, als wir ins Schleudern kamen. Wenn wir ihn finden, dann sind wir zu dritt.«
»Nein.« Es klang sehr entschieden. »Nein, das kommt nicht in Frage. Du bleibst hinter der Front, meine Hübsche. Im Schützengraben, im wahrsten Sinne des Wortes.« Er hob den Arm und zeigte landeinwärts. »Ungefähr vierzig Meter hinter diesen Bäumen gibt es eine Felsböschung mit einem trockenen Graben dahinter. Dort ist David. Und da wirst du bitte warten.«
Ich wollte gerade aufbegehren, als plötzlich Marsden aus der Dunkelheit vor uns auftauchte.
»Er ist immer noch bewußtlos«, sagte er, »aber ich glaube, er hat sich nichts gebrochen. Wir werden ihn der Sicherheit halber hierher bringen, ihn fesseln und ihn dann im Lastwagen lassen. Wir können nicht riskieren, daß sie ihn hier liegen sehen und gewarnt sind, ehe sie anhalten. Sind noch Stricke übrig?«
»Ich fürchte, nein.« Richard war aufgestanden. »Ich glaube, wir haben alles aufgebraucht, was da war.«
Ich verspürte plötzlich ein absurdes Bedürfnis, laut aufzulachen. »Für André?«
»Wie bitte?« Marsden machte sich beim Lastwagen zu schaffen. Offenbar untersuchte er gerade einen Werkzeugkasten. »André? Wer ist denn das?«
»Der Lastwagenfahrer.«
»Ach so. Der liegt gefesselt dort hinten. Es geht ihm gut.«
»Hier ist nichts«, rief Richard leise aus dem Inneren des Lastwagens. »Charity, hat dein Mantel einen Gürtel?«
»Nein.«
»Verflucht!« Lautlos sprang er vom Lastwagen herunter.
»Das Ganze sieht immer mehr einem Schwank ähnlich, findet ihr nicht? Lauter Bösewichte und nichts da, um sie

zu fesseln. Und selbst um mein Leben würde ich meinen Gürtel nicht hergeben.«
»Er wird uns nicht viel Schwierigkeiten machen«, meinte Marsden, »aber ich möchte lieber sichergehen. Vielleicht ist im Gepäckraum von Kramers Wagen ein Seil. Kommen Sie, Byron, wir gehen ihn jetzt holen.«
»O. K.«, sagte Richard. »Sobald du einen Wagen hörst, Charity, gehst du zu diesem Graben dort hinten und bleibst bei David, bis wir dich holen kommen.«
»Ja, Richard«, sagte ich folgsam.
Aber Marsden war aus härterem Stoff gemacht. »Ich habe im Mercedes einen Revolver gefunden. Vielleicht könnte sie...«
»Nein«, sagte Richard wieder, diesmal noch endgültiger. »Sie und ich, wir haben sie heute schon einmal als Zielscheibe benutzt, und vielleicht hätte Kramer mehr Glück als wir.«
»Reizend ausgedrückt«, sagte ich, und Marsden lachte. »Gehen wir!«
Sie hatten kaum zwei Schritte gemacht, da war ich auch schon wieder auf den Beinen und suchte an dem Baumstamm halt, während mein erschüttertes Selbstvertrauen in tausend Stücke ging.
»Da sind sie!« keuchte ich. »Hört ihr?«
Durch den geisterhaften Gesang der Pinien, durch das geheimnisvolle Wispern der Meereswellen hindurch hörten wir es, ganz schwach noch, aber unverkennbar das Dröhnen eines Motors.
»Verflucht!« schimpfte Marsden leise.
»Und dieses Tempo«, sagte Richard und horchte angestrengt. »Schließlich ist es mein Wagen, verdammt noch mal! – Charity, bitte!«
»Ich gehe ja schon.« Meine Stimme zitterte so heftig wie mein Körper. Es fiel mir schwer, mich von der soliden Stütze des dicken Pinienstammes zu lösen. Ich sah noch, wie die beiden Männer sich hinter dem Lastwagen versteck-

ten, dann rannte ich durch die Bäume davon, weg von der Straße. Das Dröhnen des Bentley kam immer näher. Ich hatte die Piniengruppe nun hinter mir gelassen und kämpfte mich durch niedriges Gestrüpp. Vor mir erhob sich eine dunkle Masse, wohl die Felsböschung. Immer näher und näher hörte ich den Bentley, sein Motor summte wie eine wütende Wespe ... Ich war am Fuße der Felsböschung angelangt und blieb stehen. Ich konnte nicht mehr. Wahrscheinlich war es eine verspätete Schockwirkung, aber ich weiß nur, daß ich wie angenagelt dort stehenblieb, zitternd und in eiskalten Schweiß gebadet, und wie gebannt zurück auf die Straße starrte.

Ich sah die Lichter des Bentley über die Felsenriffe tanzen. Dann schwoll sein Summen an, als er die letzte Kurve nahm, und jetzt tauchten die Pinien wie eine große graue Wolke im Scheinwerferlicht auf.

Das Fernlicht erlosch, und der Bentley stürzte im schwachen Schein der Abblendlichter gewaltig und drohend auf uns zu – ein Tiger, der sich anschickte zu töten. Er hatte die Piniengruppe gesehen. Ich hörte, wie die Bremsen quietschten, als er jetzt das letzte Stückchen der Straße herunterrollte. Gleich würde er den Lastwagen entdecken und anhalten. Das Summen wurde tiefer, jetzt war der Bentley angelangt und schwenkte nach rechts auf den kleinen Felsenweg ein.

Und dann brüllte unbegreiflicherweise ein zweiter Motor durch die Nacht. Der Mercedes.

Ich kann mich nicht daran erinnern, daß ich mich überhaupt von der Stelle gerührt habe, aber ich rannte wie eine Wilde zur Straße zurück. Ich wußte nur, daß Paul Véry wieder zum Bewußtsein gekommen sein mußte, daß er irgendwie in den Wagen geklettert war und jetzt die anderen warnen wollte.

Ich sah, wie sich der Bentley zwischen den Felsen hindurchschlängelte, und hörte das Kreischen seiner Bremsen. Ich sah, wie der Mercedes aufheulend wie eine Bombe nach vorn schoß und wie er durch den geplatzten Vorderreifen ins Schleudern kam und gleich darauf quer zur Straße lag.

Der Bentley hatte keinerlei Chance mehr.

Ein grauenvoller Schrei – dann schossen die beiden Wagen mit einer fürchterlichen Wucht ineinander. Durch einen wahnwitzigen Zufall blendeten bei dem Zusammenstoß die Scheinwerfer des Bentley wieder auf und schossen riesige Feuergarben gegen den Himmel, während die beiden Wagen, wie ein einziger metallener Turm ineinander verschmolzen, am Rande der Felsklippen in den dunklen Himmel ragten. Einen ewigen Augenblick lang hingen sie dort, am äußersten Ende der tödlichen Klippe, dann schwang der Lichtstrahl in einem großen Bogen nach unten, und die ineinander verschlungenen Wagen folgten ihm nach, tief hinunter ins Meer.

Dann, nach dem entsetzlichen Aufprall unten, Stille, nur unterbrochen durch das erregte Kommen und Gehen der Wellen, die sich unablässig an den Felsen brachen. Es schien eine Ewigkeit, bis sich das gestörte Meer wieder beruhigte und wieder zu seinem alten, vertrauten Rauschen zurückfand.

Die letzten Wolken hatten sich unter dem sanften Wind verzogen, und das Licht des Mondes lag jetzt unendlich rein und unendlich mild über dem bewegten Wasser.

## XXVII

David schlief noch immer. Ich hatte die beiden Männer, die einen Weg durch die Klippen zum Meer hinunter suchen wollten, allein gelassen. Sie hatten den Lastwagen auf den kleinen Felsenweg hinübergefahren und seine Scheinwerfer aufs Wasser gerichtet. Marsden war der Ansicht, es bestehe nicht die geringste Aussicht, daß einer der drei noch am Leben sei, aber wir konnten diesen Ort nicht verlassen, ohne versucht zu haben, sie zu finden.

Schaudernd überließ ich sie dieser Aufgabe und ging durch die Bäume zurück zu David. Als ich die Felsböschung erklommen hatte, sah ich deutlich im Mondlicht den Graben unter mir und einen dunklen Schatten, der sich bewegte. Eilig kletterte ich hinunter und wurde von einem formlosen Gebilde winselnd und mit gedämpftem Entzücken begrüßt.

»Rommel!« Ich kniete nieder und umarmte ihn. »Oh, Rommel! Habe ich dich beinahe umgebracht, du Armer?«

Rommel überschüttete mich mit großzügiger, wenn auch feuchter Vergebung und rannte mir dann aufgeregt unter einen Felsvorsprung voraus. Ich folgte ihm.

Da lag David, zusammengerollt und in einen Mantel gewickelt, und sah so unbeschreiblich jung und rührend aus und Richard so ähnlich, daß mich eine Bewegung ergriff, wie ich sie noch nie im Leben verspürt hatte. Ich kniete mich neben ihn und nahm seine Hände in meine. Sie waren eiskalt. Ich befühlte seine Wange und stellte erschrocken fest, daß sie feucht war, wie von Schweiß. Aber gleich darauf bot sich mir die Erklärung dafür, da Rommel David fieberhaft das Gesicht abzulecken begann. Ich schubste ihn vorsichtig mit ein paar beruhigenden Worten zur Seite, nahm David in die Arme und richtete ihn etwas auf. Dann begann ich, ihm die kalten Hände zu massieren, während Rommel sich zitternd an mich preßte und aufmerksam zusah.

Endlich bewegten sich die dunklen Wimpern, und David öffnete die Augen. Er starrte mich ausdruckslos an und versuchte, mir seine Hände wegzuziehen.

»Hallo, David«, sagte ich.

Er versuchte, die Augen weit aufzureißen, und blinzelte ein wenig. »Mrs. Selborne?«

»Ja. Wie fühlst du dich?«

»Ziemlich schlapp.« Er bewegte vorsichtig den Kopf und blinzelte zu der mondbeschienenen Felsböschung hinauf. »Wo bin ich?«

»Ein ganzes Stück östlich von Marseille. Aber mach dir keine Sorgen, jetzt ist alles wieder gut.«

Er wandte den Kopf zurück und sah mich an – mit einem Blick, den ich mir nicht erklären konnte. Ich fühlte, wie er etwas zurückwich. »Jetzt erinnere ich mich. Marseille! Wie kommen Sie denn hierher?«

Da begriff ich. Ich nahm seine Hand und hielt sie fest. »David, ich versichere dir, es ist alles gut. Ich gehöre nicht zu ihnen. Du kannst mir vertrauen. Ich bin hierher nachgekommen – zusammen mit Rommel ...«

»Rommel?«

Er wandte sich um, und zum erstenmal erblickte er jetzt den Hund, der, den Bauch auf die Erde gedrückt, voll seliger Gespanntheit nur darauf wartete, endlich beachtet zu werden.

»Er hat dich ganz allein gefunden«, sagte ich. »Er hat einfach deine Spur verfolgt.«

»Oh, Rommel!« sagte der Junge, schlang seine Arme um den Hund, barg seinen Kopf in dem struppigen Fell und brach in Tränen aus. Ich ließ ihn seine Angst, seine Verlassenheit und sein Mißtrauen herausweinen. Rommels Gegenwart war Trost und Schutz genug. Endlich hörte das Weinen auf und ging in einen Schluckauf über, dann brachte er mit Mühe hervor: »Mir ist ganz furchtbar übel.«

»Das wundert mich gar nicht«, antwortete ich. »Es wird gleich besser sein, laß dich durch mich nicht stören ...«

Etwas später, nachdem das unangenehme kleine Zwischenspiel vorüber war, kam er zurück und setzte sich neben mich. Ich legte ihm meinen Mantel um und überlegte, wie ich es anfangen sollte, mit ihm über Richard zu sprechen.

»Wie kommen wir überhaupt hierher?« fragte er. »Was ist passiert? Sind wir ...?«

»Eins nach dem andern. Wir warten hier auf – unseren Rücktransport nach Marseille.«
»Marseille?« fragte er ängstlich. »In diesen Laden?«
»Nein, nicht in den Laden«, beruhigte ich ihn. »Das ist alles vorüber, und der Besitzer dort hat seine Strafe erhalten. Kannst du mir erzählen, was da eigentlich passiert ist, oder möchtest du lieber nicht darüber sprechen?«
»Ich erinnere mich nur ganz undeutlich. Ich ging mit dem Armband hinein, und er sah es sich an, und dann fragte er mich, wo ich es her hätte. Er sah mich so komisch an, daß ich dachte, er hätte gemerkt, daß ich es geklaut hatte, und deshalb schwindelte ich ihm etwas vor. Er schien mir dann zu glauben und nahm mich mit in sein Büro. Dort ging er an seinen Schreibtisch und zog eine Schublade auf, und ich dachte, er wolle das Geld holen. Aber als er sich wieder umdrehte, hatte er ein Handtuch oder so was in der Hand. Was dann passiert ist, weiß ich nicht mehr.«
»Sicherlich Chloroform.« Der Geruch hing noch ganz schwach in der Luft, widerlich süß. Kramer mußte ihn sofort erkannt haben, dachte ich. Wahrscheinlich hatte Loraine angerufen, als er weggelaufen war und ihrem Chef Mitteilung davon gemacht. Ich legte den Arm um den Jungen an meiner Seite. »Was in aller Welt hat dich bloß veranlaßt, unter den ganzen Läden Frankreichs ausgerechnet diesen einen auszusuchen?«
»Ich hatte doch kein Geld«, sagte David, »und ich fand nichts anderes als dieses blödsinnige Armband. Und da dachte ich, Marseille sei der einzige Ort in der Gegend, wo ich so etwas verkaufen könnte, ohne daß man mich fragt, woher ich es habe. Und da bin ich nach Marseille getrampt. Es hat ewig lange gedauert. Ich bin mit dem Armband in zwei oder drei Geschäften gewesen, aber niemand wollte es kaufen. Dann sagte mir jemand, ich sollte es einmal in diesem Laden versuchen. Er sagte, der Mann dort handle mit Silber, und er werde es sicher kaufen.« Er schauderte und schmiegte sich an mich.

»Was wolltest du denn tun, nachdem du das Geld bekommen hast?«
»Essen«, war die prompte, eindeutige Antwort.
»Ach, du armes Würmchen!« Ich blickte zu ihm hinunter. »Willst du damit sagen, daß du den ganzen Tag nichts gegessen hast?«
»Doch, mittags habe ich mit ein paar Lastwagenfahrern gegessen, aber seitdem nichts mehr.«
»Ach Gott, und ich hatte sogar Schokolade in meiner Tasche! Aber die habe ich unterwegs verloren. Der einzige Trost ist, daß es dir sicher noch viel übler geworden wäre, wenn du nach einem reichlichen Essen Chloroform bekommen hättest. Ich bin aber fest überzeugt, daß du jetzt bald etwas kriegen wirst.« Ich hob den Kopf und lauschte, aber außer dem Seufzen der Pinien war nichts zu hören. »Und dann, was wolltest du nach dem Essen tun, David?«
»Dann wollte ich nach Nîmes zurück und Daddy suchen.«
Ich konnte meine Überraschung nicht verhehlen. »Deinen Vater suchen?«
Er sah mich leicht beschämt an. »Ja. Eigentlich dachte ich ja, weil Sie nicht mehr im Hotel waren, könnte ich ihn jetzt endlich suchen gehen.«
»Jetzt verstehe ich überhaupt nichts mehr.«
»Erinnern Sie sich noch an diesen Tag in Nîmes, als wir vor meinem Vater fortgelaufen sind und ich Ihnen sagte, daß ich vor ihm Angst hätte. Das – das stimmte gar nicht.«
»Dann hast du also gar nicht geglaubt, daß er verrückt ist?« fragte ich fassungslos. »Du hast überhaupt nie Angst vor ihm gehabt?«
»Nein, natürlich nicht!« sagte David voll Verachtung. »Angst vor ihm? Solange ich lebe, werde ich keine Angst vor ihm haben.«
»Aber, um Himmels willen, dann erkläre es mir doch!« bat ich hilflos. »Ich kann es einfach nicht fassen. Du hast doch gesagt, daß du nicht mit ihm zusammentreffen willst. Du

hast doch gesagt, daß es um Leben und Tod gehe, und du hast auch gesagt, er wäre verrückt. Und du warst doch vollkommen verstört und sahst zu Tode erschrocken aus. Was sollte denn das alles?«

»Ich hatte wirklich Angst«, sagte er düster, »wirklich ganz schrecklich Angst, aber nicht vor ihm, sondern um ihn. Ich will versuchen, es Ihnen zu erklären. Soll ich ganz von vorne anfangen?«

»Ja, bitte.«

Er fing an zu erzählen, klar und deutlich, ganz ohne jede Regung. Es war merkwürdig, die ganze schreckliche Geschichte jener Mordnacht noch einmal zu hören, diesmal aus dem Mund eines Kindes. Es war dieselbe Geschichte, die Richard mir erzählt hatte, nur von einem andern Gesichtspunkt aus gesehen.

»... und als ich dann hörte, daß er freigesprochen worden war, dachte ich, er würde sofort nach Deepings kommen. Aber er kam nicht. Ich wartete und wartete, und schließlich rief die Polizei Mrs. Hutchings an – das ist unsere Haushälterin – und sagte, daß Daddy einen Unfall gehabt habe und schwer verletzt im Krankenhaus läge und daß ich warten müßte, weil er noch bewußtlos wäre. Und dann, ziemlich viel später, kam sie.«

Der Ton seiner Stimme hatte sich nicht verändert, aber auf einmal hörte ich kalten, unermeßlichen Haß heraus. Und als er fortfuhr, wurde mir klar, daß seine Geschichte noch unendlich viel scheußlicher war als die Richards.

»Sie kam zu mir in mein Zimmer. Ich hatte nicht einschlafen können. Sie erzählte mir, sie sei gerade im Krankenhaus gewesen. Sie war sehr nett zu mir und brachte es mir sehr schonend bei, wissen Sie, aber – sie sagte mir, Daddy sei gestorben. Was wollten Sie sagen?«

»Nichts. Erzähle weiter. Sie hat behauptet, dein Vater wäre tot?«

»Ja. Und dann hat sie noch gesagt, es hätte keinen Sinn, zu ihm ins Krankenhaus zu gehen, man würde mich doch nicht zu ihm lassen, weil er so furchtbar entstellt wäre. Ich konnte natürlich gar nichts mehr denken, verstehen Sie?« Er preßte sein Gesicht in Rommels Fell. Schließlich fuhr er fort: »Ich wollte eigentlich nicht mit ihr weggehen, aber ich konnte nicht in Deepings bleiben, und überhaupt – was hätte ich tun sollen? Daddy war tot, und sie war meine Stiefmutter, und ich dachte, ich müsse eben tun, was sie sagte. Man kann doch gar nichts machen, wenn man noch ein Junge ist, und überhaupt – damals war ich noch nicht so gewohnt, mir selbst Gedanken über etwas zu machen. Jetzt bin ich es.«

»Ja, das weiß ich«, sagte ich voll Bitterkeit.

»Sie hatte eine Wohnung beim Bois de Boulogne gemietet«, erzählte er weiter, »und dort lebten wir dann. Sie war eigentlich ganz anständig zu mir, fand ich, aber ich war so schrecklich unglücklich, daß mir auch alles egal war. Ich bin einfach nur so herumgeirrt. Dann fand ich eines Tages im Bois Rommel, mit einer Büchse an den Schwanz gebunden. Danach wurde es etwas besser.«

»Und was geschah dann?« fragte ich ergrimmt.

»Vor ungefähr drei Wochen erzählte sie mir, daß Daddy noch am Leben ist.«

»Aber wie, um Himmels willen, hat sie dir denn erklärt, daß sie dich angelogen hatte?«

»Sie sagte, sie hätte es aus Rücksicht auf mich getan.« Die grauen Augen blickten kurz, ganz ohne Ausdruck, zu mir auf. »Sie sagte, die polizeilichen und ärztlichen Untersuchungen hätten bewiesen, daß Daddy versucht habe, Selbstmord zu begehen.«

»David!«

»Ja. Und sie ließ natürlich keinen Zweifel daran, daß Daddy wirklich diesen schrecklichen Mord begangen hätte. Oh«, David machte eine ausladende Handbewegung, »sie war sehr, sehr taktvoll. Sie sagte, er sei schon seit einiger Zeit immer merkwürdiger geworden, und er habe wohl in einer Art geistiger Umnachtung Onkel Tony umgebracht und mich niedergeschlagen. Sie schrieb alles dem Krieg – vor, ist das richtig?«

»Nein, es heißt zu.«

»Ach ja, Sie schrieb es seinen furchtbaren Erlebnissen im Krieg zu. Warum lachen Sie?«

»Darin liegt eine gewisse Ironie«, sagte ich. »Aber laß nur, erzähl weiter.«

»Das war ungefähr das, was sie mir sagte. Daß er verrückt sei und gemeingefährlich und daß sie mich deshalb aus der Gefahrenzone entfernt habe.«

»Und? Hast du ihr das geglaubt?«

»Nein. Ich wußte, daß er nicht verrückt ist. Und ich wußte auch, daß er Onkel Tony nicht umgebracht hat, und ich war ganz sicher, daß er mich nicht bewußtlos geschlagen hatte. Und daß er nicht mit seinem Wagen verunglücken und Selbstmord begehen wollte, wußte ich deshalb, weil er mich gleich nach seinem Freispruch angerufen und mir versprochen hatte, sofort nach Hause zu kommen.«

»Hast du ihr das gesagt?«

»Nein.« Er sah mich an. »Ich kann es Ihnen nicht genau erklären, Mrs. Selborne, aber ich bekam immer mehr das Gefühl, daß ich die Dinge für mich behalten sollte. Irgend etwas war so – so komisch und falsch an der ganzen Geschichte. Manchmal sagte sie so etwas, oder sie sah mich so an – und daß sie mich überhaupt zu sich genommen hatte, wo ich doch wußte, daß sie mich nicht mochte! Es war alles so merkwürdig. Und jetzt plötzlich dieses Gerede über meinen Vater. Ich war sicher, daß sie ihn selbst auch nicht wirklich für verrückt hielt. Und natürlich gab es für ihre Lügen über seinen Tod gar keine Entschuldigung.« Er machte eine Pause.

»Warum hast du denn nicht deinem Vater geschrieben?«

»Das war natürlich so mit das erste, woran ich dachte. Aber es gab da ein Hindernis, Mrs. Selborne. Unter uns wohnten zwei Kerle, von denen sie behauptete, daß es Vettern von ihr wären, und die waren die ganze Zeit mit uns zusammen. Ich war keine Minute allein. Ich hätte ihm niemals schreiben können, ohne daß sie meinen Brief gelesen hätten. Und außerdem wollte sie ja immer, daß ich ihm schreibe, und damals war ich schon so weit, daß mir das komisch vorkam.«

»Sie wollte, daß du ihn bittest, er solle dich besuchen kommen?«

»Genau.« Das klang wie ein drolliges Echo von Richards Stimme. »Sie sagte, sie könne mich auf keinen Fall nach England zurückkehren lassen, ehe wir gesehen hätten, wie es ihm gehe, und sie schlug vor, ich sollte ihm schreiben und ihn bitten, nach Frankreich zu kommen. Sie hätte ja meinen Brief gelesen, und so hatte ich gar keine Möglichkeit, ihm zu sagen, was bei uns los war, und sie drang immer und immer wieder in mich, ich solle ihm endlich schreiben, und alles war so sonderbar, daß ich ganz mißtrauisch wurde und mich einfach weigerte. Ich gab vor, ich glaube ihre Geschichte von seiner Verrücktheit und hätte Angst vor ihm.« Er lachte kurz auf. »Mensch! War sie wütend, daß sie so in ihr eigenes Fett geraten war! Ist das richtig? Es klingt ein bißchen komisch.«

»Daß sie in ihrem eigenen Saft schmoren mußte, meinst du wohl. Aber lassen wir das. Sie hat ihm dann schließlich selber geschrieben, mußt du wissen.«

»Ja, ich weiß. Ich habe ihn einmal abends angerufen.«

»Hast du das? Aber ...«

»Er war nicht da. Ich – ich war ziemlich enttäuscht. Es war mir nur dieses einzige Mal gelungen, abends in die Wohnung der Vettern hinunter zu schleichen, als sie bei ihr oben waren, und von dort aus habe ich ihn angerufen. Mrs. Hutchings war am Apparat. Sie sagte, Daddy habe an diesem Morgen einen Brief aus Paris bekommen und sei sofort weggefahren. Ich fragte, wie es ihm gehe, und sie sagte, gut, aber er mache sich große Sorgen und sei gerade erst aus dem Krankenhaus entlassen worden. Als ich mich dann zurückschleichen wollte, haben sie mich erwischt. Ich habe ihnen irgendein Märchen aufgetischt, aber sie haben mir nicht geglaubt und mich seitdem nie mehr allein gelassen. Am anderen Morgen fuhren wir alle nach Lyon, und dann nach und nach hier runter. Ich kapierte überhaupt nichts mehr, bis ich endlich merkte, daß sie Daddy lieber hier haben wollten als in Paris. Und ich konnte mir nur vorstellen, daß es immer noch etwas mit diesem Mord zu tun hatte und daß sie ihm etwas antun wollten.«

»Eine Falle«, sagte ich, »und du warst der Köder.«

»Genau«, sagte er wieder. »Und deshalb wollte ich auf keinen Fall mit Daddy zusammentreffen, damit er nicht hereingelegt wurde. Ich wollte erst ganz sicher sein, daß ihm nichts passieren würde. Das Komische aber war, daß die Vettern nur bis Montélimar mitgekommen sind. Und als wir in Avignon waren, ließ sie mich ständig ohne Aufsicht.«

»Nein, das tat sie nicht«, sagte ich und dachte an Paul Véry. »Sie hatte nur jemand anderen mit deiner Bewachung beauftragt.«

»Wirklich? Dann war es also richtig, daß ich in Nîmes davongelaufen bin?«

»Warscheinlich schon.«

Er sprach ganz langsam, und wieder klang, ganz unbewußt, aus seiner Stimme dieselbe ratlose Bestürzung wie bei seinem Vater. »Es war ziemlich schlimm, nie zu wissen, was ich tun sollte – und nicht zu wissen, ob andere Leute Feinde waren oder einfach gewöhnliche Menschen. Es war, als ob –«, er zitterte etwas, » – als ob einfach alles auf dem Kopf stehe.«

»Das ist jetzt vorbei«, sagte ich bestimmt. »Komm unter meinen Mantel, wenn dir kalt ist.«

»Ich friere nicht. Ich möchte nur wissen, was alles passiert ist und wieso Sie über das alles so genau Bescheid wissen? Müssen wir denn unbedingt hier bleiben, Mrs. Selborne? Dieser Rücktransport, von dem Sie vorhin gesprochen haben ...«

»Ist schon hier«, sagte ich und stand auf, da ich auf dem jenseitigen Abhang der Böschung Schritte hörte. David sprang erschrocken auf, und Rommel sträubte das Fell.
»Wer . . .?«
Richard hatte sich über einen Felsen hinuntergeschwungen. Nun stand er da und blickte auf seinen Sohn. Ein kurzes Zögern, dann streckte er die Hand nach ihm aus.
Und da schoß etwas an mir vorbei, und David flog wie ein Pfeil in die Arme seines Vaters.
Ich ging schnell an ihnen vorbei und ergriff dankbar Marsdens Hand, der mir half, über die Böschung zu klettern.
Ich blickte ihn fragend an, und er schüttelte den Kopf. »Absolut gar nichts«, sagte er ruhig.
Wir gingen zusammen zwischen den Bäumen hindurch auf die Straße zu, wo uns der Lastwagen erwartete.

## XXVIII

Strahlender Sonnenschein und der köstliche Duft von Kaffee weckten mich aus tiefem, traumlosem Schlummer. Benommen blinzelte ich auf weiße Wände und einen roten Fliesenboden. Irgendwie kam mir dieses Zimmer bekannt vor. Wie gedämpft vom Sonnenlicht drangen von draußen die Geräusche der Stadt zu mir herauf.
Da öffnete sich lautlos die Zimmertür und ließ den lieblichen Kaffeeduft, der mich geweckt hatte, vollends herein. Ich wandte den Kopf, und dann fuhr ich hellwach in die Höhe.
»Louise!«
Makellos gepflegt wie immer stand sie vor mir und sah mich über ein vollbeladenes Frühstückstablett hinweg prüfend an.
»Warst du wirklich wach? Oder habe ich dich gestört? Ich dachte, es sei höchste Zeit . . .«

»Oh, Louise, wie herrlich, dich wiederzusehen! Wie kommt denn das? Und wieviel Uhr ist es überhaupt?«
Sie stellte mir das Tablett auf die Knie.
»Zwölf Uhr mittag, mein Kind.«
»Meine Güte, wirklich?« Ich goß Kaffee ein. »Wann bist du denn gekommen?«
»Vor ungefähr anderthalb Stunden. Mit dem ersten Zug, den ich kriegen konnte.« Verständnisvoll fügte sie hinzu: »Du sagtest, du seiest in der Klemme, und ich wußte, daß du keine Kleider bei dir hattest.«
»Willst du damit sagen, daß du mir meine Sachen mitgebracht hast?« fragte ich voll Dankbarkeit. »Ich wußte ja, daß du einmalig bist.«
»Wenn man einer Katastrophe gewachsen sein soll, muß man wenigstens vernünftig angezogen sein. Wie fühlst du dich?«
»Gut, glaube ich.« Ich dehnte vorsichtig ein paar Muskeln und war beruhigt. »Bißchen steif, ein paar Quetschungen da und dort, aber sonst«, ich lächelte ihr zu, »ganz obenauf.«
»Mhm . . .« Louise betrachtete mich gründlich, während sie sich einen recht wackelig aussehenden Korbsessel an meinen Bettrand zog. »Ja – doch. Mir scheint, dein Geisterdorf muß ganz schön aufregend gewesen sein. Jetzt erzähl mal! Was war denn da los?«
Ich kicherte in mich hinein, während ich in ein Croissant biß. Ein himmlisches, frühlingshaftes Wohlbehagen durchströmte mich, als prickle Champagner in meinem Blut. Der Alptraum war verschwunden, die Morgensonne war über einer neuen, heilen Welt aufgegangen, in ihrem Licht mußten sich auch die letzten Spinnweben aus Angst und Ungewißheit verflüchtigen. Ich sagte: »Ich – bin verzaubert worden.«
»Ja. So siehst du auch aus. Ich nehme an, du bist dem ›Wolf von Orange‹ begegnet?«
»In Lebensgröße«, sagte ich selig.

»Das dachte ich mir.« Ihre Stimme klang sanft. »Er rief vor ungefähr einer halben Stunde an. Wenn du dich wohl genug fühlst, sollen wir uns mit ihm zum Essen im Hôtel de la Garde treffen. Auf der Terrasse, um Viertel nach eins. Und jetzt«, sagte Louise, kuschelte sich behaglich in den Korbsessel und sah mich gelassen an, »sterbe ich einfach vor Neugier und will haargenau wissen, was alles passiert ist und warum dieser Richard Byron, der David Bristols Vater ist und von dem ich annahm, er sei ein Mörder, dich einfach in Marseille anrufen und dich zum Mittagessen einladen kann, und wieso er sich bemüßigt fühlt, mir mitzuteilen, daß vorläufig weder Mr. Marsden noch er im Gefängnis seien, und daß Rommel André in den Hosenboden gebissen hat, und daß ich dich schlafen lassen und dir dann Kaffee ans Bett bringen solle und dafür sorgen, daß du mittags ein Taxi nimmst, als ob –«, schloß Louise ein wenig vorwurfsvoll, »er dich schon dein ganzes Leben lang kenne anstatt nur – wie lange?«

Ich sagte aufrichtig erstaunt: »Drei Tage – mehr oder weniger!«

»Und wahrscheinlich ziemlich viel weniger als mehr, um genau zu sein«, sagte Louise. »Ein diktatorischer Herr, würde ich so auf Anhieb vermuten.«

»Ja, das ist er ein bißchen.« Nachdenklich rührte ich in der Kaffeetasse.

»Und das magst du«, beschuldigte sie mich.

»Ich – ich habe mich daran gewöhnt, verstehst du? Johnny ...«

»Ich weiß. Kein Wunder, daß du immer wieder heiratest und ich nicht«, stellte Louise ganz ohne Schärfe fest.

Ich errötete und lachte etwas. »Er hat mich noch gar nicht gefragt, um ehrlich zu sein.«

Sie hob nur eine ihrer tadellos gezeichneten Augenbrauen und gab mir eine Zigarette.

»Jetzt schieß aber endlich los, mein Kind.«

»Es ist eine lange Geschichte ...«

»Wir haben eine Stunde Zeit, bis wir den Wolf treffen. Also los! Am besten fängst du am Anfang an und hörst am Ende auf.«

»... und eine vollkommen irrsinnige dazu.«

»Ich bin ganz Ohr«, sagte Louise zufrieden und lehnte sich in ihren Sessel zurück.

Und so legte ich mich wieder in meine Kissen und erzählte ihr alles, während der Rauch unserer Zigaretten in Spiralen zwischen uns aufstieg und die Sonne auf meine Bettdecke fiel. Ich erzählte ihr alles ganz genau, und wie Paul Véry lauschte sie wortlos und starrte mich nur hin und wieder in ungläubigem Entsetzen an.

»Neiiin«, sagte sie endlich, völlig überwältigt. »Was für eine verrückte Geschichte! Nicht, daß ich auch nur ein Wort davon glaube, aber ...«

»Dann frag doch die anderen«, forderte ich sie auf. »Mr. Marsden hat gesagt ...«

Louise richtete sich auf. »Eben ja! Das gerade verstehe ich nicht. Was zum Teufel hat denn John Marsden in diesem Hexenkessel zu suchen gehabt?«

Nun war es an mir, eine Braue zu heben. »John?«

»Wir haben uns kennengelernt, nachdem du nach Lee Boo gefahren bist,« sagte sie ruhig.

»Mich trifft der Schlag!« rief ich aus. »Wenn ich das geahnt hätte, dann hätte ich ihn doch gleich von der Liste der Verdächtigen gestrichen.«

»Nachdem sich bisher immer herausgestellt hat, daß meine Freunde entweder Pfadfinder oder Vikare auf Urlaub waren«, sagte Louise bescheiden, »muß ich zugeben, daß es mich ziemlich erschüttert hat zu hören, daß er ein großer Detektiv ist. Marsden vom CID – ich muß schon sagen! Er ist ganz reizend, obwohl er Gedichte liest. Erzähle weiter. Hat er dir gesagt, wie er an diesen schauderhaften Ort auf der Klippe geraten ist?«

»Ja. Es klang ganz einleuchtend. Er war im Frühling an der Untersuchung über den Mord an Tony Baxter beteiligt, und Richard war ihm schon ein paarmal begegnet, aber er erinnerte sich nicht an seinen Namen, als ich ihm von Marsden erzählte. Als der Fall abgeschlossen war, übernahm Marsden gleich einen anderen Auftrag, aber er war mit dem Ausgang des Falles nicht zufrieden und fest von Richards Unschuld überzeugt. So ging es auch Inspektor Brooke, der damals die Untersuchung geleitet hatte. Als dann Richard seinen sogenannten Autounfall hatte, begann Brooke, sich Gedanken über Loraine und ernsthafte Sorgen um David zu machen.«

»Gott sei Dank!«

»Ja, wirklich. Marsden hatte gerade Urlaub und schlug Brooke vor, er könnte ihn dazu benutzen, um inoffiziell nach David zu forschen und sich alles einmal etwas näher zu besehen. Er hat Freunde bei der Sûreté, und da sie mit seiner Absicht einverstanden waren, kam er nach Frankreich und machte David ausfindig.«

»So, so«, sagte Louise. »Und deshalb ist er auch aus dem Tistet-Védène verschwunden, nachdem David weg war.«

»Genau. Es war mir aufgefallen, daß er sich immer in Davids Nähe herumtrieb, und ich habe ihm die finstersten Absichten unterstellt. Also, um es kurz zu machen, er brachte es unter ziemlichen Schwierigkeiten fertig, David bis Marseille auf der Spur zu bleiben. Das arme Kind brauchte einen ganzen Tag für die Fahrt, weil es sich vor allen Privatwagen verstecken mußte und sich nur traute, mit Lastwagen zu fahren. Aber er kam hier an, wenn auch sehr erschöpft, und landete endlich in Kramers Laden.«

Ich sah auf meine Uhr. »Ich muß gleich aufstehen. – Also der arme David wurde betäubt, während Marsden draußen herumstrich und nicht wußte, was los war. Ich nehme an, daß Kramer unterdessen Loraine anrief und ihr befahl, den nächsten Zug zu nehmen. Paul Véry muß ja sehr viel früher weggefahren sein ...«

»Ja«, bestätigte Louise. »Er holte gleich nach dem Essen seinen Wagen, um auf die Suche nach David zu gehen. Die

Amerikaner taten dasselbe und die beiden Deutschen auch. Aber Paul Véry war der einzige, der zum Abendessen noch nicht zurück war.«

»Ich zweifle nicht daran, daß er David gesucht hat«, sagte ich. »Wahrscheinlich ist er an ihm vorbeigefahren, als sich David gerade am Straßenrand versteckte. Ob Paul Véry dann später Kramer angerufen und von Davids Festnahme gehört hat oder ob er von selbst gleich nach Marseille fuhr, um neue Befehle entgegenzunehmen, weiß ich nicht. Marsden sagt jedenfalls, daß er eine gute Stunde vor Loraine ankam. Ich selbst habe ihn ja gesehen, als sie die Tür zu Kramers Büro öffnete. Marsden wartete immer noch auf David, als Paul Véry auftauchte und sich benahm, als sei er dort zu Hause. Marsden erkannte ihn natürlich, und als Paul Véry im Büro verschwunden war, gelang es Marsden, genau wie mir, in den Hinterhof zu schleichen und unter Kramers Fenster zu horchen. Um diese Zeit«, sagte ich nachdenklich, »müssen Richard und ich nur vier Straßen weiter gesessen und uns unterhalten haben.«

»Das war ja eine richtige Prozession zu Kramers Büro«, meinte Louise.

»Ja, nicht?« Mich schauderte. »Marsden hat ganz schön viel unter seinem Fenster gehört. Er stellte fest, daß mindestens drei Männer in dem Büro waren – Kramer selbst, Paul Véry und André –, so daß er im Augenblick nichts für David tun konnte, ohne ihn und sich selbst zu gefährden. Zum Glück reichte sein Französisch gerade aus, um zu verstehen, daß David weggeschafft werden sollte. Da er seine Spur auf keinen Fall verlieren wollte, beschloß er, nicht zur Polizei zu gehen, sondern zu versuchen, David irgendwie zu befreien.«

»Der arme John«, sagte Louise.

»Er sagt, es sei grauenhaft gewesen«, berichtete ich weiter. »Er mußte endlos lange warten, während die drin alles besprachen, und auf einmal ging die Tür auf und Richard erschien auf der Bildfläche.«

»Das muß ja vielleicht ein Augenblick gewesen sein!«

»Ja! Richard erinnert sich natürlich an nichts mehr, außer daran, daß er David auf einem Sofa liegen sah und auf ihn zustürzen wollte. Da hatten sie ihn aber auch schon erledigt. Marsden konnte natürlich nichts sehen, aber er hörte Richard ›David‹ rufen und gleich darauf einen fürchterlichen Tumult. Dann sagte Kramer, daß sie beide in den Lastwagen schaffen wollten, und daraufhin schlüpfte Marsden in die Garage. Er sagt, er habe angenommen, daß alle drei mit dem Lastwagen wegfahren würden, und da er auf keinen Fall zurückbleiben wollte, versteckte er sich im Innern des Wagens unter ein paar Säcken. Aber sie legten nur Richard und David hinein, verriegelten den Wagen, und Kramer gab André Anweisung, an die verabredete Stelle an der Küste zu fahren, dort außer Sicht zu parken und auf ihn zu warten. Dann kehrten er und Paul Véry ins Haus zurück, um auf Loraine zu warten. Marsden war natürlich wütend, daß er nicht draußen geblieben war, denn mit André allein wäre er ohne weiteres fertig geworden, und dann hätte er Richard und David in dem Lastwagen wegbringen und zur Polizei gehen können. Statt dessen saß er jetzt gefangen und mußte sich auch noch möglichst ruhig verhalten. Trotzdem gelang es ihm, unbemerkt Richards Fesseln zu lösen, und er half ihm, wieder zum Bewußtsein zu kommen.«

Louise stieß einen tiefen Seufzer der Befriedigung aus. »Und als der arme André dann hielt und die beiden herausholen wollte ...«

»Ja, da schlugen sie ihn k. o., fesselten ihn und nahmen ihm seinen Revolver ab – und seinen Mantel, um nämlich David damit zuzudecken. Ehrlich gesagt«, fügte ich hinzu, »tut mir André ein bißchen leid. Kramer sagte, er sei ein ziemlicher Trottel.«

Louise lachte. »Und zu allem Überfluß hat ihn dann noch Rommel gebissen! Armer André!«

Ich warf die Decke zurück und stieg aus dem Bett. »Armer

Rommel, willst du wohl sagen! Er hatte es wirklich schwer, nachdem David ihn draußen vor dem Laden allein zurückgelassen hatte. – Hast du nicht gesagt, du hättest mir ein paar Kleider mitgebracht?«
»Sie sind noch in meinem Zimmer, ich hole sie gleich. Ich wollte dich nicht vorzeitig wecken.« Sie stand auf und lächelte mir zu. »Wie gut, daß ich dein allerhübschestes Kleid mitgebracht habe!«
»Doch nicht das mexikanische?« rief ich entzückt aus. »Louise, du bist ein Engel, und du mußt unbedingt wieder meine Brautjungfer sein!«
»Niemals!« rief sie aus. »Erstens bringt es kein Glück, und zweitens bin ich zu alt. Ich warte noch und werde dann Patin.«
»Du bist ein bißchen voreilig«, sagte ich.
»Das will ich hoffen«, erwiderte sie. Sie ging zur Tür, doch dann wandte sie sich noch einmal um und zog spöttisch die Augenbrauen hoch. »Du übrigens auch.«
»Ich?«
»Ja. Er hat dich ja noch gar nicht gefragt, oder?«
Die Tür fiel sachte hinter ihr ins Schloß.

Als ich meinen Koffer öffnete, um das Kleid herauszunehmen, sah ich den Silberrahmen darunter. Johnnys Augen lächelten mich an.
Ich nahm das Bild in die Hand und lächelte zurück. Alle Zweifel, die mich bewegt hatten, alle Fragen, die mein Verstand meinem Herzen stellte, lösten sich auf und schwanden dahin. Vergangenheit und Gegenwart fügten sich in diesem Augenblick ineinander und bildeten zusammen das Mosaik, das mein Leben war.
Ich hob Johnnys Bild hoch und küßte es. Es war das letzte Mal, daß ich das tat. Dann legte ich es vorsichtig zurück und nahm mein Kleid heraus.
Kurze Zeit darauf öffnete ich meine Tür, rief nach Louise und ging hinaus in den Sonnenschein, Richard entgegen.

# XXIX

Die Terrasse des Hôtel de la Garde liegt direkt über dem Meer. Wir saßen im Schatten kleiner Orangenbäume, eine leichte Brise fächelte uns Kühlung zu, und die Bouillabaisse schmeckte köstlich. Unten auf dem Wasser schaukelten kleine rote, grüne und weiße Boote.
Wir waren eine sehr vergnügte Gesellschaft. Richard und Marsden hatten einen Großteil der Nacht und des Vormittags mit der Polizei zugebracht, und beide sahen etwas mitgenommen aus, aber Richard hatte einen Ausdruck, den ich bisher noch nie an ihm gesehen hatte; er war zum ersten Mal völlig entspannt. Verschwunden war der harte Zug um den Mund, verschwunden die Trauer und Bitterkeit in seinen Augen.
Als wir bei Kaffee und Zigaretten angelangt waren, zog Marsden seine Pfeife hervor und lehnte sich mit einem Seufzer der Zufriedenheit zurück. Auch sein Ausdruck war verändert, auch er wirkte entspannter, als habe er für eine Weile seinen beruflichen Scharfsinn und sein Konzentrationsvermögen beurlaubt. Er war außer Dienst.
Seine blauen Augen blickten mich über das brennende Streichholz hinweg an, während er seine Pfeife anzündete.
»Wenn Sie erlauben, Mrs. Selborne«, sagte er, »darf ich wohl sagen, daß Sie trotz aller Strapazen einfach fabelhaft aussehen. Wie fühlen Sie sich denn?«
»Großartig, danke«, sagte ich. »Noch ein paar blaue Flekken da und dort, sonst nichts.« Ich sah Richards reuiges Gesicht und lächelte. »Ist es nicht beruhigend, daß wir jetzt alle voneinander wissen, auf welcher Seite wir stehen?«
»Allerdings«, stimmte Marsden mir zu. Er blickte zu Louise hinüber. »Ich nehme an, daß Louise im Bilde ist?«
»Sie hat mir die ganze Geschichte erzählt«, erwiderte Louise. »Außer der Hauptsache – den Grund dafür. Bis

jetzt waren ja alles nur Vermutungen. Habt ihr denn herausgefunden, weshalb Kramer die beiden für seine Mordgeschichten eingespannt hat?«
»Unsere Vermutungen haben sich bestätigt«, antwortete Richard. »Die Polizei hat heute morgen Kramers Geschäft durchsucht und Beweismittel in Hülle und Fülle gefunden. Die ganze Sache ist vollkommen klar.«
»Erzähl schon«, bat ich.
»Ich will es versuchen.« Er streifte die Asche von seiner Zigarette und starrte einen Moment gedankenverloren vor sich hin, dann begann er.
»Es hat alles an jenem scheußlichen Januartag begonnen, als Tony und ich unterwegs zum Gefangenenlager waren und zufällig Zeugen von Kramers Mord an Emmanuel Bernstein wurden.« Er blickte zu Louise hinüber. »Hat Ihnen Charity davon erzählt?«
»Ja. Eine grauenvolle Geschichte! Ich kann verstehen, daß Sie die Beherrschung verloren haben.«
Richards Blick und mein Blick begegneten sich. »Das passiert mir hie und da«, meinte er. »Ich weiß, daß das ein Fehler ist. Aber diesmal ging es Tony genauso, und ich bin froh darüber, denn wenn ich allein Kramers Aufmerksamkeit auf uns gezogen hätte, würde ich mir jetzt schwere Vorwürfe machen.« Sein Gesicht verdüsterte sich einen Augenblick.
»Nun, Sie wissen, wie es weiterging. Man ließ uns laufen, aber Kramer hatte allen Grund, sich an uns zu erinnern, und er besaß ein ausgezeichnetes Gedächtnis.«
Er hielt einen Moment inne. »Das hätte an und für sich keine Bedeutung gehabt, wenn es nicht noch eine andere Verbindung zwischen uns gegeben hätte. Kramer und ich, wir waren beide im Antiquitätenhandel tätig, und wir hatten uns beide auf altes Silber spezialisiert. Als der Krieg zu Ende war und die Nürnberger Hexenjagd begann, gelang es Kramer, unterzutauchen. Er schaffte es, aus Deutschland herauszukommen und erschien kurze Zeit

danach in Frankreich als österreichischer Emigrant, unter dem Namen Karl Werfel. Er muß sich ein ganz ansehnliches Vermögen zusammengeplündert haben, denn er hatte schon sehr bald danach einen florierenden Handel mit Hauptsitz in Paris und Zweigstellen in Marseille und Lyon. Ich muß noch etwas erwähnen, das wir heute morgen herausfanden: Loraine war seine –«, sein Blick fiel auf David, der hingerissen lauschte, »– sie war unmittelbar nach dem Krieg eine Weile mit Kramer zusammen. Ihre Vergangenheit war ziemlich trübe, man bezichtigte sie der Kollaboration, und sie soll auch am Mord an zwei französischen Offizieren beteiligt gewesen sein. Kramer half ihr, diese Geschichten zu vertuschen, aber er war im Besitz des Beweismaterials und benutzte es, um sie zu erpressen.«
Er drückte seine Zigarette aus. »Zu der Zeit, als Tony und ich wieder in Kramers Gesichtsfeld auftauchten, hatte er schon ziemlich viel zu verlieren. Er betrieb nicht nur seinen lukrativen Antiquitätenhandel, sondern nebenbei unter dem Deckmantel seiner offiziell bekannten Firma auch noch andere Geschäfte, die womöglich noch einträglicher waren.
Ich weiß nicht genau, was alles an Verbrechen auf sein Konto geht, aber im Augenblick hat die Polizei von Marseille alle Hände voll zu tun, all die Leute aufzuspüren, deren Namen sie in Kramers Safe gefunden hat. Es hat den Anschein, als habe es sozusagen nichts gegeben, wo er nicht seine Finger drin hatte – Schmuggel, Rauschgifthandel und so fort.
Und da störten plötzlich Tony und ich seinen Frieden«, fuhr Richard fort. »Als in Paris die große Auktion vom Lemaire-Silber stattfand, waren Tony und ich natürlich da, ebenso wie Kramer, der uns wohl bei dieser Gelegenheit gesehen hat, ohne daß wir ihn bemerkt haben. Er stellte Nachforschungen an und fand heraus, daß ich auf demselben Gebiet wie er tätig war und gerade ein Büro in Paris eröffnet hatte. Es war also abzusehen, daß wir uns noch

öfter begegnen würden. Und wenn Tony oder ich ihn erkannt hätten, dann –«, er machte eine vielsagende Handbewegung, »– selbst wenn er nicht mehr vor ein Kriegsgericht gekommen wäre, hätten doch polizeiliche Untersuchungen stattgefunden, und das konnte er auf keinen Fall riskieren. Das wäre das Ende von Karl Werfel gewesen.«

»Aber war es denn nicht ein grauenvoller Zufall«, warf Louise ein, »daß David ausgerechnet in Kramers Laden geriet, um das Armband zu verkaufen?«

»Grauenvoll, ja«, gab Richard zu, »aber doch kein reiner Zufall, wenn man es richtig bedenkt. Der rote Faden, der sich durch die ganze Geschichte zieht, ist der Antiquitätenhandel.

Wären Kramer und ich nicht in derselben Branche gewesen, hätten wir uns vermutlich nach dem Kriege nie wieder getroffen, oder die Wahrscheinlichkeit, daß es mehr als einmal passierte, wäre sehr gering gewesen. Aber wir interessierten uns beide für das gleiche Gebiet, und es war anzunehmen, daß wir immer und immer wieder zusammenstoßen würden. Das konnte Kramer nicht riskieren.

Die ›raison d'être‹ der ganzen Geschichte ist, wenn Sie so wollen, unsere gemeinsame Vorliebe für altes Silber, und es war eigentlich unvermeidlich, daß das Armband uns zusammenführte. Ich schenkte es Loraine, und Loraine brachte es – zusammen mit David und mir – in Kramers Nähe. Von dem Moment an, wo David es zu verkaufen versuchte, mußte Kramer unweigerlich davon erfahren. Und so geschah es: David wurde zu ihm geschickt, damit er den Wert des Armbandes taxierte. Nein, der eigentliche Zufall war, daß ich es im Schaufenster entdeckte. Da hat Kramer einfach Glück gehabt. Aber es war mir ja ohnehin bestimmt, früher oder später in seine Falle zu gehen. Nun geschah es eben früher.«

»Und Paul Véry?« fragte ich, als er schwieg. »Was hat er damit zu tun?«

»Die Liste seiner Verbrechen ist ungefähr so lang wie Ihr Arm«, sagte Marsden vergnügt. »Außerdem lebte er unter mindestens sechs verschiedenen Decknamen. Kramer hatte in seinem Safe genug Belastungsmaterial gegen ihn, um ihn mehr als einmal lebenslänglich auf die Teufelsinsel zu spedieren.«

»Er muß versprochen haben, ihnen das Material auszuhändigen, sobald sie Richard aus dem Weg geräumt hatten«, sagte ich. »Ich hörte, wie er ihnen sagte, sobald sie ihre Aufgabe erfüllt hätten, wären sie quitt und sie könnten ihrer Wege gehen.«

»War sie wirklich Paul Vérys Frau?« fragte Louise.

»Ja, zweifellos. Sie heirateten 1943, und im Jahr darauf wurde er als vermißt gemeldet. Im Herbst 1945 bändelte sie mit Kramer an. Als dann Paul Véry wieder auftauchte, scheint er die Situation – vielleicht auch nur unter Druck – akzeptiert zu haben und trat auch in Kramers Dienste. Er scheint der Tätigkeit seiner Frau gegenüber einen – wie soll ich sagen? – ziemlich liberalen Standpunkt eingenommen zu haben. Als dann Kramer an der Lemaire-Auktion plötzlich auf Baxter und Byron stieß, beschloß er, sie aus dem Weg zu räumen, und betraute Paul Véry mit der Aufgabe.«

»Mit der Unterstützung dieses Idioten von Byron«, sagte Richard bitter, »der, kaum hatte er Loraine gesehen, sich für sie zu interessieren begann und es dem edlen Trio nicht schwer machte, seinen ersten Mord auszuführen.«

»Wenn Sie Loraine nicht geheiratet und nach Deepings gebracht hätten«, sagte Marsden, »hätten sie eben einen anderen Weg gefunden.«

»Das glaub' ich schon«, sagte Richard, »aber Sie können nicht behaupten, daß ich ihnen nicht geholfen hätte. Immerhin ist es beruhigend zu wissen, daß sie legal nie meine Frau gewesen ist. Es war natürlich Paul Véry, der Tony getötet und David niedergeschlagen hat. Und Paul Véry war es auch, der meinen Wagen zu rammen versuchte. Und nachdem ihnen dieser zweite Mordanschlag mißglückt war, nahmen sie David mit nach Frankreich. Ich glaube nicht, daß sie schon einen Plan ausgearbeitet hatten, aber David war offenbar ihre Trumpfkarte.«

»Weißt du, das verstehe ich nicht ganz«, sagte David.

»Nein?« fragte sein Vater. »Sieh mal, Loraine wußte doch ganz genau, daß ich sie nie wiedersehen wollte. Kramer wollte mich nun mal in seiner Nähe haben, aber wenn Loraine mich um eine Unterredung gebeten hätte, wäre ich entweder gar nicht darauf eingegangen oder hätte die Sache meinem Anwalt übergeben. Das ist doch klar. Aber dich –«, er versetzte David einen ganz leichten Backenstreich, »dich konnte ich doch nicht einfach aufgeben. Deinetwegen brauche ich schließlich weniger Steuern zu bezahlen.«

»Wenn wir schon von Steuern reden«, unterbrach ich, »deine Versicherungsgesellschaft ...«

»Oh, Gott, ja!« unterbrach Richard mich. »Zwei Wagen in vier Monaten! Das wird ja heiter werden, wenn ich ihnen das erklären muß. Nun gut, das war es also. Den Rest kennt ihr. Sie hatten vor, mich hier unten fertig zu machen, wo es leichter gewesen wäre, mich verschwinden zu lassen. Wahrscheinlich wäre ihnen ihr Plan auch geglückt, wenn sie nicht zwei Dinge außer acht gelassen hätten.«

»Welche zwei Dinge?« fragte David.

»Erstens die Unbestechlichkeit und Hilfsbereitschaft der englischen Polizei«, sagte Richard ernst und blickte Marsden an.

»Ich werde es Ihnen nie vergessen, Marsden, und David auch nicht. Ich werde noch heute Brooke schreiben. Wir sind tief in Ihrer Schuld.«

Marsden sah äußerst verlegen aus und murmelte etwas Unverständliches vor sich hin, dann wandte er sich ab und begann heftig seine Pfeife auf der Balustrade auszuklopfen.

»Und das zweite?« fragte David.

Richard sah mich lächelnd an, und mein Herz schlug plötzlich Purzelbäume in meiner Brust.
»Das Sandkorn im Getriebe«, sagte er lachend.
»Das was, Daddy?«
»Das Glück, mein lieber David, in Charitys Gestalt.«
David blickte von ihm zu mir und wieder zurück. »Charity?«
»So heiße ich mit Vornamen, David«, sagte ich und errötete wie ein Backfisch.
»Ach so«, sagte er und ließ prüfend seine Augen auf mir ruhen.
»Ich habe eigentlich gar nichts getan«, sagte ich zu David. »Meine einzige Tat, die wirklich praktischen Wert hatte, war, daß ich Rommel gefunden habe. Dafür habe ich ihn dann aber um ein Haar getötet.«
»Deine Ansichten über praktischen Wert scheinen mir, gelinde gesagt, etwas verdreht zu sein«, bemerkte Richard trocken. »Dieser unglückliche Bastard!«
David schoß in die Höhe. »Bastard? Er ist kein Bastard! Das sieht man doch genau, daß er reinrassig ist!« Hilfesuchend blickte er Marsden an, der freundschaftlich grinste.
»Na, sagen wir, er ist beinahe reinrassig«, meinte ich taktvoll. »Auf alle Fälle ist er hochintelligent.«
»Und wie!« sagte David leidenschaftlich. »Wie er mich gefunden hat! Er ist ein richtiger Polizeihund.«
»Damit willst du wohl sagen«, dämpfte Richard seine Begeisterung, »daß du ihm beigebracht hast, auf deinem Bett zu schlafen?«
»In der Regel«, begann Marsden, »pflegt die Polizei nicht ...«
Aber David hörte ihm nicht zu. Er sah seinen Vater abwartend an. »Ehrlich gesagt, ja.«
»Eine glänzende Idee«, fiel ich prompt ein. »Dann kann er – nun, er kann zum Beispiel die Mäuse besser von seinem Bett fernhalten.«

Davids Gesicht leuchtete voller Dankbarkeit auf. Richard sah mir in die Augen.
»Was muß ich sehen?« empörte er sich. »Betrug, Verschwörung gegen mich in meinem eigenen Haus. Auf was habe ich mich da bloß eingelassen!«
»Daddy!« Davids Augen waren kugelrund. Er starrte mich an. »Mrs. Selborne! Werden Sie Daddy heiraten?«
»Ja«, antwortete ich.
David stand auf. »Ich bin ganz schrecklich froh«, sagte er und gab mir einen Kuß.
Durch das allgemeine Durcheinander von Glückwünschen und Fragen tönte die schmeichlerische Stimme des Maître d'hôtel:
»Champagner für Monsieur?«
Es entging ihnen nichts im Hôtel de la Garde. Und dann erschien die kostbare Flasche, Marsden erhob sich, nahm sein Glas und hielt eine sehr beachtliche Ansprache, ohne sich um die amüsierten Blicke und das offensichtliche Interesse der anderen Gäste zu kümmern. Hinter ihm funkelte und tanzte das blaue Meer, und in seinem erhobenen Glas glitzerten und flimmerten Millionen Schaumperlen.
»... der einzig mögliche Abschluß dieses Abenteuers: Und sie lebten herrlich und in Freuden bis an ihr Lebensende«, schloß er. »Auf euer Wohl, Richard und Charity!«
Unter allgemeinem Beifall setzte Marsden sich wieder hin.
»Wann soll es denn sein?« fragte er mich.
Richard nahm ein zusammengefaltetes Papier aus der Brieftasche.
»In zehn Tagen«, sagte er. »Das ist der früheste Termin in Frankreich. Ich habe mich heute früh erkundigt, als ich die Bewilligung holen ging.«
Ich hörte Louise neben mir: »Diktatorisch!« murmeln, und dann fragte David:
»Aber wann ist das denn alles passiert?«
Richard lachte mir über seinem Champagnerglas mit einem unverschämten Ausdruck in den Augen zu. Ich sagte: »Es

ist überhaupt noch nicht passiert – ich meine, er hat mich noch gar nicht gefragt, ob ich ihn heiraten will.«
»Er hat Sie nicht einmal gefragt?«
»Also gut! Willst du mich heiraten?« fragte Richard.
»Ja«, antwortete ich.
David griff wieder nach seinem Glas. »Also jetzt ist es doch in Ordnung, ja?« fragte er sachlich. »Alles vor Zeugen, Mrs. Selborne, jetzt kann er sich nicht mehr drücken. Ich werde schon aufpassen. Darf ich jetzt noch etwas Champagner haben?«
»Mir scheint, du hattest durchaus genug«, sagte ich streng.
Er grinste mich an. »Es war so ein hübscher Heiratsantrag«, meinte er, »gar keine überflüssigen Worte und keine Umwege ...«
Er wollte nach der Flasche greifen.
»Nein!« sagte Richard bestimmt, und ich entfernte die Flasche aus Davids Reichweite.
»Betrug!« schimpfte David bitter. »Verschwörung gegen mich! Ich sehe schon ...«
»Ich habe nachgerade Übung darin«, sagte ich zu ihm, »und ich bin von Natur sehr herrschsüchtig.«
Richard grinste. »Hat Johnny immer gehorcht?«
»Immer«, antwortete ich würdevoll.
Louise lachte. »Eines Tages«, sagte sie zu Richard, »werden Sie von mir die Wahrheit darüber erfahren!« Sie erhob sich und lächelte den anderen zu, die ebenfalls aufgestanden waren.
»Ich bedanke mich sehr für das Essen und den Champagner. Und jetzt möchte ich Sie nicht länger von Besprechungen mit der Polizei und anderen Lustbarkeiten abhalten. Muß David mit dabeisein, oder kann er mir heute nachmittag Gesellschaft leisten?«
»Tausend Dank«, erwiderte Richard. »Wenn Sie der Hund stört ...«
»Im Gegenteil«, antwortete Louise. »Ich denke gar nicht

daran, den Hund hier zurückzulassen. Schlagen Sie mir nur vor, was ich mit den beiden unternehmen könnte.«

Richard ließ seine Hand unter meinen Arm gleiten. Wir verließen alle gemeinsam die Terrasse.

»Die meisten Touristen«, sagte er ernsthaft, »beginnen ihr Sight-seeing in Marseille mit einem Ausflug zum Château d'If!«

## XXX

## EPILOG

Es war am folgenden Nachmittag, schon gegen Abend, und die Sonne fiel in dunkelgoldenen Strahlen schräg durch die Bäume der Avenue, die Richard und ich hinunterschlenderten.

»Wenigstens haben wir noch neun ganze Tage«, sagte Richard, »um einander kennenzulernen, ehe es endgültig zu spät ist. Bist du ganz sicher, daß dir dieses überstürzte Tempo nichts ausmacht?«

»Ganz sicher.«

»Das mindeste, was ich tun kann, ist, es dir zu überlassen, wo wir unsere Flitterwochen verbringen wollen.«

»Auf den Iles d'Or«, sagte ich.

»Was ist das?«

»Das ist eine Bezeichnung für Porquerolles und die umliegenden Inseln. Man schifft sich in Hyères ein.«

»Großartig! Wir können vierzehn Tage bleiben. Vielleicht fahren wir sogar nach Korsika hinunter. Die Dexters sagten, David könne bleiben, solange er wolle, und wir holen ihn dann ...«

»Oh, Richard, schau dort!« rief ich aus.

Richard wandte sich um. Er blieb stehen.

»Oh«, war alles, was er sagte, aber es klang, als habe er soeben eine Entdeckung gemacht.

Es war ein kleines Bild, das da aufgestellt war, doch seine Farben glühten wie Juwelen. Es stellte einen Jungen dar, der vor einem dunklen Hintergrund von Felsen und Bäumen stand, sehr aufrecht, den dunklen Kopf hoch erhoben, tapfer und unerschrocken, ein ganz leises Lächeln auf den Zügen.

»David«, sagte ich.

»Es ist wirklich David«, sagte Richard. »Siehst du die Schleuder in seiner Hand? Er ist gerade dabei, Goliath entgegenzutreten.«
»So habe ich ihn zum erstenmal gesehen«, sagte ich und blickte zu dem Bild hinunter. Genauso hatte Davids Gesicht ausgesehen, so jung, mit diesem Ausdruck, der wissen ließ, daß er eine Last auf sich genommen hatte, die viel zu schwer für seine Schultern war. David war seinen Feinden mit dem gleichen Mut und der gleichen Unbedingtheit gegenübergetreten, wie sie die Haltung des jungen Helden Israels hier auf dem Bilde verriet.
»Darf ich es mir als Hochzeitsgeschenk wünschen?« fragte ich.
»Natürlich darfst du. Es ist großartig gemalt. Der Mann wußte bei jedem Pinselstrich, was er ausdrücken wollte. Jung Israel vor dem Feinde. Ich frage mich ...«
Er verstummte jäh, als er sich vorbeugte, um das kleine Metallschild am unteren Teil des Rahmens zu studieren.
Der Ausdruck seines Gesichts ließ mich entsetzt aufschreien. »Richard! Was hast du?«
»Sieh selbst«, sagte er.
Ich preßte mein Gesicht gegen die Glasscheibe und entzifferte mühsam die winzigen Buchstaben auf dem Metallschild: *Le jeune David* hieß es, und darunter der Name des Künstlers: *Emmanuel Bernstein.*
Und so endete alles, wo es begonnen hatte – bei dem jüdischen Maler, dessen Tod so späte, doch gerechte Sühne gefunden hatte. Zehn Tage später fuhren mein Mann und ich, *Le jeune David* sorgfältig hinten im Riley verstaut, nach Süden, den Iles d'Or zu.